El rey siempre está por encima del pueblo

Daniel Alarcón

El rey siempre está por encima del pueblo

Traducción del inglés de Jorge Cornejo

ALFAGUARA

Papel certificado por el Forest Stewardship Council®

Título original: *The King is Always Above the People*
Segunda edición, ampliada: mayo de 2018

© 2009, 2018, Daniel Alarcón
© 2009, 2018, Penguin Random House Grupo Editorial, S. A. U.
Travessera de Gràcia, 47-49. 08021 Barcelona
© 2009, 2018, Jorge Cornejo Calle, por la traducción

© Diseño: Penguin Random House Grupo Editorial, inspirado en un diseño original de Enric Satué

Printed in Spain – Impreso en España

ISBN: 978-84-204-3306-6
Depósito legal: B-3144-2018

Compuesto en MT Color & Diseño, S. L.
Impreso en EGEDSA, Sabadell (Barcelona)

AL33066

Penguin
Random House
Grupo Editorial

Índice

A Patricia y Sylvia

Los Miles

No hubo luna aquella primera noche, y la pasamos haciendo lo mismo que durante el día: trabajar. Sus padres y madres han sobrevivido siempre gracias a la fuerza de sus brazos. Llegamos en camiones y despejamos el terreno de rocas y escombros. Trabajamos iluminados por las pálidas luces de los faros, y por su textura, olor y sabor supimos de inmediato que la tierra era buena. En este lugar criaríamos a nuestros hijos. En este lugar construiríamos nuestras vidas. Entiendan que hasta hace poco tiempo aquí no había nada. La tierra no tenía dueño, ni siquiera un nombre. Aquella primera noche la oscuridad que nos rodeaba parecía infinita, y mentiría si dijera que no teníamos miedo. Otros lo habían intentado antes y habían fracasado —en otros distritos, en otras tierras baldías—. Algunos cantábamos para mantenernos despiertos. Otros rezaban pidiendo fortaleza al cielo. Estábamos en una carrera, y todos lo sabíamos. La ley era muy clara: aunque lo que estábamos haciendo técnicamente no era legal, el gobierno no estaba autorizado a demoler viviendas.

Teníamos solo hasta la mañana para construirlas. Las horas pasaban, y hacia el amanecer nuestro avance era innegable. Con un poco de imaginación se podía distinguir los contornos básicos de aquello que se convertiría en nuestro hogar. Había carpas hechas con lona y palos. Esteras de carrizo entrelazado que sostenían techos de sacos de arroz cosidos, y trozos de cartón prensado apoyados contra desvalijadas capotas de automóviles viejos. Habíamos pasado meses recolectando todo lo que la ciudad desechaba, preparándonos para esa primera noche.

Trabajamos sin descanso, y, por si acaso, dedicamos las últimas horas de esa larga noche a dibujar calles sobre el terreno, apenas unas líneas trazadas con tiza, pero imagínenselo, solo imagínenselo... Nosotros, y nadie más que nosotros, ya podíamos verlas —las avenidas que estos trazos ya anunciaban—. Al llegar la mañana todo estaba ahí, un conjunto destartalado de cachivaches y remiendos, y no pudimos dejar de sentirnos orgullosos. Cuando finalmente decidimos descansar, nos dimos cuenta de que hacía frío, y en la suave pendiente de la colina se encendieron docenas de fogatas. Nos calentamos reconfortados por ellas, por las tantas caras conocidas que nos acompañaban, por la tierra que habíamos elegido. La mañana era pálida, el cielo límpido y despejado. Qué bonito, dijimos, y es verdad, las montañas se veían muy hermosas aquel día.

Y aún lo son. El gobierno llegó antes del mediodía, y no supo cómo desalojarnos. Encendieron sus máquinas, y todos nos abrazamos formando un círculo alrededor de lo que habíamos construido. No nos movimos. Son nuestros hogares, dijimos, y el gobierno se rascó desconcertado su afiebrada cabeza. Nunca había visto casas como las nuestras —construcciones de alambre y calamina, de mantas y palos, de plástico y llantas—. Bajó de sus máquinas a inspeccionar estas obras de arte. Nosotros le mostramos lo que habíamos construido, y después de un tiempo el gobierno se marchó. Pueden quedarse con estas tierras, nos dijo. De todos modos no las queremos.

Los periódicos se preguntaban de dónde habían salido tantos miles de personas. Cómo lo habíamos logrado. Y luego la radio empezó a hacerse las mismas preguntas, y la televisión envió sus cámaras, y poco a poco pudimos contar nuestra historia. Pero no toda. Una buena parte nos la guardamos solo para nosotros, para ustedes, nuestros hijos, como las letras de nuestras canciones y el contenido de nuestras plegarias. En cierta ocasión, el gobierno quiso contar cuántos éramos, pero no pasó mucho antes de que alguien se diera cuenta de que hacerlo era una tarea imposible. Cuando trazaron los nuevos mapas de la ciudad, en el espacio originalmente en blanco hacia el extremo noreste, los cartógrafos escribieron Los Miles. Nos gustó mucho el nombre, porque nuestro número es lo único que siempre hemos tenido.

Hoy, por supuesto, somos muchos más.

El rey siempre está por encima del pueblo

Ocurrió el año en que abandoné a mis padres, a unos cuantos amigos inútiles y a una chica a quien le gustaba decir a todos que estábamos casados, para mudarme doscientos kilómetros río abajo, a la capital. El verano había llegado a su triste final. Yo tenía diecinueve años y mi idea era trabajar en el puerto, pero, cuando me presenté, el hombre de detrás del escritorio dijo que me veía enclenque, que volviera cuando tuviera algunos músculos. Me esforcé por disimular mi decepción. Había soñado desde niño con irme de casa, desde que mi madre me enseñó que el río de nuestro pueblo llegaba hasta la ciudad. A pesar de las advertencias de mi padre, nunca imaginé que me rechazarían.

Alquilé una habitación en el barrio contiguo al puerto, en la casa del señor y la señora Patrice, una pareja de ancianos que habían puesto un anuncio solicitando un estudiante como inquilino. Era gente seria y formal, y me mostraron las habitaciones de su pulcra y ordenada casa como si se tratara de la exhibición privada de un diamante. Mi cuarto sería el del fondo, me dijeron. No tenía ventanas. Luego del breve recorrido, nos sentamos en la sala a tomar el té, bajo un retrato del antiguo dictador que colgaba sobre la chimenea. Me preguntaron qué estudiaba. En aquellos días yo solo pensaba en dinero, así que respondí que estudiaba Economía. Mi respuesta les agradó. Luego me preguntaron por mis padres, y cuando les dije que habían fallecido, que me hallaba solo en el mundo, vi cómo la mano arrugada de la señora Patrice rozaba el muslo de su esposo.

Él ofreció rebajarme el alquiler, y yo acepté.

Al día siguiente, el señor Patrice me recomendó a un conocido suyo que necesitaba un cajero para su tienda. Me dijo que era un buen trabajo a medio tiempo, perfecto para un estudiante. Me contrataron. La tienda no quedaba lejos del puerto, y cuando hacía calor podía sentarme afuera, y oler el río allí donde se abría a la amplia bahía. Me bastaba con oírlo y saber que estaba allí: el rumor y el estrépito de los barcos al ser cargados y descargados me recordaban por qué me había marchado, adónde había llegado, y todos los otros lugares que aún me esperaban. Trataba de no pensar en casa y, aunque había prometido escribir, por alguna razón nunca parecía ser el momento adecuado para hacerlo.

Vendíamos cigarrillos, licor y periódicos a los estibadores, y teníamos una fotocopiadora para quienes llegaban a presentar sus documentos a la aduana. Les cambiábamos sus billetes por sencillo y mi jefe, Nadal, les aconsejaba sobre cuál era la coima apropiada en cada caso, según el producto que estuvieran esperando y su procedencia. Nadal conocía bien el protocolo. Había trabajado en aduanas durante varios años, antes de la caída del dictador, pero no había tenido la previsión de unirse a un partido político cuando se restableció la democracia. En alguna ocasión me comentó que su único otro error en treinta años había sido no robar lo suficiente. Nunca tuvo prisa por hacerlo. Las autocracias suelen ser estables por naturaleza, y nadie pensó jamás que el antiguo régimen podría ser derrocado. Junto a la caja registradora estaban en venta postales de la ejecución en la horca: el cuerpo del dictador balanceándose en un patíbulo improvisado en la plaza principal. Es un día nublado, y todas las cabezas miran hacia arriba, hacia el rostro inexpresivo del cadáver. La inscripción debajo dice: «El rey siempre está por encima del pueblo», y uno tiene la impresión de que un silencio inviolable ha hecho presa de los espectadores. Yo tenía quince años cuando sucedió. Recuerdo a mi padre llorando al enterarse de la noticia. Él vivía en la ciudad cuando el dictador llegó al poder.

Cada semana vendíamos dos o tres de esas postales. Temprano en las mañanas solía vagar por la ciudad. Mientras caminaba por las calles, sazonaba mi forma de hablar con palabras y frases que había escuchado a mi alrededor, y a veces, luego de conversar con desconocidos, me daba cuenta de que mi único objetivo había sido pasar por alguien nacido y criado en la capital. Nunca lo logré. La jerga que había aprendido en la radio antes de mudarme sonaba decepcionantemente sosa. En la tienda, veía a la misma gente día tras día, y todos sabían mi historia, o, mejor dicho, la que les había contado: que era un estudiante solitario y huérfano. ¿A qué hora estudias?, me preguntaban, y yo respondía que estaba ahorrando dinero para la matrícula. Pasaba buena parte del tiempo leyendo, y este simple hecho era suficiente para convencerlos. Los encorvados burócratas de aduanas venían durante la hora del almuerzo, con sus trajes gastados, a recordar con Nadal los viejos buenos tiempos, y en ocasiones me daban dinero a escondidas. Para tus estudios, decían, con un guiño.

Venían también los estibadores que prometían siempre contarme el chiste más nuevo y más sucio si les vendía al fiado. Dos veces al mes, alguno de los cargueros más grandes atracaba y dejaba en el puerto a cerca de una docena de asustados filipinos con permiso de salida. Era inevitable que terminasen entrando a la tienda, desorientados, esperanzados, pero, sobre todo, emocionados de estar otra vez en tierra firme. Sonreían y murmuraban de manera incomprensible, y yo siempre los trataba con amabilidad. Ese podría ser yo, pensaba, en un año, quizás dos: saliendo a tropezones de las entrañas de un barco hacia las estrechas calles de una ciudad portuaria en cualquier país del mundo.

Una tarde me hallaba solo en la tienda cuando entró un hombre vestido con un uniforme marrón claro. Para entonces, yo llevaba ya tres meses en la ciudad. El hombre tenía el bigote recortado al estilo de la gente de provincias, y me cayó mal de inmediato. Con gran ceremonia, sacó del bolsillo interior de su chaqueta una enorme hoja de papel doblada y la extendió sobre el mostrador. Era el blanco de un campo de tiro: el rudimentario contorno de un hombre en actitud vagamente amenazadora, atravesado por agujeros. El cliente miraba su obra con admiración.

—No está mal, ¿verdad?

—Depende —me incliné sobre la hoja y coloqué mi dedo índice sobre cada herida del papel, una a una. Había siete agujeros en el blanco—. ¿A qué distancia?

—A cualquier distancia, muchacho, ¿crees que tú lo harías mejor? —me preguntó.

Sin esperar mi respuesta, extrajo un formulario de apariencia oficial y lo colocó junto al hombre de papel acribillado por las balas.

—Necesito tres copias, hijo. Este blanco y mi certificado. Tres de cada uno.

—Va a demorar media hora —le dije.

Me miró entrecerrando los ojos mientras se acariciaba el bigote.

—¿Por qué tanto?

La razón, obviamente, era que me daba la gana hacerlo esperar. Y él lo sabía. Pero le dije que la máquina fotocopiadora tenía que calentarse. Incluso mientras se lo decía, sonaba ridículo. Esta máquina, le expliqué, era un equipo delicado y caro, recién importado de Japón.

Él no parecía convencido.

—Y no tenemos papel de este tamaño —añadí—. Voy a tener que reducir la imagen.

Sus labios se arrugaron en una especie de sonrisa.

—Pero gracias a Dios que tienes una máquina tan moderna que puede hacer todo eso. Eres de río arriba, ¿verdad?

No le respondí.

—¿De qué pueblo?

—No es un pueblo —dije, y le di el nombre.

—¿Has visto el puente nuevo? —me preguntó. Le dije que no, lo cual era mentira.

18

—Me fui antes de que lo construyeran —lanzó un suspiro.

—Es un hermoso puente —dijo, tomándose un momento para solazarse con la imagen: el ancho río atravesando ondulantes colinas verdes que parecían extenderse hasta el infinito.

Cuando terminó con sus reminiscencias, volteó hacia mí.

—Escúchame bien. Saca mis copias y tómate tu tiempo. Calienta la máquina, recítale unos versos, dale un masaje, hazle el amor. Haz todo lo que tengas que hacer. Tienes suerte. Hoy estoy contento. Mañana vuelvo a casa y tengo un empleo esperándome en el banco. Voy a ganar buen dinero y me casaré con la chica más linda del pueblo, mientras que tú seguirás aquí, respirando este maldito aire contaminado, rodeado por esta horrible gente de la ciudad —sonrió por un instante—. ¿Me entendiste?

—Claro —le dije.

—Ahora dime dónde puede un hombre tomarse un trago por aquí.

Había un bar a unas cuantas calles de allí, un antro de ventanas sucias frente al cual yo pasaba casi a diario. Era un lugar repleto de marineros, estibadores y hombres rudos cuya apariencia aún me asustaba. Nunca había entrado, pero en muchos aspectos era el bar en el que mc había imaginado a mí mismo cuando aún vivía en casa tramando alguna forma de escapar: oscuro y desagradable, la clase de lugar que le disgustaría a mi pobre e inocente madre.

Tomé el blanco del hombre y lo coloqué detrás del mostrador.

—Claro que hay un bar —le dije—. Pero no es lugar para provincianos.

—Mocoso de mierda. Dime dónde queda.

Le señalé la dirección correcta.

—Media hora. Más te vale tener mis copias listas.

Se fijó en el estante de plástico del que colgaban las postales de la ejecución del dictador y frunció el ceño. Con el dedo índice, lo empujó suavemente hasta que todas las postales cayeron al piso.

No hice nada por evitarlo.

—Si fuera tu padre —dijo—, te molería a golpes por faltarme el respeto.

Salió sacudiendo la cabeza, y dejó que la puerta se cerrara de golpe tras él.

Nunca más lo volví a ver. Tal como se dieron las cosas, parece que yo tenía razón acerca de ese bar. Su aspecto debió de desagradarle a alguien, o quizás pensaron que era un policía por cómo vestía, o tal vez su acento atrajo demasiada atención. De cualquier forma, los periódicos informaron que fue todo un espectáculo. La pelea comenzó dentro del bar —quién sabe cómo empiezan estas cosas— y terminó en la calle. Fue allí donde murió, con la cabeza destrozada contra los adoquines del piso. Alguien llamó a una ambulancia, pero esta demoró mucho en atravesar las estrechas calles del puerto. Había cambio de turno en los muelles, y las calles estaban repletas de hombres.

Poco después de mi encuentro con el guardia de seguridad, escribí una carta a casa. Era apenas una nota, en realidad, algo breve para que mis padres supieran que estaba vivo, que no debían creer todo lo que se leía en los periódicos acerca de la capital. Mi padre había sobrevivido una temporada en la ciudad y, casi tres décadas después, seguía hablando del lugar con tono deslumbrado. Viajó para allá poco después de casarse con mi madre, y regresó al pueblo un año más tarde, con los ahorros suficientes para comprar la casa donde crecí. La ciudad pudo haber sido rentable, pero también era un lugar aterrador e inseguro. En doce meses allí, vio robos, disturbios y un golpe de Estado. Tan pronto como pudo reunir el dinero, regresó a casa y nunca más volvió a la ciudad. Mi madre jamás la visitó.

En mi nota les conté sobre los Patrice, describí a la agradable pareja de ancianos en forma tal que los tranquilizaría. Prometí visitarlos para Navidad, ya que aún faltaba medio año para entonces. En lo que respecta al blanco y al certificado del muerto, decidí quedarme con ellos. Me los llevé a casa al día siguiente, y luego de doblarlo con mucho cuidado, coloqué el certificado entre las páginas de un diccionario ilustrado que los Patrice tenían en su sala. Clavé el blanco, con tachuelas, en una de las paredes de mi cuarto, de modo que quedara frente a mí cuando me sentaba en la cama. Una noche se desató una tormenta, el primer aguacero de la temporada, y el tamborileo de la lluvia en el techo me hizo recordar mi casa. De pronto, me sentí solo, cerré el ojo izquierdo y dirigí el dedo índice hacia la pared, al hombre en el blanco. Apunté con cuidado, y le disparé. Eso me hizo sentir bien. Disparé nuevamente, esta vez imitando el ruido de un arma, y pasé varios minutos así. Soplaba el humo imaginario de la punta de mi dedo, como hacían los pistoleros que había visto en películas extranjeras. Debo haberlo matado al menos una docena de veces antes de darme cuenta de lo que estaba haciendo, y desde entonces sentí una fidelidad complicada hacia el hombre del blanco. Le disparaba todas las noches antes de dormir, y a veces también por las mañanas.

Una tarde, poco después de que enviara la carta, llegué a casa y encontré a la chica —se llamaba Malena— con el rostro enrojecido y lloroso en la sala de los Patrice. Acababa de llegar de mi pueblo, y había apoyado su pequeño maletín contra la pared, junto a la puerta. La señora Patrice la estaba consolando, tenía una mano sobre el hombro de Malena, mientras el señor Patrice permanecía sentado, inmóvil, sin saber bien qué hacer. Tartamudeé algo a manera de saludo, y los tres levantaron la mirada hacia mí. Vi la expresión de sus rostros, y por la forma en que Malena me miraba, supe de inmediato lo que había ocurrido.

—Tus padres te mandan saludos —dijo la señora Patrice, con una voz que revelaba una profunda decepción.

—Vas a tener un hijo —añadió su esposo, como para disipar toda posible duda.

Me acerqué, tomé a Malena de la mano y la llevé hasta mi cuarto del fondo sin decir una palabra a los Patrice. Durante un largo rato nos quedamos sentados en silencio. Ninguna otra persona había entrado antes al cuarto, excepto aquella ocasión en que los Patrice me mostraron por primera vez el lugar. Malena no parecía particularmente triste, enojada o feliz de verme. Se sentó en la cama. Yo me quedé de pie. El cabello se le había soltado, y le caía sobre el rostro cada vez que agachaba la cabeza, lo que al inicio ocurrió con frecuencia.

—¿Me has extrañado? —preguntó.

Sí, la había extrañado —su cuerpo, su aliento, su risa—, pero solo me di cuenta de ello cuando la tuve al frente.

—Claro que sí —le dije.

—Podrías haber escrito.

—Escribí.

—Bien que nos hiciste esperar.

—¿Cuántos meses tienes? —le pregunté.

—Cuatro.

—Y es...

—Sí —dijo Malena con voz firme.

Lanzó un profundo suspiro, y yo le pedí disculpas.

Malena traía noticias: quién más se había marchado a la ciudad, quién se había ido al norte. Había bodas programadas para la primavera: gente a la que conocíamos, aunque no mucho. Un chico de mi barrio se había alistado en el Ejército, y corrían rumores de que había abandonado el entrenamiento básico para irse a vivir con una mujer que le doblaba en edad, a un pueblo joven en las afueras de la ciudad. Sonaba inverosímil, pero era lo que todos decían. Como lo sospechaba, el asesinato del guardia de seguridad había dado mucho que hablar. Malena me contó que le había sido imposible dormir, pensando en lo que yo estaría haciendo, si estaba bien. Fue a visitar a mis padres y ellos trataron de convencerla de que no viajara a la ciudad, o al menos que no lo hiciera sola.

—Tu padre iba a venir conmigo.

—¿Y por qué no vino? —le pregunté.

—Porque no lo esperé.

Me senté junto a ella en la cama; nuestros muslos se rozaban. No le conté que había conocido a la víctima, ni sobre mi pequeño papel en su desgracia, ni nada de eso. La dejé hablar: me describió los cambios cosméticos que habían ocurrido en nuestro pueblo en los pocos meses desde mi partida. Se acercaban las elecciones municipales, me dijo, y todos esperaban la campaña con la mezcla usual de ansiedad y desesperación. El dueño de la fábrica de cemento iba a postular. Lo más probable era que ganase. Se hablaba de volver a pintar el puente. Yo escuchaba y asentía. Su cuerpo mostraba ya una inconfundible redondez. Coloqué la palma de mi mano sobre su vientre y la atraje hacia mí. Ella dejó de hablar abruptamente, a la mitad de una frase.

—Te quedarás conmigo. Seremos felices —susurré. Pero Malena sacudió la cabeza, negándolo. Había algo duro en su forma de hablar.

—Me voy a casa —dijo—, y tú te vienes conmigo. Todavía era temprano. Me puse de pie y di vueltas alrededor del diminuto cuarto; de una pared a la otra eran apenas diez pasos cortos. Me quedé mirando a mi amigo del blanco. Sugerí que saliéramos a ver el barrio antes de que oscureciera. Le podría mostrar el muelle o la aduana.

¿Acaso no quería verla?

—¿Qué hay para ver?

—El puerto. El río.

—Es el mismo río que tenemos en nuestro pueblo. ¿O ya te olvidaste?

De todos modos fuimos a verlo. Los Patrice no dijeron ni una palabra mientras salíamos, y cuando volvimos, poco después de que oscureciera, la puerta de su dormitorio estaba cerrada. El maletín de Malena seguía junto a la puerta, y aunque no era más que un maletín de mano con una sola muda de ropa, cuando lo tuve en mi habitación, esta pareció aún más diminuta. Hasta aquella noche, Malena y yo jamás habíamos dormido en la misma cama. Luego de apretujarnos y acomodarnos por un rato, quedamos cara a cara y muy cerca. Puse mi brazo alrededor de ella, pero mantuve los ojos cerrados y me dediqué a escuchar los sonidos apagados que venían del dormitorio de los Patrice, que parecían estar hablando con ansiedad.

—¿Son siempre tan conversadores? —preguntó Malena.

No podía distinguir lo que decían, pero, por supuesto, lo adivinaba.

—¿Te molesta?

Sentí que Malena se encogía de hombros entre mis brazos.

—No mucho —dijo—, pero tampoco importa. Como solo nos vamos a quedar esta noche...

Luego de este comentario, nos quedamos callados, y Malena durmió plácidamente.

A la mañana siguiente, cuando salimos a desayunar, mis caseros lucían sombríos y serios. La señora Patrice se aclaró la garganta varias veces, haciendo ademanes cada vez más apremiantes a su esposo, hasta que al fin este dejó su tenedor y empezó a hablar. Expresó su pesar, su frustración y decepción.

—Venimos de familias íntegras —dijo—. No somos del tipo de gente que cuenta mentiras por diversión. Junto con nuestros vecinos, fundamos esta parte de la ciudad. Somos personas respetables y no toleramos la falta de honradez.

—Somos gente de mucha fe, gente creyente —añadió la señora Patrice.

Su esposo asintió. Cada domingo lo había visto prepararse para ir a misa con una minuciosidad que solo podía provenir de una fe profunda e incuestionable. Un traje cuidadosamente cepillado, camisas del blanco más inmaculado. Se peinaba el cabello negro con una pomada espesa, de manera que a la luz del sol parecía tener una corona de brillo gelatinoso.

—Las mentiras que le habrás contado a esta jovencita no nos incumben. Eso deben resolverlo entre ustedes. Nosotros no tenemos hijos, pero pensamos en cómo nos sentiríamos si nuestro hijo fuera por ahí contando a todos que es huérfano.

Frunció el ceño.

—Destrozados —susurró la señora Patrice—. Traicionados.

—No dudamos que seas bueno en el fondo, hijo, ni de ti...

—Malena —dije—. Se llama Malena.

—... pues ambos son criaturas del único Dios verdadero, y el Señor no se equivoca al disponer los asuntos de los hombres. No estamos en posición de juzgar, solo de aceptar con humildad lo que Él nos ha encargado.

Su discurso empezaba a ganar ímpetu, y no teníamos más remedio que escucharlo. Por debajo de la mesa, Malena me tomó de la mano. Los dos asentimos.

—Y Él los ha traído a ambos aquí, así que debe ser Su voluntad que los cuidemos. No tenemos la intención de echarlos a la calle en un momento tan delicado como este, porque no sería correcto hacerlo. Pero sí estamos en la obligación de pedirles, de exigirles una explicación, y tú tienes que dárnosla, hijo, y lo harás, si esperas aprender lo que significa ser un ciudadano respetuoso y respetable, en esta ciudad o en cualquier otra. Dime: ¿has estado estudiando?

—No.

—Lo sospechaba —dijo el señor Patrice. Sacudió severamente la cabeza y luego prosiguió. Nuestro desayuno se enfriaba. En algún momento llegaría mi turno de hablar, pero para entonces no tenía mucho que decir, y ningún deseo de rendir cuentas de nada.

Malena y yo nos marchamos esa misma tarde. Primero fui a la tienda para arreglar mis asuntos, y luego de explicarle la situación a Nadal, él se ofreció a ayudarme. Me contó que le encantaba falsificar documentos oficiales, que le hacía recordar sus mejores días. Hicimos una copia del certificado original y luego le pusimos mi nombre. Cambiamos la dirección, la fecha de nacimiento y los datos de mi estatura y peso con una maltratada máquina de escribir marca Underwood que Nadal había heredado de sus días en la aduana. Él silbaba sin cesar, era obvio que lo estaba pasando bien.

—Has logrado que este viejo se sienta joven otra vez —me dijo.

Reimprimimos el certificado en papel bond y, con gran ceremonia, Nadal sacó una caja polvorienta de debajo de su escritorio. En ella guardaba los sellos oficiales que había robado con el correr de los años, más de una docena, incluyendo uno de la Oficina del Secretario General de las Fuerzas Patrióticas de Defensa Nacional, es decir, el sello del tirano, del dictador, del mismísimo presidente vitalicio. Tenía un mango de madreperla y una versión intricada y estilizada del escudo nacional. Nunca había visto nada igual. Era el recuerdo de una relación amorosa, contó Nadal, con una mujer inescrupulosa que dos veces por semana lo dejaba cubierto de mordeduras y horribles arañazos, y que gritaba tan fuerte cuando hacían el amor que a menudo él se detenía solo para escuchar, maravillado, ese sonido. «Gritaba como si la estuvieran matando», me dijo. Esta mujer mantenía una relación similar con el dictador, y, según decía, a él le gustaba decorar su cuerpo desnudo con ese mismo sello. Nadal sonrió. Con toda razón podía jactarse de haber estado, en sus mejores épocas, extraordinariamente cerca del poder.

—Ahora, claro, el rey ha muerto —dijo Nadal—. Y en cambio yo sigo vivo.

Cada sello tenía una historia similar, y él disfrutaba narrándolas: de dónde provenía, a qué organismo representaba, cómo lo había usado o abusado de él a lo largo de los años, y con qué fines. Aunque Malena me esperaba, nos demoramos casi dos horas en elegir uno. Luego pusimos dentro de un sobre de Manila el documento falsificado y el blanco, que había descolgado de mi pared aquella mañana. Cerramos el sobre y también le pusimos un sello.

Nadal y yo nos abrazamos.

—Siempre habrá trabajo para ti acá —me dijo. Malena y yo viajamos de vuelta a casa ese día, en un ruidoso autobús interprovincial. Ella se quedó dormida con la cabeza apoyada sobre mi hombro, y no puedo negar que me emocioné cuando la ciudad desapareció para dejar paso a las ondulantes colinas y los suaves contornos del campo. A la mañana siguiente, presenté los documentos en el banco del pueblo vecino, al otro lado del puente.

—Necesitamos un guardia de seguridad —me dijo el administrador—. Quizás te hayas enterado de lo que le ocurrió al último que tuvimos —parpadeaba sin parar cuando hablaba—. Eres joven, pero me caes bien. No sé por qué, pero me caes bien.

Luego nos dimos un apretón de manos. Estaba de vuelta en casa.

Mi hijo nació poco antes de la Navidad de aquel año, y en marzo los periódicos empezaron a publicar noticias sobre una serie de robos a bancos de provincias. Los autores eran exconvictos, extranjeros, o soldados que habían sido dados de baja desde que el gobierno democrático empezó a reducir el número de efectivos del Ejército. Nadie lo sabía con certeza, pero era algo inquietante y nunca antes visto, el tipo de delito que hasta aquel entonces había estado limitado a la ciudad y sus suburbios más pobres. Todo el mundo tenía miedo; sobre todo yo. Cada reportaje era más espeluznante que el anterior. A media hora de camino río arriba, dos empleados bancarios habían sido asesinados porque el contenido de la bóveda había decepcionado a la banda de criminales. Aquel día asaltaron dos bancos, y en el segundo de ellos cruzaron el cerco policial a tiros, matando a un policía e hiriendo a otro en el escape. Se decía que viajaban por los cauces tributarios del río, escondiéndose en caletas a lo largo de las riveras boscosas. Por supuesto, era solo cuestión de tiempo. Una vez por semana recibíamos importantes depósitos de la fábrica de cemento, y muchos de los trabajadores cobraban sus cheques en nuestro banco cada dos viernes por la tarde.

Malena leía los diarios, escuchaba los rumores e inventariaba los detalles, cada vez más violentos, de cada atraco. Yo la oía decir a sus amigas que no estaba preocupada, que yo era bueno con las armas, pero en privado tenía las cosas muy claras. Renuncia, me decía. Tenemos un hijo que criar. Podemos mudarnos de vuelta a la ciudad.

Pero algo había cambiado. Los tres compartíamos la misma habitación donde yo había crecido. Ella colmaba a nuestro hijo de tanto cariño que yo apenas sentía que también era mío. El niño siempre tenía hambre. Todos los días, antes del amanecer, me despertaba con su llanto, y lo observaba amamantándose con una urgencia que yo comprendía y recordaba a la perfección: así me había sentido yo cuando partí a la ciudad, casi un año antes. Después ya no podía volver a dormir y me preguntaba cómo y en qué momento me había vuelto tan desesperada e irremediablemente egoísta, y qué se podía hacer, si era posible, para repararlo. No me sentía dueño de ninguno de mis actos. Había estado viviendo una clase de vida cuando una mano, fuerte e implacable, me había arrastrado violentamente hacia otra. Trataba de recordar mis rutinas de la ciudad, sin éxito.

Tampoco recordaba ni siquiera uno de las docenas de chistes vulgares que había escuchado contar a los estibadores en la tienda, ni del diseño del papel tapiz de la ordenada sala de los Patrice. Había olvidado el nombre de la calle que corría paralela al puerto, y también el sonido de los intrépidos filipinos parloteando entre sí aquellos días en que bajaban a tierra para visitar a las dulces y adornadas mujeres de la capital.

El resto del mundo nunca me había parecido tan lejano.

Hacia el final del verano, la banda ya había asaltado la mayoría de pueblos de nuestra provincia. Fue entonces que mi padre sugirió que fuéramos a la vieja granja. Quería enseñarme a usar la pistola. Empecé a explicarle que ya sabía cómo usarla, pero no me prestó atención.

—Maneja tú —me dijo.

Salimos del pueblo un sábado de calor opresivo e interminable. El camino no era sino una pegajosa cinta de asfalto hirviente. Llegamos poco antes del mediodía. No había nada de sombra. El camino de trocha, lleno de surcos, conducía directamente hasta la casa, que estaba cerrada, vieja y hundiéndose sobre sí misma como una torta arruinada. Mi padre bajó del auto y se apoyó en el capote. Detrás de nosotros, una nube de polvo serpenteaba en dirección a la carretera, y una ligera brisa recorría los campos de césped crecido, aunque, por algún motivo, parecía evitarnos. Solo sentíamos el calor despiadado. Mi padre sacó una botella del auto, bebió un trago y bajó la visera de su gorra hasta cubrir sus ojos. La luz era intensa. Él tenía siete años cuando mi abuelo murió y mi abuela se mudó con la familia al pueblo. Me pasó la botella; yo le entregué el arma reluciente. La cargó sonriendo y, sin mucho que decir, nos turnamos disparando a las enclenques paredes de la casa de mi abuelo.

Así transcurrió una hora, en la que destrozamos lo que quedaba de las ventanas y circundamos la casa varias veces para ensayar nuestro ataque desde otro ángulo. Apuntábamos a las cornisas justo bajo el techo y, luego de algunos intentos, acertamos varios tiros a la desvencijada veleta, que giró como loca en el calor inerte de la tarde. Desprendimos a tiros los números de la puerta principal e hicimos caer la canaleta para lluvia de la esquina en la que había estado durante cinco décadas. Llené de agujeros la fachada de la vieja casa con feliz abandono. Mi padre me observaba, y yo imaginaba que se sentía orgulloso de mí.

—¿Qué tal estuvo? —me preguntó cuando terminamos. Nos habíamos sentado a la sombra, apoyados contra la pared que miraba al este.

Sentía el arma caliente en la mano.

—No sé —le dije—. Dime tú.

—No sabes usar esta pistola —se quitó la gorra y la colocó a su lado—. Tienes que disparar con ganas.

—No las tengo.

—Es normal tener miedo.

—Ya lo sé —le dije—. Y lo tengo.

—Tu generación tiene mala suerte. Esto nunca hubiera ocurrido antes. El antiguo gobierno nunca lo hubiera permitido.

Me encogí de hombros. Tenía una postal del general muerto, en el fondo de una maleta en casa. Podría mostrársela a mi padre en cualquier momento, en cualquier circunstancia, solo para enfadarlo o entristecerlo, o ambas cosas y, por algún motivo, saberlo me hacía sentir bien.

—¿Lo disfrutas? —me preguntó—. ¿Disfrutas el ser padre?

—¿Qué clase de pregunta es esa?

—No es una clase de pregunta, es una pregunta. Si te vas a ofender por cada cosa que diga tu viejo, tu vida se volverá insoportable.

—Lo siento —él suspiró.

—Si es que no lo es ya...

Nos quedamos sentados, viendo cómo el calor se elevaba de la tierra ardiente. Todo me parecía tan extraño.

¿Cómo convencer a mi padre de que mi vida no era insoportable? Le mencioné el puente, su nuevo color, pero él no lo había notado.

Se volteó a mirarme.

—Tu madre y yo aún somos jóvenes, ¿sabes?

—Claro que lo son.

—Lo suficientemente jóvenes, digo, y tenemos buena salud. Aún me queda energía para varios años más de trabajo.

Flexionó un bíceps y lo mantuvo así para que lo viera.

—Mira —me dijo—. Tócalo, si quieres. Tu papá todavía es fuerte.

Me hablaba con deliberada calma, y tuve la impresión de que había preparado muy cuidadosamente lo que dijo enseguida.

—Nosotros somos jóvenes, pero tú eres aún más joven. Tienes toda una vida por delante. Y si lo deseas, puedes ir a buscarla en algún otro lado. Anda, haz cosas, conoce otros lugares. Nosotros podemos encargarnos del niño. Tú no quieres estar aquí, y nosotros comprendemos.

—¿De qué estás hablando?

—Tu mamá está de acuerdo —dijo—. Ya lo discutimos. Te va a extrañar, pero dice que lo entiende.

No estaba seguro de haberlo escuchado bien. Me quedé observando a mi padre un momento.

—¿Y Malena?

—No le faltará nada.

Levanté el arma y le quité el polvo. Revisé que estuviera descargada y se la entregué.

—¿Cuándo? —le pregunté.

—Cuando quieras.

Luego, en el camino de vuelta a casa, hablamos solo del clima y de las elecciones. A mi padre no le importaba mucho votar, pero pensaba que si el dueño de la fábrica quería ser alcalde, estaba en su derecho. Le daba igual. Todo le daba igual. El cielo se había llenado de nubes blancas y esponjosas, pero el calor no menguaba. O tal vez era así como me sentía. Aun con las ventanas abiertas, el sudor impregnaba mi camisa, y mi espalda y muslos se pegaban rápidamente al asiento. No añadí más a nuestra conversación, solo conduje con la mirada al frente, pensando en lo que mi padre me había dicho. Dos semanas después seguía dándole vueltas al tema, cuando nos asaltaron.

No fue ni mejor ni peor de lo que me había imaginado. Me pidieron que dijera unas palabras en el velorio del administrador, y para sorpresa mía, no fue fácil hacerlo. De pie, frente a un salón lleno de familiares acongojados y amigos traumatizados, rendí un insípido homenaje al muerto y a su bondad. No pude mirar a nadie a los ojos. Malena acunaba a nuestro hijo en sus brazos y la velada transcurría como en un sueño, hasta que los tres nos dirigimos hacia una esquina del oscuro salón, donde la joven viuda recibía las condolencias. Agradeció mis palabras y le hizo mimos a nuestro hijo. «¿Cuántos meses tiene?», preguntó, pero antes de que Malena o yo pudiéramos responder, su rostro enrojeció. Rompió a llorar, y ninguno de los dos supo qué decir. Me disculpé, me despedí de Malena con un beso y escapé por una puerta lateral hacia la noche cálida. El pueblo estaba vacío y silencioso. Apenas podía respirar. Esa noche no volví a casa, y Malena entendió que no valía la pena buscarme.

El presidente Lincoln ha muerto

Hank y yo hablábamos sobre cómo el objeto de nuestro amor es destruido por el solo hecho de que lo amamos. El bar era oscuro, pero agradable, y la luz parpadeante del televisor me permitía distinguir vagamente la textura áspera de su rostro. A pesar de todo, era un hombre hermoso.

Ese día nos habían despedido a ambos de nuestros empleos en la central telefónica, pero eso a Hank parecía no importarle. Todo el día nos gritaban desconocidos exigiendo que aparecieran sus paquetes. Hank guardaba una botella de whisky en la sala de descanso, escondida detrás de la máquina de café, para aquellos días en los que alguna tormenta de nieve en la costa este retrasaba los despachos y nos obligaba a disculparnos por los caprichos del clima. Cuando nos avisaron que estábamos despedidos, Hank pasó la tarde bebiendo licor en un vaso de plástico y dando vueltas por nuestro piso, hablando solo. Pasó una incómoda hora parado sobre un basurero volteado, observando, a través de una ventana elevada, cómo los automóviles del estacionamiento se achicharraban bajo el sol. Yo me encargué de vaciar mi escritorio, y luego el suyo. Hacía meses que las cosas no andaban bien entre nosotros.

Hank dijo:

—Veamos, por ejemplo, lo que le ocurrió a Abraham Lincoln.

—¿Por qué lo mencionas? —le pregunté—. ¿Por qué esta noche?

—En el momento de su muerte —prosiguió, ignorándome—, Lincoln era el hombre más amado de los Estados Unidos.

Enarqué una ceja.

—¿O quizás el más odiado?

Hank asintió.

—La gente lo odiaba, es cierto. Seguro que sí. Pero también lo amaban. Lo habían amado hasta darle un aura y un brillo especiales. Como una piedra pulida por el roce de miles de manos.

Lincoln había sido mi primer amor, y Hank conocía toda la historia. Solía mencionarla cuando quería hacerme daño. Lincoln y yo nos conocimos en una fiesta en Chicago, mucho antes de que fuera presidente, en una de esas reuniones de Wicker Park en las que en la puerta veías bicicletas en filas de cuatro sujetas a un poste de luz. Éramos jóvenes. Era verano. «Seré candidato a presidente», me dijo, y luego me siguió toda la noche —de la mesa del ponche cargado con alcohol al balcón repleto de fumadores y a la sombría habitación donde nos acariciamos sobre la cama de un desconocido—. Nunca dejó de repetirlo.

Al final, terminé cediendo:

—Votaré por ti.

Lincoln me dijo que le gustaba esa idea: yo, solo, detrás de una cortina, pensando en él.

—No entiendo lo que tratas de decir —le dije a Hank.

—Estamos aquí, juntos, y somos un desastre. Y ahora todo se ha ido al diablo, Manuel.

—¿Como con Lincoln?

—Todo lo que hizo por esta nación —dijo Hank—. Los estadounidenses no tenían más remedio que matarlo.

Sentí que mi pecho se agitaba.

—No hables así —alcancé a decir.

Hank se disculpó. Vivía pidiendo disculpas. Terminó su trago con un gesto teatral, levantó el vaso y lo sacudió. Se había transformado de pronto en el líder de un conjunto musical y el vaso en una maraca: el hielo sonaba de maravilla. Una mesera se acercó.

—Dame lo que quiero, mi amor —dijo Hank.

Ella mascaba chicle con lentitud, y algo en la postura de su cuerpo indicaba que era dolorosamente consciente de que iba a ser una larga noche.

—¿Y cómo sé lo que quieres?

Hank se cubrió los ojos con las manos.

—Porque soy famoso.

Ella tomó su vaso y se marchó. Hank me guiñó el ojo y yo intenté sonreírle. Ojalá él hubiera podido leer mi mente. Eso habría simplificado mucho las cosas entre nosotros aquella noche.

—El hecho es —dijo Hank una vez que le trajeron otro trago— que uno llega a un punto en el que deja de amar algo, luego de haberle extraído toda su belleza, y es entonces que uno, por ley, debe descartarlo.

No pude aguantar más.

—Por Dios. Dilo de una vez.

Había un letrero hecho con tubos de neón detrás de la barra, y Hank lo miró por sobre mi hombro, ensimismado con las luces.

—¿Decirte qué? —me preguntó.

—Lo que quieres decir.

—No sé lo que quiero —cruzó los brazos—. Nunca lo he sabido. Me molesta que me obliguen a tomar una decisión.

Lincoln era un buen hombre, un amante aceptable, un líder digno con un corazón tierno. Había querido ser poeta, pero se decidió por la política. «Es solo mi trabajo de oficina», me dijo alguna vez. Estaba desnudo cuando lo dijo, sentado en una silla de mi cuarto, fumando un cigarrillo y limpiando el polvo de su sombrero de copa con un cepillo de dientes con mango de madera. Era una persona frágil: se le veían las costillas, incluso en aquel entonces. Estuvimos juntos durante casi un año. Por las mañanas, solía peinarle la barba suavemente, siempre suavemente, y Lincoln ronroneaba como un gato.

Hank extendió sus manos sobre la mesa y se quedó observándolas. Estaban surcadas por venas y muy maltratadas.

—Perdóname —me dijo, sin levantar la mirada—. No era un buen trabajo, ¿verdad?

—No —le respondí—. Pero era un trabajo. Se restregó los ojos.

—Si no paro de beber, me voy a enfermar. Por otra parte, si paro de beber... Ah, qué vida la nuestra.

Tomé una de sus manos y la besé.

Yo era un muchacho sureño, y eso, por supuesto, era tema de conversación entre Lincoln y yo. A Hank no le importaba de dónde venía. La geografía es un accidente, decía. El lugar en que te toca nacer no es más que el primer lugar de donde huyes. Y añadía: la gente que conoces, aquellos de quienes te enamoras y la ruta que recorren juntos, toda tu vida, no es más que una serie de accidentes. Y también son accidentes los riachuelos con los que te encuentras en un bosque tupido, las piedras que recoges, el número de saltos que da cada una sobre la brillante superficie del agua, y todo lo que sientes en aquel momento: el aburrido transcurrir del tiempo, la posibilidad de que todo se detenga. Lincoln y yo habíamos vivido eso —habíamos lanzado piedras al agua y sentido cómo se nos henchía el corazón— poco antes de que él dejara Illinois para mudarse a Washington. Estábamos a una hora de Chicago, en un bosque invadido por demarcaciones. A dondequiera que íbamos, nos topábamos con árboles adornados con brillantes banderas anaranjadas: árboles con su propio certificado de defunción, tierra marcada para la deforestación, lista para ser atravesada por pistas, carreteras y entradas, y salpicada con los hogares de honrados propietarios estadounidenses.

Lincoln dijo que me amaba.

—Iré contigo —le dije, esperanzado. Esto ocurrió hace muchos años.

Aquella mañana él había ido al manicomio a escoger una esposa. Los doctores la sacaron en una silla de ruedas, con un vestido blanco, y los casaron en el acto. Si recibía los cuidados adecuados, le dijeron, sería una gran compañera. Se llamaba Mary Todd.

—Es muy guapa —dijo Lincoln. Me mostró una fotografía y tuve que admitir que así era.

—¿La amas? —le pregunté.

Lincoln no se atrevía a mirarme a los ojos.

—Pero la acabas de conocer hoy.

Me respondió con un suspiro. Luego de un buen rato en silencio, me tomó de la mano. Habíamos llegado a un lugar donde la maleza estaba tan crecida que ocultaba los carteles de construcción: por todas partes había troncos de árboles mohosos y podridos, ramas retorcidas y enredaderas enmarañadas colgando sobre el sendero. Lincoln se golpeaba la cabeza una y otra vez mientras caminábamos.

—Este bosque es un desastre —se quejó.

Yo le dije:

—Ay, Abi. Eres demasiado quisquilloso para ser poeta.

Me sonrió avergonzado. Lo cierto es que nunca pensé que llegaría a ser viejo.

De vuelta en el bar, Hank se derrumbaba ante mis ojos. O fingía hacerlo.

—¿Qué vamos a hacer? —imploraba—. ¿Cómo vamos a pagar el alquiler?

Era una buena pregunta. Dejó caer los hombros con desaliento y yo le sonreí.

—Tú no me amas —le dije.

Se quedó muy quieto por un momento.

—Claro que te amo. ¿Acaso no te estoy destruyendo de a pocos?

—¿Sí?

El rostro de Hank había enrojecido.

—¿Acaso no perdiste tu empleo por mi culpa?

Me alegró que lo dijera. Hank se había acostumbrado a transferirme las llamadas de sus clientes más problemáticos, pero no sin antes enemistarse a muerte con ellos y jurarles que su paquete extraviado era solo el comienzo, que ocurrirían cosas aún peores, nuevos y más violentos ataques a su tranquilidad suburbana. Inevitablemente, los clientes pedían hablar con un gerente, y yo me veía forzado a sacar de apuros a mi amante. O a intentarlo, por lo menos. Yo no era gerente, nunca lo había sido, y fingirlo se me hacía intolerable. El cliente me insultaba a gritos y yo accedía a todo: reenvíos gratuitos, reemplazo de productos, crédito para órdenes futuras, cualquier cosa con tal de que colgaran el teléfono. Hank escuchaba todo desde su cubículo, respirando pesadamente sobre el auricular, y yo me daba cuenta de que lo estaba decepcionando. Luego me pedía disculpas hecho un mar de lágrimas, y pasaban dos semanas, quizás tres, antes de que la misma escena se repitiera otra vez.

A la gente de contabilidad les tomó meses descubrir que éramos los responsables.

Ahora Hank suspiraba.

—Hoy realmente hizo mucho calor —dijo—. ¿Lo sentiste? ¿Viste cómo se condensaba en las ventanas?

—¿Era eso lo que estabas mirando? ¿El calor?

—¿Qué hubieras hecho sin mí? ¿Cómo habrías sobrevivido en ese lugar?

No le contesté.

Vaciamos nuestros bolsillos para pagar la cuenta, salimos del bar y nos adentramos en la noche. El calor no daba tregua. Eran las once y media, quizás más tarde, pero el aire del desierto aún era denso. En esa época del año, aquellos que no éramos oriundos de la región, aquellos cuyas vidas habían naufragado en el gran suroeste de los Estados Unidos, debíamos enfrentarnos a un terror muy real: el verano se acercaba. Pronto sería julio y ya no tendríamos esperanza. Nos dirigimos hacia el camión. Hank me arrojó las llaves y yo las atrapé con dificultad. Era lo único bueno que había ocurrido en todo el día. Si llegaban a caer al suelo, con seguridad hubiéramos pasado varias horas de rodillas, buscándolas a tientas sobre el caliente asfalto del desierto.

—¿Adónde vamos? —le pregunté.

—Tú sabes.

Conduje lentamente a través del centro de la ciudad, y crucé bajo el puente de la Novena Avenida, hacia el vasto anonimato de casas idénticas y cauces secos, de postes de luz ubicados a espacios regulares pero sin nada que iluminar. Teníamos amigos que vivían en esa zona, mujeres que coleccionaban cristales y cuyo vecindario las deprimía tanto que con frecuencia sacaban el auto solo para llevar a pasear al perro. Y sin embargo, bajo todo ese cemento, el paisaje era hermoso: luego de media hora la carretera se allanaba, diez minutos después los postes de luz se esfumaban, y recién entonces se podía realmente tomar velocidad. Con las ventanillas abiertas y el aire caliente circulando por el auto, hasta se podía pensar que era un bello lugar para vivir. Unas cuantas casas rodantes balanceándose sobre ladrillos, un carrito de compras abandonado en una zanja, brillando a la luz de los faros como una minúscula jaula plateada —y luego solo desierto, lo que equivale a decir que no había absolutamente nada, salvo polvo, rocas de color rojizo y un cielo añil salpicado de estrellas—. Hank tenía la mano sobre mi rodilla, pero mi mirada estaba fija en la carretera, en un punto ubicado justo un poco más allá del alcance de la luz de los faros. Con uno o dos trabajos ocasionales podríamos juntar lo suficiente para pagar el alquiler. Pero más allá de eso era imposible hacer planes, podía ocurrir cualquier cosa, y solo pensar en ello me agotaba. Sentía —equivocadamente, como es obvio— que ya estaba demasiado viejo como para quedarme sin nada otra vez.

Lincoln y yo pasamos un invierno juntos en Chicago. Él trabajaba para el concejo municipal y yo en una bodega. No nos alcanzaba para pagar la calefacción, y por eso cada noche nos acurrucábamos bajo media docena de mantas, y nos abrazábamos con fuerza, piel contra piel, hasta desterrar el frío. A mitad de la noche, el calor que producíamos se volvía de pronto tan intenso que él o yo terminábamos quitando las mantas. Eso ocurría siempre, y cada mañana nos sorprendía despertarnos temblando, con la ropa de cama amontonada a un lado sobre el suelo.

Cuando lo asesinaron, yo ya me había mudado al sur de la Florida. Habían pasado once años desde nuestro último encuentro. Durante la guerra, recorrí el país en busca de trabajo. Había una mujer blanca que había conocido a mi madre, y cuando le escribí, me ofreció alojamiento a cambio de que trabajara para ella. Me pareció bien hacerlo por un tiempo. Al anochecer, las cigarras tocaban su triste música, y cada mañana nos levantábamos antes del alba, a quitar maleza y excavar canales en un intento infinito por drenar el pantano. Además de mí había otros tres hombres, conectados por un confuso sistema de relaciones que delineaba la olvidada historia de la región: su colonización y conquista, y la explotación y repartición de sus riquezas. Había un cherokee solitario, un indio caribe que apenas hablaba y un exesclavo negro que trabajaba más duro que nosotros tres juntos. Aquella mujer había conocido a todas nuestras madres, nos había visto crecer, partir y regresar. Su plan era sembrar naranjos, idénticos a los que había visto alguna vez en un folleto durante un viaje a Miami: árboles sembrados en pequeñas hileras ordenadas, la tediosa belleza del progreso.

Pero esta tierra era como una esponja, un tupido manglar sobre una ciénaga. Se podía tomar un puñado de tierra con las manos, apretarlo y obtener agua. «Esto nunca funcionará», le dije cierta tarde, luego de que una lluvia matutina destruyera en cuarenta y cinco minutos lo que nos había tomado una semana construir. Ella me despidió en el acto, sin discusiones ni preámbulos.

—Los hombres deberían ser más optimistas —dijo, y me dio media hora para empacar mis cosas.

El negro liberto fue quien me llevó a la estación de autobuses. Tan pronto salimos a la carretera en el viejo camión, se sacó el collar que llevaba bajo la camisa. En él tenía colgada una pequeña bolsa de cuero.

—¿Qué es? —le pregunté.

—Es una bala —me dijo muy serio—. Y tengo un arma escondida en el campo.

—Oh —dije.

El negro me hablaba entre dientes.

—Esa mujer era dueña de mi madre, muchacho, y esa tierra será mía. ¿Ahora me entiendes? ¿Te das cuenta de por qué trabajo tan duro?

Asentí con la cabeza, y de pronto sentí gran respeto por él, por su voluntad abrumadora. Cuando lo convencí de que lo comprendía, encendió la radio, y fue entonces que escuchamos las noticias: el teatro Ford, el tiroteo, *sic semper tyrannis*. La voz del locutor llegaba entrecortada; y aun cuando sabía que iba a perder mi autobús por ello, buscamos un lugar con buena recepción y, sin mediar palabra, decidimos detenernos. La radio resonaba sin cesar: «el asesino había escapado», «no, lo habían capturado», «no, había escapado». Vivíamos en un país miserable, hediondo, violento, enfermo. Escuchaba sin comprender lo que había ocurrido, y durante varios minutos ni siquiera noté que mi compañero tenía cerrados los ojos y había empezado a llorar en silencio. En el puño derecho apretaba la bala, y con el otro sujetaba el timón, como para mantenerse firme.

Desde entonces, he viajado siempre hacia el oeste. La noche en que nos despidieron, Hank y yo nos dirigimos a la carretera, rumbo al sur, y todo lo demás fue sencillo. En el trayecto, olvidé adónde nos dirigíamos, luego lo recordé, y lo olvidé otra vez. Decidí que lo mejor era no recordarlo, que sin duda algo sucedería; por eso, cuando se reventó la llanta delantera derecha, fue como si hubiera estado esperando toda la noche a que ocurriera. Hank se había quedado dormido. De pronto, el camión empezó a sacudirse, con gran estrépito, pero de alguna manera logré controlar la situación —éramos la máquina, la carretera desierta y yo— en una fracción de segundo, como en un ballet. Hank se despertó recién cuando nos detuvimos a la orilla de la carretera. Yo temblaba, pero estaba vivo.

—¿Qué pasó? —me preguntó parpadeando—. ¿Estamos ya en México?

Había sido muy fuerte, la sensación que tuve: que ese camión, como guiado por una intuición mecánica, había decidido reventar una llanta por mí, para obligarme a parar. Encendí la luz de la cabina.

—¿Hace cuánto tiempo dejaste de amarme?

—¿Es en serio? —me preguntó. Asentí con la cabeza.

—¿En qué mes estamos? —dijo Hank con desesperación.

No caí en su juego.

—¿Me vas a dejar aquí?

—Sí —le dije.

Sonrió, como si fuera el momento de hacerlo.

—No pienso bajarme. Yo pagué este camión.

—No, no fue así —le dije.

—De todos modos —se encogió de hombros—, no pienso bajarme.

De acuerdo, pues. Perfecto. Había una llanta de repuesto en la parte trasera, pero también estaba desinflada. Si uno debe empezar de nuevo en la vejez, es mejor hacerlo limpiamente, desnudo, sin cargas. Dejé las llaves puestas en el encendido. Allí, en las afueras de nuestra ciudad insignificante, el aire al fin se había enfriado y yo llenaba con él mis pulmones. La vida es muy larga. Aunque habían transcurrido muchos años desde la última ocasión, reconocí la sensación de inmediato. No era esta la primera vez que me encontraba en una carretera oscura, a pie, sin lugar adonde ir.

El vibrador

Hace algunos años, la chica con la que salía recibió una oferta de trabajo en otra ciudad. Ambos creíamos estar enamorados, así que con gran optimismo empezamos a planear la manera de seguir juntos. Dábamos largos paseos por las colinas de Oakland. Nos leíamos poesía uno al otro en tardes inundadas de sol, y nos prometíamos cosas que no teníamos ninguna intención de cumplir. En tal situación, cierta tarde terminamos en un famoso *sex shop* de San Francisco, en busca de un vibrador que le hiciera compañía en aquellas noches que pasaríamos separados. Aunque siempre había tenido curiosidad, me parecía que un hombre solo en un *sex shop* tenía algo de vergonzoso y nunca había entrado a uno. Pero ir en compañía de una hermosa mujer era algo completamente distinto: echamos un vistazo a la impresionante selección de penes mecanizados, inspeccionando cada uno como si fuera una obra de arte; comentábamos sobre su forma y su tamaño, y conjeturábamos sobre el tipo de placer que produciría. Era una experiencia deliciosa, repleta de risas animadas y excitantes insinuaciones. De fondo sonaba una música suave, mientras nos tomábamos de las manos y nos besábamos. No podíamos dejar de acariciarnos. Sentíamos que éramos el centro del universo.

Llevábamos allí un rato cuando me fijé en un hombre más o menos de mi edad, que nos seguía por la tienda. Al principio no le di importancia, pero él me miraba de rato en rato y finalmente se acercó y me preguntó, en español, si podía hablarme a solas.

—Un asunto de hombres —dijo.

Mi enamorada hablaba suficiente español como para entenderlo, así que sonrió y se fue a dar una vuelta con un consolador en la mano, mientras yo volteaba hacia el desconocido. Su rostro mostraba una expresión de preocupación y vergüenza. Tenía un problema, me dijo, y antes de que yo pudiera decir algo, negó con la cabeza:

—No ese problema. Otro.

Yo asentí. Me explicó que le gustaba una mujer —le gustaba mucho, en verdad—, pero era virgen y estaba asustada. Antes de tener relaciones con él, quería intentarlo por sí misma. Sola. Lo había enviado a esa tienda a que le consiguiera un juguete para practicar. Él quería que lo aconsejara: ¿qué debía comprarle?

Empecé a decirle que era mi primera vez en una tienda de esas, pero me contuve. Había algo en la forma en que se dirigía hacia mí —con un tono de respeto— que yo me sentía incapaz de traicionar, que no quería traicionar. Asentí, pensativo, como si ya antes hubiera lidiado con un problema como ese.

—¿Virgen? —le pregunté—. ¿Seguro?

—Sí —dijo.

Caminamos un poco por la tienda. Frente a nosotros había toda una pared repleta de juguetes sexuales: vergas con cabezas giratorias, enormes penes de látex con colores inquietantes, maravillas mecanizadas que no se parecían a ninguna parte del cuerpo de un hombre. Eran prodigios de tecnología, tamaño y flexibilidad, máquinas diseñadas especialmente para satisfacer al clítoris con rítmicas vibraciones. Nos detuvimos frente a un juguete que había recibido críticas especialmente buenas de los empleados de la tienda. Cinco estrellas. Tenía el tamaño de una *baguette* francesa, era curvo como una ballesta y estaba adornado por una hilera de pequeñas esferas de metal que lo recorrían de un extremo a otro. El desconocido lo tomó entre sus manos. Me dirigió una mirada de desconcierto y luego activó el interruptor. El extremo circuncidado de la *baguette* empezó a girar rítmicamente formando ochos, mientras las bolas de metal palpitaban suavemente.

—Si le enseño esta manguera, ¿qué va a pensar del mío? —me preguntó.

Me volteé y descubrí que mi enamorada nos observaba. Miró la *baguette* y sonrió con las cejas enarcadas.

—La solución es simple —le dije. Debía darle un juguete con el cual pudiera competir. Nada extravagante. Nada con baterías. Algo suficientemente discreto como para caber en la cartera de una mujer—. ¿Ya te lo vio? —le pregunté.

—Todavía no.

—Entonces asegúrate de que el tuyo se vea maravilloso en comparación.

¿Qué más podía decirle? Le dirigí unas cuantas palabras más de aliento y luego me excusé.

Al final eligió un pequeño consolador morado, que sacudió en dirección a mí al marcharse, a manera de despedida.

Le conté a mi enamorada lo ocurrido. Compramos un juguete parecido, aunque con baterías, y nos fuimos a una fiesta, aún con la idea de que estábamos enamorados. Le conté sobre las preocupaciones de aquel hombre, pero por alguna razón ninguna de ellas halló eco en mí. De algún modo, mientras salíamos tomados de la mano, pasé por alto el hecho de que el mundo —y su nueva ciudad— estaba lleno de penes, mecánicos o reales, que eran mejores, más grandes o más ágiles que el mío. En el auto, ella desenvolvió su nuevo aparato y le colocó las baterías. Mientras yo conducía, sonrió y se levantó la falda. El juguete cobró vida y empezó a zumbar. Apagué la radio para que ella pudiera concentrarse.

—Oh, guau —dijo momentos después—. Oh, mierda.

Conduje cada vez más rápido por las calles de la ciudad, subiendo y bajando las colinas de San Francisco, y aunque ella seguía con las exclamaciones y el aparato seguía zumbando, en cierto momento me di cuenta de que me encontraba solo en el auto. Mi enamorada tenía los ojos cerrados, sus labios se movían, pero no producían sonido alguno. En la fiesta no me aparté de su lado, y esa noche le hice el amor lleno de celos.

Unas semanas después, se mudó a su nueva ciudad. Hablábamos por teléfono, pero no era lo mismo, así que compré un pasaje para ir a visitarla. Como era obvio, todo había cambiado entre nosotros, y muy rápido. Le pregunté por su juguete. Me dijo que las baterías se habían gastado.

—¿Tan pronto? —le pregunté—. Supongo que me has extrañado.

Ella sonrió débilmente, pero no contestó.

—Claro —le dije, y no volví a visitarla jamás.

El puente

Hace dos días, a eso de las tres y cuarenta y cinco de la mañana del jueves, un conductor de camiones llamado Gregorio Rabassa calculó mal la altura de un puente peatonal ubicado en la cuadra treinta y dos de la avenida Cahuide. Su camión, cargado con lavadoras que tenían como destino final un almacén no muy lejos de allí, embistió la parte inferior del puente, que destrozó el techo de la carrocería, haciendo caer estrepitosamente parte del puente sobre la avenida. La puerta posterior del tráiler se abrió con el impacto, los electrodomésticos quedaron regados por la calle. Por suerte, en el momento del accidente no había automóviles en ese tramo de la pista, y el señor Rabassa no sufrió heridas de consideración. Los equipos de emergencia llegaron en menos de una hora, inundando la avenida con sus luces, y procediendo de inmediato a limpiar los escombros. Trozos de metal, pedazos de concreto, el interior destrozado de algunas lavadoras, todo fue cargado y llevado lejos del lugar. Excepto por el puente destruido, a la hora punta de aquella mañana casi no quedaba evidencia alguna del accidente, y muchos vecinos del lugar ni siquiera se percataron de lo ocurrido en la madrugada.

El barrio ubicado al este de Cahuide no tiene un solo nombre, sino muchos, dependiendo de a quién se le pregunte. El más conocido es Los Miles, aunque muchos de sus pobladores lo llaman Venecia debido a su tendencia a inundarse. En los noticieros, he escuchado que lo llaman Santa María, y, en efecto, limita con ese enorme distrito, pero el nombre no es del todo correcto. Algunos veranos atrás, luego de una ola de secuestros, la policía instaló garitas de control y barreras al tráfico por toda la zona, y el barrio empezó a ser conocido entonces como Gaza, una referencia extraña y más bien inexacta a problemas en el otro lado del mundo, rara vez mencionados por la prensa local. Las razones por las que este último apodo se popularizó son un misterio. Los Miles es un barrio común y corriente de clase obrera pobre, atiborrado de modestas casas de ladrillo construidas en los bordes de calles estrechas. Situado en una hondonada y cubierto casi constantemente por una neblina que se desliza entre dos cerros, los únicos que lo conocen bien son quienes viven en él. Una acequia de aguas turbias y flujo lento corre paralela a Cahuide, parcialmente canalizada como parte de un proyecto que intentó mitigar los daños ocasionados por los huaicos anuales pero que, según me han contado, tuvo el efecto opuesto. La calle principal de acceso al distrito está pavimentada, al igual que muchas, aunque no todas. Mi tío Ramón, que era ciego, vivía allí con su esposa Matilde, también ciega, y su calle, por ejemplo, no lo estaba.

La mañana de ese jueves, mi tío y su esposa salieron temprano de casa, como siempre lo hacían, tomaron té y charlaron brevemente con la señora Carlotta, que vende emolientes y bizcochos sobre una carretilla en la esquina de José Olaya y la avenida Unidad. Ella me comentó que ese día estaban de buen humor y que se marcharon tomados de la mano. No recordaba de qué habían hablado: «De nada en realidad», me dijo esta tarde cuando fui a visitarla. Su rostro ancho y su cabello entrecano dan la impresión de alguien que ha sido testigo de muchas cosas desde su puesto en el cruce de estas dos tranquilas calles de barrio. Sus mejillas lucían húmedas y brillosas mientras hablaba.

—Nunca conversábamos de nada en particular —me dijo—, pero yo siempre esperaba contenta su visita. Se los veía muy enamorados.

De lunes a viernes, después de tomar su té y conversar con Carlotta, mi tío ciego y su esposa ciega abordaban un autobús de la línea 73 con dirección al centro de la ciudad, una ruta larga y serpenteante que les tomaba más de una hora, pero que los dejaba a solo unos pasos de su lugar de trabajo. Ambos eran traductores en una compañía cuyas oficinas estaban no muy lejos del edificio del poder judicial donde yo trabajo: Ramón se especializaba en traducciones de inglés a castellano y Matilde, de italiano a castellano. Todo tipo de personas solicitaban sus servicios, y de cuando en cuando su trabajo podía ser muy interesante. Pasaban los días al teléfono, como interlocutores invisibles de conversaciones bilingües, traduciendo de ida y vuelta para hombres de negocios, funcionarios gubernamentales o parejas de ancianos en el país que hablaban con sus nietos en el extranjero. Estos últimos casos eran los más agotadores, pues los malentendidos que se pueden dar entre generaciones son mucho más complejos que una simple cuestión idiomática.

Ayer en mi hora de almuerzo fui a visitar sus oficinas, para vaciar sus escritorios y hablar con sus colegas. Me habían nombrado albacea de su herencia, y esta clase de tareas eran parte de mi responsabilidad. Todos sabían del accidente, por supuesto, y parecían aturdidos por la noticia. Recibí pésames en ocho idiomas distintos, de un grupo de hombres y mujeres desaliñados y malvestidos, y que, en conjunto, daban la impresión de encontrarse un poco fuera de aquello que se conoce comúnmente como realidad. Todos los traductores llevaban puesto un auricular y un micrófono, y parecían haber adquirido, a lo largo de su carrera, o quizás de su vida entera, un tinte verdoso semejante al de las pantallas de computadora que tenían delante. Alrededor, el parloteo era incesante y tenía un extraño efecto calmante, como el rumor del océano o el sonido de una orquesta afinando sus instrumentos. Uno tras otro, los traductores se acercaban y musitaban algunas palabras con acento extranjero, todos en un extraño *patois* que parecía vinculado y, al mismo tiempo, totalmente ajeno al dialecto local. Me costaba esfuerzo entender lo que decían. Todo terminaba siempre con un abrazo, luego del cual volvían a sus escritorios sin dejar de susurrar en algún acento extranjero apenas reconocible. Finalmente, un anciano apellidado Del Piero, que trabajaba en la sección de italiano con Matilde, me llevó a un lado, hacia una hilera de ventanas de color cenizo desde las que se veía una calle repleta de gente. Caminaba encorvado, su voz era débil y jadeante, su aliento olía fuerte a café. Llevaba puesta una chompa tan vieja y gastada que parecía posible destejerla enteramente con solo tirar de alguno de sus hilos sueltos. A Dios gracias, hablaba en un castellano claro, apenas con un ligero acento. Él y Matilde habían trabajado juntos durante años. La consideraba como una hija y la extrañaría más que nadie, me dijo, «más que toda esta gente», añadió señalando con un gesto de desencanto al resto de empleados de la oficina. ¿Que si lo escucho? Quería saber si yo lo había oído.

—Sí —le dije—. Lo escucho.

—Era una santa, una mujer maravillosa.

Le estreché suavemente el brazo y agradecí sus amables palabras.

—¿Y mi tío? —le pregunté.

—También lo conocía.

Del Piero se deshizo de mi mano para acomodarse la chompa.

—Nunca nos llevamos bien —me dijo—. Yo no hablo inglés.

Dejé pasar su desconcertante comentario con apenas un ligero movimiento de cabeza. Por un momento nos quedamos mirando a través de la ventana, en silencio. A lo largo de la calle debajo de nosotros se había formado una fila de gente que avanzaba a paso lento, la mayoría ancianos, cada uno portando nerviosamente un trozo de papel en la mano. Del Piero me explicó que el último viernes de cada mes uno de los diarios locales organizaba una rifa. Sus oficinas estaban a la vuelta de la esquina. Para participar bastaba con presentar un crucigrama completo. Según Del Piero, el hombre con gorra de béisbol, apoyado contra la pared, era un traficante de crucigramas resueltos. Por su postura, por la inclinación de sus hombros, uno habría podido imaginar que estaba involucrado en alguna actividad mucho más ilícita —tráfico de cobre robado, contrabando de narcóticos, compraventa de huérfanos—. Había pasado prácticamente inadvertido para mí hasta ese momento, pero ahora todo era claro: uno tras otro, los compradores se le acercaban, le deslizaban furtivamente una o dos monedas en la mano, y se alejaban con el pedazo de papel que el hombre de la gorra les entregaba. Los ancianos se marchaban con su solucionario, se formaban en la cola y se ponían a llenar los cuadraditos de sus crucigramas aún incompletos.

—¿Cuál es el premio este mes?

—¿Qué sé yo? —dijo Del Piero—. Relojes despertadores. Licuadoras. Lavadoras como las que mataron a mi Matilde —su rostro empalideció—. Tu tío no estaba ciego. Sé que no me vas a creer. Pero él la mató, yo sé que él lo hizo.

Del Piero murmuró para sí unas palabras en italiano y luego volvió a su escritorio. Yo lo seguí.

—Explíquese —le dije, pero él sacudió la cabeza y se hundió en su silla. Parecía a punto de llorar.

Nadie más parecía darse cuenta de nuestro pequeño drama, y me pregunté si era común que los traductores de esta oficina rompieran a llorar en el transcurso de la jornada. Cogí una silla, me senté frente a él al otro lado de su escritorio y lo miré fijamente, como hago a veces en el juzgado cuando quiero que un testigo sepa que no le daré tregua.

—Repita lo que dijo. Explíquese.

Del Piero levantó una mano por un momento, pero luego pareció recapacitar y la bajó lentamente hasta posarla en el escritorio. Gotas de sudor se congregaban en sus sienes. Lo veía marchitarse frente a mis ojos.

—No hay nada que explicar. Él podía ver. Tu tío se movía por la oficina como una *ballerina*. Yo paso el día sin hacer nada, ¿sabes? Ya nadie habla italiano. Dos llamadas por día. Tres a lo sumo. Todas de jovencitos que quieren visas, muchachos cuyos tatarabuelos nacieron en la Toscana, o en Palermo, o donde sea. Y yo tengo que negociar con un empleado del juzgado para conseguir la copia de un certificado de nacimiento viejísimo. ¿Te das cuenta de que en aquel tiempo Italia apenas si existía como nación? ¡Toda esta ficción, todas estas elegantes verdades a medias, solo para que otro de los nuestros pueda escapar de este país! Conozco bien el libreto. Todos vuelan a Milán para cambiarse de sexo. Tetas baratas y enormes, como globos, como las chicas de las revistas. Implantes de colágeno. Lo puedo sentir en sus voces. No están hechos para vivir aquí. De modo que, ¿qué es lo que hago? Espero todo el día a que suene el teléfono, y, mientras espero, los observo. A los chinos, los árabes, los hindúes. Los escucho. Los observo.

—¿De qué está hablando?

—¡Él podía ver, maldita sea! Yo lo sé. Matilde y yo nos sentábamos junto a esa ventana, esperando a que sonara el teléfono. Tomábamos café y yo le describía lo que ocurría en la calle. Ese moreno de la gorra de béisbol, ¡hablábamos de él todos los viernes! Y a ella le encantaba. Me decía que tu tío describía las cosas igual de bien. Que él tenía un mágico sentido de orientación, tan perfecto que a veces ella dudaba que realmente fuera ciego.

—Pero él no nació ciego, ¿sabía usted? Lo que ella le dijo suena para mí más como un cumplido.

—Si tú lo dices —Del Piero parecía poco impresionado—. Ahora me van a despedir.

No quería sentir compasión por él, pero no pude evitarlo.

Él prosiguió:

—Matilde habría renunciado en protesta. A tal punto me quería. Y si ella renunciaba, su tío también lo habría hecho. Era el mejor empleado de la oficina. Nunca hubieran permitido que se marchara. ¡Su inglés era mejor que el de la reina!

¿La reina? Me puse de pie, listo para marcharme.

—Muchas gracias por su tiempo —le dije, aunque su teléfono no había sonado desde mi llegada.

Del Piero se dio cuenta de que lo observaba.

—Recibí una llamada temprano. Quizás reciba otra esta tarde.

Luego encogió los hombros; ni él mismo creía lo que decía. Me acompañó hasta la puerta, con los ojos tristes y pesados fijos en el suelo. Junto a la escalera, se detuvo.

—*Coloro che amiamo non ci abbandonano mai, essi vivono nei nostri ricordi* —dijo.

—¿Verdad?

Del Piero asintió con solemnidad.

—Así es. No es un gran consuelo, lo sé, pero ¿qué más hay?

Le di las gracias. Lo que fuera que hubiera dicho sonó bonito.

Ramón perdió la vista en un accidente con fuegos artificiales a los siete años, cuando yo tenía solo tres. No tengo recuerdos de él antes del accidente, y para mí él había sido siempre mi tío ciego. Era el hermano menor de mi padre, su medio hermano en realidad, veinte años más joven, y se podría decir que él y yo crecimos, si no juntos, al menos sí en paralelo. Para cuando nació Ramón, las ideas políticas de mi abuelo se habían suavizado bastante, de manera que el niño se libró de llevar un nombre ruso.

Mi abuelo vivía con nosotros, pero nunca lo oí cruzar más de unas cuantas palabras con mi padre. Pasé mi niñez sirviendo de mensajero entre estos dos hombres —dile a tu padre esto..., dile a tu abuelo aquello...—. Habían peleado cuando yo era aún muy chico, un desacuerdo político que se transformó en personal, cuyos detalles nadie se molestó en explicarme. La madre de Ramón, la última amante de mi abuelo, era una mujer esbelta y delicada que nunca sonreía. Cada semana, durante mis años de inicial y primaria, llevaba a su hijo a la casa para que visitara a mi abuelo. Yo era el único niño en esa casa de atmósfera fúnebre, y disfrutaba de su compañía. Ramón se esmeraba en referirse a mí como sobrino, y a mi padre como hermano, y lo hacía con tal rigor y formalidad que comprendí que su madre se lo había enseñado. Eso a mí no me importaba. Él siempre tenía algún nuevo chiste sucio que contarme, algo bellamente vulgar aprendido de sus compañeros de clase en la Escuela Normal de Varones, en el antiguo centro de la ciudad. Por aquel entonces ya era un estudiante serio del inglés, grababa las noticias vespertinas de la BBC a través de su radio de onda corta y las escuchaba una y otra vez, hasta que lograba entender y repetir cada palabra. Cuando llegaba a ese punto, las noticias ya tenían dos o más semanas, pero, incluso así, su dedicación a la práctica del idioma siempre me impresionó.

Para mí, la casa se volvía aún más silenciosa cuando llegaban Ramón y su madre, pero a él le gustaba visitarnos precisamente por la razón opuesta: los chirriantes pisos de madera le permitían oír sus propias idas y venidas, me decía, y eso le permitía apreciar mejor el espacio a su alrededor. Era una casa grande y sus techos altos daban a la voz humana una sonoridad de iglesia. En ocasiones, me pedía que lo guiara en un recorrido por la casa, simplemente para poner a prueba sus propias impresiones; así, nos la pasábamos subiendo y bajando escaleras, o caminando de puntillas junto a las paredes de la sala para que él pudiera trazar sus dimensiones. Ramón tenía recuerdos de la casa antes del accidente, pero estos se volvían más imprecisos con el paso del tiempo. Era consciente de que su cerebro había cambiado. Todavía sigue cambiando, me decía alarmado, incluso ahora, en este preciso momento. Yo pensaba que estaba loco, pero me gustaba escucharlo hablar. Mi madre había cubierto las paredes de la escalera con fotografías enmarcadas, y Ramón hacía que yo le describiera lo que para mí eran escenas familiares comunes y corrientes de fiestas de cumpleaños y vacaciones, mis fotografías del colegio, o fotos de mi padre celebrando alguna victoria legal con un cliente.

—Y yo, ¿aparezco en alguna? —me preguntó Ramón una vez, y la pregunta me tomó tan desprevenido que me quedé callado. Recuerdo haber sentido un nudo de dolor en el estómago y pánico recorriendo mi pecho y mis brazos. Contuve el aliento hasta que Ramón empezó a reírse.

Este año habría cumplido cuarenta y cuatro.

El momento central de cada visita de Ramón era una reunión a puerta cerrada con mi abuelo. Hablaban sobre sus estudios, sobre sus planes, mi abuelo, frágil y añoso, dispensando siempre severos trozos de sabiduría acumulada a lo largo de sus cuarenta años como juez municipal. Siempre me sentí un poco celoso de estas reuniones; la atención total que mi abuelo brindaba a Ramón era algo que mi padre nunca hizo conmigo. Pero, para cuando cumplí mis diez años, el anciano era casi una figura ausente, sus momentos de lucidez cada vez más breves, hasta que todo se convirtió en un amasijo de nombres y fechas, y apenas le era posible reconocernos. En los veintitantos años transcurridos desde la muerte de mi abuelo, la mente de mi padre ha colapsado siguiendo un patrón similar, aunque quizás ligeramente más errático, como tal vez ocurrirá también conmigo al correr del tiempo. Tal puede ser mi herencia.

Cierto día, luego de su conversación con mi abuelo, Ramón y yo salimos a dar una vuelta por el vecindario. Yo tendría unos doce o trece años. Estábamos a solo unas cuadras de mi casa, cuando Ramón anunció que ya no nos visitaría más. «No tiene sentido», me dijo. Estaba por terminar el colegio y pronto comenzaría estudios como becario en la universidad. Estábamos caminando bajo el sol, por el amplio camellón lleno de árboles a lo largo de la avenida principal de mi distrito. Ramón tenía una mano en el bolsillo y había insistido en ir descalzo para sentir la textura del césped en sus pies. Había amarrado los pasadores de sus zapatillas y las llevaba colgadas del cuello.

—¿Y qué hay de mí? —le dije. La pregunta lo hizo sonreír.

—¿De qué te quejas? Tú vives con tu papá. No pude decir nada.

—¿Quieres ver algo?

Ramón sacó la mano de su bolsillo y la abrió para mostrarme un pequeño carrete de alambre de cobre, doblado y enroscado en un nudo imposible. Le pregunté qué era.

—Es un mapa —me dijo.

Me lo entregó y yo lo tomé con cuidado, para no alterar su forma.

—Cada vez que cambiamos de dirección, doblo el alambre —me explicó—. Así no me pierdo nunca.

—¿Nunca?

—Soy muy cuidadoso con él.

—Es genial —le dije, por decir algo. Ramón asintió.

—Mi padre, tu abuelo, no va a volver a ser quien era. Su cabeza ha... —juntó las manos y luego las abrió haciendo un tenue ruido, como si hubiera estado sosteniendo una diminuta bomba que acababa de explotar—. El viejo no me va a extrañar. Ni siquiera se va a dar cuenta.

El sol brillaba y Ramón giró en dirección a él. Su rostro resplandecía. Me era imposible negar que se veía muy feliz.

Cuando volvimos a la casa, mi abuelo se encontraba en la sala, dormido frente al televisor, respirando apenas, con la boca abierta. Había estado viendo ópera. La madre

56

de Ramón se había sentado a su lado y lo peinaba. Tan pronto vio llegar a su hijo se puso de pie, me hizo un gesto desprovisto de afecto, y fue a buscar sus cosas. Dejó el peine balanceándose sobre la rodilla de mi abuelo.

—Es hora de irnos —dijo—. Cuidado. No vayas a despertar a tu padre. Despídete de tu sobrino.

Ramón me dio la mano con mucha formalidad. Luego de ese día lo vi solo en contadas ocasiones.

Mi abuelo murió dos años después.

Anoche no pude dormir. Durante horas estuve echado boca arriba, con la lámpara de noche encendida, admirando el techo y su inquietante tono amarillento. Mi esposa dormía con la cabeza cubierta por las sábanas, de manera que aun me era posible imaginar que estaba solo. Pensé en el camión, avanzando a toda velocidad y fuera de control, y trayéndose el puente abajo mientras se dirigía al sur. Y pensé en Ramón, guiando a Matilde a paso firme, amorosamente, hacia su muerte. En su prisa, los equipos de emergencia olvidaron bloquear las escaleras del puente en ambos lados de la avenida. Cuatro horas más tarde, mi tío y mi tía subieron por esas mismas escaleras rumbo al paradero del autobús, pero, claro, nunca llegaron hasta él. En lugar de eso, cayeron sobre la avenida y fueron arrollados por el tráfico. La historia apareció el jueves en todos los diarios de la tarde, junto con fotografías del conductor del camión, Rabassa, un joven sin afeitar, de sonrisa humilde, con el cabello castaño sujeto en una cola de caballo. En las entrevistas, envió su más sentido pésame a las familias pero, por consejo de su abogado, era muy poco lo que podía decir sobre el accidente. Yo le habría aconsejado que hiciera lo mismo. En el clásico estilo simplón que caracteriza a la prensa nacional, el puente destruido empezó a ser llamado «El puente de la muerte» o, en otra versión, «El puente a la muerte». En casa, mi esposa y yo ordenamos a la empleada que no contestara el teléfono, y en la oficina, le pedí a mi secretaria que recibiera todas las llamadas y colgara aquellas que venían de la radio, la televisión y la prensa escrita. Todo era solo una cuestión de tiempo, y desde ayer por la mañana, cuando se descubrió que Ramón era pariente de mi padre, el escrutinio público se intensificó. Había ahora dos escándalos en escena. Por la tarde, cuando fui a recoger a mis hijas del colegio, un joven periodista, un muchacho que no tendría más de veinte años, me siguió hasta mi automóvil pidiéndome una declaración, cualquier cosa, una frase, una retahíla de improperios, un grito de dolor. Tenía ojos ávidos, hambrientos, y esa sonrisa poco confiable que caracteriza a nuestros jóvenes: no se decidía entre sonreír o fruncir el ceño, los bordes de sus delgados labios suspendidos en algún punto intermedio. «¿Planea entablar una demanda?», gritó mientras mis hijas y yo corríamos hacia el auto.

Anoche leí con mucho cuidado los diarios de la tarde, sumergido en una sensación cercana al terror. ¿Qué pasaría si alguien lograba ponerse en contacto con mi padre para sonsacarle unas palabras? Sería difícil, dada su situación personal, pero no imposible, y seguro que él los complacería con algún comentario escandaloso, algo horrible. Compré una docena de periódicos y leí cada página —testimonios de vecinos, entrevistas a ingenieros civiles y expertos en transporte, comentarios del indignado presidente de un grupo de defensa comunal y del reticente portavoz del sindicato de transportistas, junto con fotografías del lugar de los hechos—, un ciento de opiniones destilando los detalles de la tragedia desde perspectivas múltiples pero, gracias a Dios, ninguna declaración de mi padre, ni tampoco nada en la televisión.

Esta mañana, sábado, fui a visitar a mi viejo para contarle yo mismo las noticias, y asegurarme de que las autoridades del manicomio eran conscientes de que pronto empezarían a recibir llamadas de la prensa. Aparentemente ya se habían producido algunos intentos, pero respiré aliviado al descubrir que desde mi última visita mi padre había perdido otros privilegios, incluyendo, justo la semana pasada, el derecho a recibir llamadas telefónicas. Hacía tiempo que tenía prohibido hacerlas. Por supuesto, había algunos teléfonos celulares circulando entre la población del manicomio, por lo que la secretaria no estaba en posición de garantizarme nada. Ella no conocía todos los detalles, pero me aseguró que la enfermera de mi padre me explicaría todo.

Mi viejo lleva tres años en el manicomio. Apenas tiene sesenta y ocho, joven para el estado en que se encuentra. Cada vez que lo visito es una persona distinta, como si estuviera probando diversas patologías para ver cuál le queda mejor. Su deterioro se produjo tan lentamente que casi pasó inadvertido para mí, hasta el día, hace tres años y medio, en que atacó a un hombre en la corte —su propio cliente—. Lo acuchilló varias veces en el cuello y el pecho con un abrecartas, y casi lo mata. El hecho nos tomó totalmente por sorpresa, y a la prensa le encantó la historia. Hablaron de ella durante meses y ningún detalle del escándalo quedó sin publicarse. Por ejemplo, se mencionó con evidente deleite que el cliente de mi padre, la víctima —acusado de lavado de dinero—, podría terminar encerrado junto con su exabogado si lo declaraban culpable. Un columnista aprovechó el tema para discutir la posibilidad de una reforma carcelaria, mientras que un malvado caricaturista político presentó a los protagonistas como una pareja de amantes, tomados de las manos y jugando a la casita en una bien equipada celda. Mi madre dejó de contestar el teléfono o leer los diarios; de hecho, rara vez salía de casa. Pero toda la palabrería resultó irrelevante al final: el blanqueador de dinero fue absuelto; mi padre, no.

Afortunadamente, su juicio fue breve. Mi viejo, acusado de asalto e intento de asesinato y enfrentado a una senten-

59

cia que lo mantendría tras las rejas hasta bien entrados sus ochenta años, optó por declararse demente. Considerando su posición social e historia profesional, le consiguieron un lugar en el manicomio, y aunque al inicio su presencia era notoriamente discordante, con el tiempo se ha vuelto, en esencia, indistinguible del resto de los internos.

Una enfermera pálida y de aspecto cansado me hizo pasar a la sala de visitas y me comentó que mi viejo había estado de mal humor en los últimos días.

—Ha estado haciendo algunas escenitas —nunca la había visto antes.

—¿Es usted nueva? —le pregunté.

Caminaba con brío y yo me esforzaba por seguirle el paso. Me dijo que la habían transferido del pabellón de mujeres. Traté de darle conversación, sobre cómo eran las cosas en el nuevo pabellón, si se adaptaba bien a las inevitables diferencias de género, pero el tema no le interesaba, solo quería hablarme de mi padre.

—Es un encanto —me dijo.

Estaba preocupada por él. No comía y algunos días se negaba a tomar sus medicinas. La semana anterior, había arrojado su plato de comida a un hombre que por casualidad tropezó con él en la fila de almuerzo.

—Ese día servían tallarines con salsa de tomate. Ya se imaginará el escándalo.

Y por si no podía imaginármelo, continuó describiéndome la escena: cómo mi viejo se alejó a paso tranquilo de su víctima, se sentó frente al televisor en una esquina de la cafetería y se quedó viendo un documental sobre animales en la Amazonia, sin volumen, mientras esperaba a que vinieran las enfermeras; y cómo, cuando estas llegaron, cruzó las muñecas y extendió los brazos hacia el frente, como esperando que lo esposaran, aunque, me aseguró la enfermera, «rara vez usamos las esposas en hombres como su padre». Mientras esto ocurría, algunos pacientes aterrorizados habían empezado a llorar: pensaban que la víctima se estaba desangrando frente a sus propios ojos, que se le habían salido las entrañas del cuerpo malherido. La enfermera suspiró pesadamente. Entre los residentes del asilo circulaban todo tipo de ideas. Algunos creían que había ladrones que robaban los riñones, hígados y pulmones de los pacientes, y era imposible convencerlos de lo contrario.

Llegamos hasta una puerta cerrada. Le agradecí la información.

—Usted debería visitarlo más seguido —me dijo. Una luz fluorescente brillaba sobre nosotros, fría, clínica. Clavé la vista en la enfermera hasta que vi el color agolpándose en sus mejillas. Me acomodé la corbata.

—¿Visitarlo más seguido? —le dije—. ¿Le parece una buena idea?

La enfermera bajó la mirada, inquieta y nerviosa.

—Discúlpeme.

Sacó un llavero del bolsillo de su chaqueta, y al hacerlo, su cigarrera de plata cayó con estrépito, y una docena de cigarrillos largos y delgados se esparcieron por el piso de cemento, como formando la confusa silueta de un cadáver.

Me agaché para ayudarla a recogerlos. Su rostro tenía ahora un rojo intenso.

—Me llamo Yvette —dijo—. Por si necesita algo.

No le respondí.

Franqueamos la puerta y entramos a un cuarto común, enorme y casi desierto. Había unos pocos sofás deteriorados y a lo largo de una pared blanca colgaba un anaquel de madera prensada con sus repisas casi vacías, excepto por un delgado manual sobre reparación de canoas, una novela amarillenta sobre espionaje durante la Guerra Fría y algunas revistas de moda deshojadas. No había más de una docena de hombres, y la habitación se encontraba en silencio.

¿Dónde estaban todos?

Yvette me explicó que muchos de los pacientes —había usado esa palabra todo el tiempo, no internos ni reclu-

61

sos, como los llamaban otros— estaban aún en la cafetería, y que algunos se habían retirado a sus habitaciones.

—¿A sus celdas? —pregunté. Yvette apretó los labios.

—Si usted lo prefiere.

Y prosiguió: muchos estaban afuera, en los jardines. El día había amanecido despejado en esta parte de la ciudad, y me imaginé un tranquilo juego de vóleibol, un par de hombres parados a uno y otro lado de una red vacilante, pero pronto me di cuenta de que esas imágenes provenían de películas, y que, de hecho, yo no tenía ni la menor idea de qué podrían hacer en uno de estos raros días de sol límpido y brillante aquellas personas encerradas contra su voluntad en un hospital para criminales insanos. Quizás se echarían sobre el pasto a tomar una siesta, recogerían flores, o escucharían el canto de las aves o los ruidos no tan distantes del tráfico de la ciudad. O tal vez se deslizarían por el patio, donde el césped amarillento cedía más terreno cada día a la tierra oscura y pelada, en estos mal llamados jardines, donde cada interno es solo un hombre dentro de un baile más decadente, y mucho más solitario. Mi padre prefería quedarse bajo techo. Al inicio no le permitían salir, y ya se había acostumbrado, como un gato casero, a mirar por las ventanas, demasiado orgulloso para admitir que le interesaba lo que quedaba afuera. En los tres años que llevaba visitándolo, habíamos paseado por los jardines solo en una ocasión: una mañana gris bajo un cielo solemne, el día de su cumpleaños, el primero luego del divorcio. Había caminado cabizbajo todo el tiempo. Le mencioné esto a Yvette y ella asintió.

—Bueno, es que no son exactamente jardines, usted sabe.

Claro. Así como Yvette no era exactamente una enfermera, y esta prisión no era exactamente un hospital. Por supuesto que lo sabía. Observé a una mujer leyendo a un grupo de internos algo que resultó ser un cuento para niños. Apenas si podía terminar una oración sin que la interrumpieran. Mi padre estaba sentado en su lugar de siempre, junto al ventanal del rincón más alejado, que daba a los poco usados senderos que cruzaban por entre los árboles alrededor del edificio principal. Estaba solo, y eso me molestó, hasta que me di cuenta de que todos los pacientes de este grupo estaban solos; incluso aquellos que se encontraban, al menos a primera vista, acompañados. Una docena dispersa de hombres solitarios, perdidos en sus pensamientos o drogados hasta la somnolencia, en un espacio donde el contacto visual, la base misma de toda interacción humana, incomodaba.

Yvette me tocó el brazo y se marchó sin decir una palabra.

Avancé hacia mi padre. Pasé junto a una pequeña mesa repleta de juegos y folletos ubicada contra una pared de color salmón. Allí, colgado, un tablero de información anunciaba el programa de la semana —«Noche de poesía», «Noche de deportes», «Noche de cebiche»—. Hasta donde pude ver, casi no había noche en la que no hubiera alguna actividad planeada; con razón estos hombres se veían tan cansados. Todos usaban su propia ropa, desde la muy gastada hasta la más o menos elegante; esta carencia de vestido uniforme funcionaba como una especie de indicador taquigráfico que revelaba a primera vista quiénes habían sido abandonados y quiénes mantenían aún, no importaba cuán tenuemente, alguna conexión con el mundo exterior. Había sujetos desmelenados con pantalones deshilachados y camisetas raídas, y otros que lucían como si fueran a tener una cita de negocios más tarde, que aún se preocupaban por mantener sus zapatos de cuero embetunados y lustrados. Un hombre vestido con un overol de jean escribía una carta en una de las dos mesas largas. Un televisor desconectado se ubicaba en ángulo frente al pequeño sofá. Su ojo gris y bulboso reflejaba la luz que se colaba por las ventanas. Las cortinas estaban abiertas, pero las ventanas no podían abrirse y la habitación estaba sumamente calurosa.

Me senté en el alféizar de la ventana.

—Hola, papi —dije.

Él no me respondió, solo cerró los ojos y sujetó los brazos de la silla, como alistándose a saltar o para evitar caerse. Se veía como mi abuelo hace muchos años: encogido, los dedos largos y delgados, los huesos de las manos visibles bajo la piel. Hacía unas seis semanas que no lo veía. Le pregunté cómo estaba. Levantó la mirada y echó un vistazo a mi alrededor, por encima de mí y por debajo, con una expresión teatral de confusión total, como si estuviera oyendo una voz y no supiera de dónde provenía.

—¿Yo? —preguntó—. ¿Este viejito?

Aguardé un momento.

—Estoy bien —dijo mi padre—. Soy un robusto espécimen de la tercera edad en el crepúsculo de la civilización occidental. No es de mí de quien deberías preocuparte. Alguien logró meter un periódico aquí hace un par de semanas. No te imaginas el alboroto. ¿Es cierto que el hielo de los polos se está derritiendo?

—Creo que sí —le dije. Él suspiró.

—¿Cuándo aprenderán los gringos? Ya me lo imagino. Los mares hirviendo a fuego lento, tornándose amarillos, rojos. Los peces saliendo a la superficie. Ellos también sienten dolor, ¿sabías? Quienes dicen que no es así mienten.

—¿Quién dice tal cosa?

—El agua aumenta la sensibilidad, hijo. Cuando yo era niño, me encantaba sentarme en la tina. Me gustaba observar cómo mi verga flotaba y luego se arrugaba y encogía a medida que el agua se enfriaba.

—Papá.

—A veces hay tanto ruido aquí que no puedo ni respirar. Voy a destrozar ese televisor si alguien se atreve a prenderlo. Lo romperé en la cabeza de quienquiera que se acerque a él. No lo pierdas de vista. Avísame si alguien lo conecta. Hazme ese favor, ¿sí?

Asentí con la cabeza, solo para mantenerlo tranquilo, e intenté imaginarme la escena. Mi padre contra el televisor: su espalda colapsaría, sus dedos se quebrarían, lo que quedaba de su cuerpo se desplomaría en una nubecita de polvo. El televisor surgiría ileso; mi padre, ciertamente, no. Mientras hablaba agitaba los brazos, se movía inquieto y temblaba, y aun esos breves gestos parecían agotarlo. Jadeaba, su pecho débil subía y bajaba como el de un pajarillo desfalleciente.

—La enfermera dice que no has estado comiendo.

—El menú no es interesante —dijo mi viejo. Se mordió el labio inferior.

—¿Y tus medicinas? ¿Tampoco son interesantes?

Me miró desafiante durante un segundo.

—Sinceramente, no. Hay un caballero aquí con el que he hecho una pequeña apuesta. Él dice que hay un pabellón de mujeres no muy lejos de este edificio, mujeres fáciles, más locas que una cabra. Que te arrancan la ropa a dentelladas. Yo le digo que es imposible. ¿Qué sabes tú de eso?

—Es un día lindo. Deberíamos salir y comprobarlo.

—Tampoco es para tanto.

—¿Qué han apostado? —Mi padre sonrió.

—Plata, ¿qué otra cosa podríamos apostar?

—No sé nada al respecto, papá —le dije—. Pero tengo otras noticias.

Cuando oyó estas palabras, después de toda la cháchara y los ademanes, fijó su mirada sobre mí, asintió y cerró los ojos para indicar que me estaba escuchando.

—Ramón. Tu hermano Ramón. Ha muerto.

Mi padre me miró con los ojos entrecerrados.

—¿El menor? —asentí.

—¿Te ha llamado alguien para hablar sobre esto? Pareció sorprendido.

—¿Llamarme? ¿Para qué me llamarían a mí?

—La prensa, quiero decir. ¿Has hablado con algún periodista?

Rechazó la idea con un movimiento de la mano.

—Claro que no —dijo—. ¿Sigo apareciendo en los periódicos?

—Lo normal.

Sonrió con un orgullo melancólico.

—No se cansan de hablar de mí.

—Soy el albacea de la herencia —le dije.

—¿Qué herencia? ¡Ramón no tiene ningún patrimonio! —mi viejo se rio—. Y déjame adivinar..., seguro que te sientes honrado de que te hayan elegido.

En ese momento hubiera podido pegarle. Sucede cada vez que lo visito, y en cada oportunidad respiro hondo y espero a que se me pase. Pienso en mis hijas, que nunca verán de nuevo a su abuelo, y en particular en la menor, que no tiene ningún recuerdo de él.

—¿Cómo murió? —preguntó mi viejo.

Le conté la historia, lo que sabía de ella —el camión de Rabassa y las lavadoras, el puente peatonal y el autobús—, mientras mi padre escuchaba con los ojos cerrados, su quijada caída sobre el pecho. A medida que le iba narrando los hechos en el orden en que sucedieron hasta llegar a su inevitable conclusión, me pareció todo tan ridículo que pensé que quizás mi padre no me creería nada. No habían tenido una relación cercana. No habían hablado mucho desde la muerte de mi abuelo, desde que mi padre se encargó del desagradable proceso de repartir la herencia y se quedó con todo cuanto pudo, gracias a un pequeño batallón de abogados y consultores. Ramón usó su parte para mantener a su madre y, cuando ella murió, para comprar la casa donde vivieron él y Matilde. No le quedó dinero para mucho más. La hermana de mi padre, mi tía Natalya, y su hermano, mi tío Yuri, juntaron sus partes y compraron un condominio en Miami, con vista a Biscayne Bay. Mi padre recibió la mayor parte de la herencia, por supuesto, lo suficiente como para permitirle vivir cómodamente por muchos años y, con el tiempo, pagar por su defensa legal, el acuerdo de divorcio y los gastos del manicomio. Incluso guardó una porción para mí, su hijo único, que mi esposa y yo utilizamos como cuota inicial para comprar una casa en un distrito de la ciudad con un solo nombre y sin puentes peatonales. Allí hemos vivido desde que nos casamos hace ocho años.

Cuando terminé con la historia, se quedó en silencio durante largo rato. Parecía estar procesando lo que le había dicho. O quizás estaba tratando de recordar quién era su hermano y preguntándose por qué tenía yo que venir a molestarlo con la noticia de su muerte.

—Ella no era ciega —dijo mi padre, finalmente—. Esa perra tenía cataratas, es cierto, pero podía ver. Ella lo mató.

Por un momento me quedé sin palabras; solo me quedé mirando a mi padre, preguntándome por qué me había tomado la molestia de venir.

—¡Por Dios! A mí me pareció bastante ciega el día de su matrimonio —dije.

Mi padre me miró.

—¿Cómo puedes *parecer* ciego?

—Era una broma.

—Bromas —dijo indignado—. No me gustan tus bromas.

Se puso de pie. La camisa le colgaba como una bata, llevaba la correa ajustada hasta el último agujero para sujetar sus pantalones por encima de la cintura, lo que hacía aparecer bolsones de tela en la mitad de su cuerpo. Me incorporé para ayudarlo, pero me rechazó.

—Papá, tienes que comer —le dije.

Él me ignoró, se cubrió los ojos con una mano, y caminó tambaleándose hacia el centro de la habitación, con brazos temblorosos. Se tropezó con el más pequeño de los dos sofás, donde un hombre bien vestido hojeaba un libro de historietas pornográficas. Cuando mi padre se le acercó, el hombre lanzó un grito y salió huyendo. Llamé a mi padre, pero no me hizo caso, solo cambió de dirección, dirigiéndose esta vez hacia una de las mesas. Allí, el hombre que estaba escribiendo una carta interrumpió su trabajo, cogió sus papeles y se apresuró hacia un rincón de la habitación. La enfermera que había estado leyendo un cuento a los pacientes se acomodó el cabello negro detrás de las orejas y corrió a ver qué sucedía, pero yo llegué primero hasta ese zombi tembleque y ciego que era mi padre; le pasé un brazo y sujeté su enjuto cuerpo, su pecho hundido.

Contenerlo no me costó casi ningún esfuerzo.

—Estoy ciego, estoy ciego —murmuraba.

Escuchaba el ritmo de su respiración. Los demás internos se habían dispersado hacia los rincones rosados de la habitación, lo más lejos posible de mi viejo. Se miraban unos a otros con nerviosismo, ninguno de ellos hablaba. En ese preciso momento, la enfermera de cabello negro apareció frente a nosotros. Quería saber si todo estaba conforme.

—Sí —le dije, pero mi padre negó con la cabeza. Se aclaró la garganta y solo entonces retiró la mano que cubría sus ojos, parpadeando para adaptarse a la luz.

—Alma —dijo—, mi hermano ha muerto y estoy desconsolado. Tienen que permitirme salir para el funeral. Lo han asesinado. Es una tragedia.

La enfermera miró a mi padre y luego a mí. Sacudí la cabeza ligeramente, esperando que él no se diera cuenta.

—Señor Cano, lo siento mucho —Alma sonaba como si estuviera leyendo un guion.

Aun así, mi padre le agradeció.

—Eres muy amable, pero debo salir de inmediato. Hay varios preparativos que requieren mi atención.

—Me temo que eso es imposible.

—Mi hermano...

—Papá —le dije.

—Señor Cano, usted no puede salir de aquí sin la autorización de un juez.

Yo aún tenía sujeto a mi padre, y sentí cómo cobraba fuerzas en su interior, tan solo al escuchar estas palabras. Dio un resoplido y enderezó los hombros. Este era probablemente el pretexto menos efectivo que alguien hubiera podido darle a mi padre, el hijo de un juez, un hombre que había pasado primero su infancia y luego toda su vida adulta recorriendo los pasillos del poder judicial, un hombre que le había dado a su propio hijo, si bien no mucho afecto, al menos sí buena parte de estos privilegios. Sonrió triunfante y se volteó hacia mí.

—Muchacho, dame tu celular, por favor. Conozco a todos los jueces de esta ciudad.

Fingí buscar el celular en mis bolsillos, mientras mi viejo me miraba esperanzado. Para entonces, Yvette se había unido al grupo, esta vez con una actitud algo más gentil que la que había mostrado en un principio. Los ojos de ambos se encontraron, ella le tocó el hombro, y eso bastó para que él se escapara de mi abrazo y entrara totalmente en su órbita.

—Han asesinado a mi hermano... —oí a mi viejo decir en voz baja y lastimera. Yvette hizo un gesto de asentimiento y lo llevó hasta el sillón verde azulado. Él la acompañó sin resistirse y se dejó caer pesadamente en él. Ella se arrodilló a su lado. Alma se marchó a calmar a los otros pacientes, que nos habían estado observando con gran ansiedad, y de pronto me quedé solo. Escuché a mi padre y a Yvette susurrando en complicidad, luego riéndose tiernamente, enseguida el sonido de una voz que se quebraba, y después ambos tarareando al unísono algo parecido a una canción de cuna. Alentados por Alma, los otros pacientes habían empezado a dispersarse nuevamente por la habitación con pasos lentos, vacilantes, como tratando de moverse sin ser vistos. Yvette se me acercó.

—Lamento mucho lo de su tío —me dijo.

Volteó a mirar una vez más a mi padre y luego nos dejó solos. Yo fui a ocupar su lugar junto a él, y ambos nos quedamos observando a los hombres retornando a sus lugares. Me di cuenta de que los días en el asilo están marcados por estos arrebatos, estas leves crisis que ayudan a hacer más llevadero el tiempo. Estos hombres estaban entrenados para esperar discretos momentos de tensión, para sumarse al impulso, personal o ajeno, de crear un alboroto de la nada. Y eran expertos también en olvidarlo todo, en recuperarse, en volver a ensimismarse con cualquiera que fuera la locura personal que los acompañaba. Excepto uno de ellos: un hombre menudo y bien vestido que caminaba de un lado a otro frente a mí y a mi padre, y que de rato en rato se detenía para lanzarnos una mirada a la vez confusa y hostil. Me tomó un momento el darme cuenta de lo que pasaba: el hombre llevaba un libro de historietas en la mano derecha. Le habíamos quitado su sitio.

Se lo señalé a mi padre, y él se encogió de hombros.

—Jamás lo he visto en mi vida —dijo.

—Estaba sentado aquí mismo.

—Por supuesto. Todos estaban sentados aquí. Y pueden sentarse aquí de nuevo apenas yo me levante.

—Papá, no te alteres.

—No estoy alterado —dijo, y luego se corrigió—. No es cierto. Sí. Sí estoy alterado. Preferiría que dejara de mirarnos. Es una falta de cortesía. Esta noche le quitaré la correa y lo ahorcaré con ella.

Lancé un suspiro.

—¿Y por qué harías eso?

—No lo sé —dijo, con una voz repentinamente débil.

Al menos decía la verdad: él no lo sabía. Después de todos estos años, mi padre aún era el más sorprendido por su situación, por las acciones y los impulsos que lo habían traído aquí.

—No te preocupes, papá.

Traté de abrazarlo, pero me rechazó.

—Claro que me preocupo. Voy a morirme en este lugar. No mañana ni la próxima semana, pero en algún momento. El hielo de los polos se derrite, y mi hermano ciego ha sido asesinado. Mi hijo ingrato nunca me visita, y la puta de mi esposa se ha olvidado de mí.

—Exesposa —le dije. No fue mi intención hacerlo.

Mi padre frunció el ceño y entrecerró los ojos.

—La puta de mi exesposa —dijo—. Vete. Nadie te quiere aquí. Fuera.

La última vez que vi a Ramón fue en una fiesta familiar, hace unos tres años. Era el cumpleaños sesenta y cinco de mi padre, el primero desde su arresto. En esa época aún no se había iniciado el proceso de divorcio, y mi madre aún no se rendía. Decidimos intentar que mi padre saliera para la fiesta, solo por esa noche —no era una tarea sencilla, pero ciertamente tampoco algo inaudito para una familia con nuestras conexiones y medios económicos—. Estuve optimista en las semanas previas a la fiesta, y me aseguré de que mi madre también lo estuviera. Pensé que sería bueno para ambos verse, y especialmente bueno para que él recordara la vida que alguna vez tuvo. Realicé visitas de cortesía a una serie de burócratas en toda la ciudad, les hablé sobre la situación de mi padre sin entrar en detalle, y busqué la oportunidad correcta, el momento oportuno, para colocar dinero discretamente en las manos de quienes podrían ayudarnos. Pero no sucedió nada: nadie me devolvió las llamadas, las oportunidades nunca se presentaron. Al final tuve que decirle a mi madre, solo unas horas antes de la fiesta, que el director del manicomio, con quien había hablado por teléfono y al que había presionado por intermedio de varios representantes judiciales, no aceptaría el soborno, del mismo modo que ningún juez firmaría la orden de salida y ningún funcionario de la prisión se dejaría convencer. Mi padre no nos acompañaría esa noche.

Mi madre había pasado toda una vida al lado de él, y se había acostumbrado a salirse siempre con la suya. Era evidente que no me creía.

—¿Cuánto les ofreciste?

—Más que suficiente —le respondí—. Ya nadie quiere ayudarlo.

Mi madre se sentó frente al espejo y empezó a aplicarse el maquillaje, con el cabello castaño rojizo todavía amarrado en una cola. Se había delineado los labios y ahora los examinaba, acercándose tanto al cristal que pensé que besaría su propio reflejo.

—No es así. Así no son las cosas —me dijo—. No te atreviste.

Esa noche Ramón llegó solo, vestido como para un funeral, con un traje negro formal y una camisa blanca almidonada. Llevaba el cabello tan corto que parecía un conscripto o un oficial de policía, y había decidido venir sin los lentes oscuros que a veces usaba. Nunca lo había visto así. A mi madre y a mí nos sorprendió verlo llegar. Por algunos momentos, muchos de los cuchicheos de la fiesta tuvieron que ver con su presencia: ¿quién había invitado a Ramón? ¿Cómo se había enterado? ¿Por qué había venido? Lo conduje a través del reducido grupo de amigos e invitados, y lo presenté a todos. «Ah, tú eres el hermano menor de Vladimiro», dijeron algunos colegas de mi padre, aunque para la mayoría esta era la primera vez que oían hablar de él. Si Ramón se dio cuenta, no lo demostró. Había muchos menos invitados de lo que habíamos imaginado —incluso mi tío Yuri había llamado para excusarse— y la brillante decoración de la habitación lucía más bien sombría con apenas un puñado de personas deambulando a través de ella. Aún es temprano, pensé. Ramón se movía con facilidad por entre los invitados, y pasaba de una conversación a otra con gran desenvoltura. Cada vez que nos deteníamos frente a un nuevo grupo, me soltaba el brazo y extendía la mano a la espera de que alguien se la estrechara. De tanto insistir, siempre lo conseguía. Abrazó durante un largo rato a Natalya, mientras le susurraba:

«Querida hermana, queridísima hermana». Lo dejé hablando con mi esposa mientras iba por unos tragos, y nuestras hijas, de tres y cuatro años entonces, corrieron presurosas a sus brazos, sin dudar un segundo. Él sonrió para una rápida foto y luego las soltó, midiendo su talla contra su cintura. Mi esposa me contó después que Ramón no solo recordaba sus nombres, sino también sus fechas de cumpleaños y edades, a pesar de que no las había visto desde el nacimiento de la menor de ellas.

Mi madre se había ubicado al pie de la escalera, a un extremo de la gran habitación, desde donde podía contemplar toda la escena, hasta que finalmente nos dirigimos hacia ella. Ramón me pidió que los dejara solos. Hablaron en susurros, sus rostros muy cerca el uno del otro, y cuando mi madre levantó la mirada, tenía los ojos vidriosos y llenos de lágrimas. Enseguida se recompuso y pidió la atención de los presentes. Ramón se mantuvo a su lado. Ella empezó agradeciendo a todos por acudir a la celebración de este cumpleaños tan difícil, lo mucho que ello significaba para todos nosotros, para mi padre y su familia.

—Hicimos todo lo que pudimos para tenerlo aquí con nosotros esta noche, pero no fue posible —dijo. Me miró—. Mi esposo ha enviado a su hermano menor, Ramón, en su lugar, y quiero agradecerle por acompañarnos esta noche.

Luego de agradecer el cortés aplauso que siguió a las palabras de mi madre, Ramón recorrió con la vista a los presentes, o pareció hacerlo: sus ojos grises y sin vida se movieron de un lado a otro. No había más de quince personas en total y todos estaban de pie, expectantes. Alguien tosió. Ramón pidió que bajaran el volumen de la música, se aclaró la garganta y procedió a elaborar una versión de mi padre que yo no reconocí. Un hombre generoso, siempre dispuesto a tender una mano cariñosa a su hermano menor, un hombre que lo había guiado y alentado. Que se había sentado a su lado «luego del accidente que me dejó ciego, el accidente que me hizo quien soy». Mi madre empezó a sollozar. «Vladimiro me ayudó a pagar mis estudios. Pagó por mi tutor, y me ayudó a conseguir el empleo donde, por obra y gracia de Dios, iba a conocer a mi esposa, Matilde». Luego levantó una mano y empezó a cantar «Feliz cumpleaños» con voz clara y firme.

Cantó las primeras líneas solo antes de que a los demás se les ocurriera acompañarlo.

Poco después lo encontré sentado en la que había sido la silla favorita de mi abuelo. Sonrió al oír mi voz, y me llamó sobrino. Le pregunté sobre su vida. Había pasado mucho tiempo desde la última vez que realmente habíamos podido hablar. Matilde estaba bien, me dijo, habían comprado una casa en Los Miles —«¿Dónde?», pensé para mis adentros— y estaban discutiendo la posibilidad de tener un hijo. Me felicitó por mi familia y me dijo, con una sonrisa juguetona, que por el timbre de voz de mi esposa podía asegurar que seguía siendo muy bella. Me reí con su cumplido.

—Tus instintos, como siempre, son infalibles —le dije.

Nosotros —mi esposa y yo— éramos muy felices en aquellos días.

Ramón me contó brevemente sobre su trabajo, el cual, a pesar de la débil economía del país, se mantenía estable: el italiano era un idioma cada vez más irrelevante, por supuesto, pero en tanto que Estados Unidos conservara su poderío, él y Matilde jamás pasarían hambre. A diario recibía llamadas de la embajada, de la DEA o de los mormones. Confiaban en él. Tenía sus clientes fijos.

Nos quedamos en silencio. El rumor de la fiesta nos rodeaba, y al ver la incomodidad de nuestros invitados, me pregunté quién soportaría ser parte de esta familia.

—¿De qué humor estaba mi padre cuando hablaste con él? —le pregunté.

Ramón recorrió con las uñas la tela del brazo de la silla.

—¿Sabes?, en realidad no hablé con él. Le pidió a alguien que me llamara —hizo una pausa y dejó escapar una risa breve y seca—. No he hablado con él en años, para ser sincero. No desde que Matilde y yo nos casamos. Supongo que no podía usar el teléfono. Deben ser muy estrictos con esas cosas.

—Supongo que sí.

—Pero también he oído que uno puede conseguir lo que quiera en la cárcel —me dijo—. ¿Es cierto?

—No sé si diría que es una cárcel.

—Pero ¿me habría podido llamar él mismo, si hubiera querido hacerlo?

Miré por sobre mi hombro en dirección a la fiesta, cada vez con menos gente.

—A mí nunca me ha llamado, si a eso te refieres. Ramón tamborileó sus dedos al ritmo cadencioso de la música, un viejo bolero, algo que le habría gustado a mi padre.

—Fue todo un espectáculo el que diste —le dije—. Tu discurso, quiero decir.

—Lo hice por tu madre.

—Entonces supongo que debo agradecértelo.

—Si quieres —suspiró—. Mi padre quería mucho a Vladimiro. Estaba muy orgulloso de tu papá, hablaba de él todo el tiempo. Quedó destrozado cuando dejaron de hablarse.

—¿En serio?

—¿Para qué preguntas si no vas a creer lo que te digo? —Ramón sacudió la cabeza—. ¿Lo visitas?

—Tanto como puedo.

—¿Y eso qué significa?

—Tanto como puedo aguantarlo —Ramón hizo un gesto de asentimiento.

—No es un hombre fácil. Matilde no quería que yo viniera. Tiene un sexto sentido para estas cosas. Y nunca se equivoca.

Pensé que quizás explicaría su comentario, pero no fue así. Sus palabras quedaron flotando en el aire.

—¿Y entonces por qué viniste? —le pregunté.

—La familia es la familia —sonrió—. Eso fue lo que le dije. Ella se rio muchísimo.

Y así, esta tarde fui a Gaza. Tomé el autobús, porque quería viajar en la línea 73, y sentarme, como Ramón y Matilde lo habían hecho todo el tiempo, en esos incómodos asientos de metal, detrás de vidrios sucios y rayados; cerré los ojos y escuché las palpitaciones de la ciudad a nuestro paso. A medida que avanzábamos hacia el norte, el aire se iba haciendo cada vez más denso, hasta parecer casi lluvia: pesado, gris, húmedo. Conforme subíamos por la avenida Cahuide, el tráfico se hacía más y más lento, y cuando bajé del autobús en la cuadra treinta y dos, bajo los restos del puente, descubrí la razón: un mar de gente se filtraba a través de la avenida en una fila casi ininterrumpida; mujeres con bebés en brazos, jóvenes fornidos encorvados bajo el peso de la carga que llevaban en sus espaldas, y niños que parecían corretear simplemente por divertirse. La valla de división intermedia no era obstáculo para esta marea humana: ya había sido derribada, pisoteada y en algunos lugares parecía estar a punto de desaparecer por completo. El sonido rudo y discordante de una docena de bocinas llenaba la calle con un bullicio interminable que la mayoría de la gente ni parecía notar, pero que a mí me remecía la cabeza desde dentro. Me detuve un momento a admirar el puente, su derruido exterior verde y su interior hecho pedazos, sus rieles de acero asomándose retorcidos a través del concreto, doblados hacia abajo apuntando a la avenida. Un par de muchachos, sentados en el borde carcomido, balanceaban sus piernas colgando sobre el filo. Reían y lanzaban al cielo avioncitos de papel que volaban describiendo elegantes arcos sobre la multitud en perpetuo movimiento.

Me alejé de la avenida por una calle sin nombre no más ancha que un callejón, uno de cuyos extremos se encontraba bloqueado por varias pilas de ladrillos y dos oxidados bidones de aceite repletos de arena. Una cuerda colgaba entre los bidones, y pasé por debajo asegurándome de que no tocara mi traje. Un niño en bicicleta pasó a mi lado, masticando ruidosamente un chicle. Dio una vuelta a mi alrededor observándome, evaluándome, y luego se alejó pedaleando, poco impresionado. Seguí caminando hasta un punto en el que el camino se elevaba ligeramente y luego se ensanchaba en un pequeño mercado al aire libre, donde algunas personas recorrían puestos repletos de plásticos, ropa sin marca, flores y cereales.

Atravesé el mercado y llegué hasta la esquina de José Olaya y la avenida Unidad. Allí encontré a Carlotta. El abogado que llamó ayer para darme la noticia me dijo que buscara a una mujer que vendía emolientes en una carretilla. Ella le puede indicar dónde está la casa, me dijo por teléfono. Su casa. Esa tarde, según lo acordado, un mensajero me trajo las llaves de Ramón, junto con una nota escrita del abogado en la que reiteraba su consejo: busque a Carlotta, decía la nota, aunque no había ninguna descripción de ella. Nunca encontrará la casa sin ayuda.

Y en verdad, todo se veía igual, cada calle era idéntica a la anterior, y cada casa, muy similar a la que venía enseguida. Carlotta estaba sentada en un banquito de madera leyendo el periódico cuando me acerqué. Me presenté y le expliqué que necesitaba ver la casa de mi tío. Ella se puso de pie y me abrazó con fuerza.

—Eran personas maravillosas —dijo. Mantuvo su mano sujeta a la mía y no la soltó, se quedó allí, sacudiendo la cabeza y murmurando algo que sonaba como una oración. Esperé a que terminara. Finalmente, se excusó, entró a la casa de ladrillos sin pintar que estaba detrás de ella y salió unos instantes después arrastrando tras de sí a un muchacho. Él tendría unos dieciocho años, era flacucho y parecía que acababan de despertarlo. Usaba zapatillas blancas con los pasadores desatados y no llevaba medias.

Sus tobillos delgados, casi femeninos, emergían de estos zapatos de payaso con un patetismo casi cómico. Su hijo, explicó Carlotta, vigilaría la carretilla mientras íbamos a la casa de Ramón y Matilde. No quedaba lejos. El muchacho me miró con ojos rojos e hinchados, e hizo un gesto de asentimiento, aunque no parecía muy complacido con el acuerdo.

Mientras caminábamos calle arriba, Carlotta me fue señalando algunos de los hitos del vecindario: la primera farmacia de la zona, la primera cabina de internet, un muro de adobe salpicado de agujeros de bala, escenario de un asesinato que salió en las primeras planas algunos años atrás. Precisamente en el cruce de calles que ahora atravesábamos, hubo antes un puesto de control policial, en los días en que empezó a usarse el nombre Gaza. Ahora vivimos tiempos de paz, me dijo. Me mostró el puente peatonal que cruzaba sobre el canal, y el campo abierto más allá de él, donde las turbias aguas de los huaicos se congregaban al menos una vez por año. También era el lugar donde los adolescentes organizaban torneos de fútbol, donde los cristianos celebraban su renacimiento espiritual de cada mes, y donde los *disc-jockeys* locales organizaban fiestas que duraban hasta el amanecer. Música horrible, me dijo, como un horno inmenso funcionando a toda máquina, puro ruido. Su hijo había estado en una de esas fiestas la noche anterior, me contó. Era su hijo menor.

—No es un mal chico. No crea que da problemas. ¿Usted tiene hijos?

—Dos hijas —lanzó un suspiro.

—Pero las niñas son distintas.

Doblamos a la izquierda justo antes de llegar al puente peatonal, caminamos por un lado del canal, luego doblamos nuevamente a la izquierda, hasta la mitad de la cuadra, y nos detuvimos frente a una casa de color amarillo intenso. Era la única casa pintada en toda la calle.

—Es amarilla —le dije a Carlotta, incrédulo—. ¿Por qué es amarilla?

Ella encogió los hombros.

—Él hacía traducciones, favores. La gente le pagaba como podía.

—¿Pintando la casa de un ciego?

A Carlotta mi comentario no le pareció gracioso, ni nada extraordinario.

—A su tío le decíamos doctor como muestra de respeto —me dijo con gesto severo.

Me quedé en silencio. Había una reja de metal delante de la puerta, con dos cerrojos, y me tomó un rato encontrar las llaves correctas. Nunca antes había estado en esa casa, y de pronto me sentí culpable por visitarla por primera vez en esas circunstancias. Junto a la puerta, ya en el interior de la casa, había una chaqueta y un sombrero colgados de un clavo, y debajo, una pequeña repisa de zapatos de dos niveles, con botas de goma para el barro, pantuflas *beige* para hombre y mujer, y dos pares de zapatillas del mismo color, con cierres de velcro. Había un par de espacios vacíos en la repisa. Para sus zapatos de trabajo, me imaginé, los que tenían puestos cuando murieron. Sin decir palabra, Carlotta y yo nos quitamos los zapatos y entramos a la casa solo con medias. No usamos las pantuflas.

El espacio se encontraba muy bien distribuido, como yo suponía que estaría, sumergido en la penumbra, sin focos de luz, sin fotografías, ni de la familia ni de ellos mismos. Debido a que los largos y húmedos inviernos son aún más largos y húmedos en esta parte de la ciudad, había tiras anchas y pesadas de plástico translúcido, colgadas de los dinteles de las puertas, por lo que moverse de una habitación a otra requería de movimientos similares a nadar estilo mariposa. La idea era retener el calor en cada habitación, pero su efecto, sumado a la luz nebulosa, daba a la casa la apariencia y sensación de un acuario. Separé las cortinas de plástico y entré a una cocina escasamente amoblada, pero mantenida en meticuloso orden. El refrigerador estaba casi vacío, y no había ningún utensilio sobrante en los cajones, solo un par de cada cosa —dos tenedores, dos cucharas, dos cuchillos para carne—. Abrí el grifo y un delgado chorro de agua cayó sobre un solitario tazón sucio. Había otro tazón, limpio y ya seco, junto al lavadero.

Me dirigí al dormitorio, que era tan austero y limpio como la cocina. Había una cruz de madera sobre la cama perfectamente tendida. Abrí y cerré unos cuantos cajones, eché un vistazo dentro del ropero y encontré dos pares de anteojos en una caja sobre el tocador, uno con lunas de plástico amarillo y otro con lunas azules. Me probé los amarillos, cautivado por esta pequeña evidencia de la vanidad de mi tío, e incluso busqué un espejo para verme. Por supuesto, no había ninguno. Todo esto es mío, pensé, para hacer con ello lo que quiera. Para venderlo, alquilarlo, regalarlo o quemarlo. No había nada de mi familia en esta casa, y quizás eso era lo único atractivo de toda ella. Mi padre se quedó con todas las cosas de valor, y Ramón recibió todo lo demás, toda esta nada: estas ropas, estos muebles baratos, este cuarto sin decorar y esta casa ordinaria, esta parcela de terreno en un barrio sobre cuyo nombre nadie se ponía de acuerdo. Todo estaba pagado, me dijo el abogado, la casa les pertenecía, y mi tío no tenía deudas. Por desgracia, tampoco tenía herederos además de su esposa, y ella no tenía a nadie aparte de él. Yo era su pariente vivo más cercano.

Tras una larga pausa, el abogado añadió:

—Bueno, excepto por su padre.

—¿Qué me recomienda hacer con ella?

—Vea si hay algo que le interese conservar. Puede vender el resto. Es su decisión.

Y aquí estaba ahora, escondido en Los Miles. En casa, mi teléfono sonaba y los periodistas de la ciudad pedían, frenéticos, alguna declaración. Pronto empezarían a hacer guardia frente al manicomio, a arrojar notas escritas a mano por sobre las paredes del lado de los jardines, o a apiñarse frente a la puerta de mi casa, acosando a mis hijos, a mi esposa. Díganos algo, diviértanos con sus preocupaciones, sus miedos, su descontento, culpe a su padre, a los obreros que construyeron el puente, o al conductor con cola de caballo. Culpe a su tío ciego, a su esposa ciega, a los vendedores de fuegos artificiales, o cúlpese usted mismo. Me dolía la cabeza. Extraño a Ramón, pensé, y casi de inmediato la sola idea me pareció egoísta. No lo había visto en años.

Carlotta se había quedado en la sala, y desde el corredor podía distinguir su silueta borrosa a través del plástico. Nadé por la casa hasta llegar a ella.

—¿Está bien? —le pregunté—. Lamento haberla hecho esperar.

Ella se había apoltronado sobre los suaves cojines del sofá blanco de mis tíos. Había una alfombra sobre el piso, más o menos en el centro de la habitación, y las plantas de sus pies colgaban justo sobre ella, sin llegar a tocarla. Tenía las manos sobre la falda. Parecía mucho más joven bajo la luz tenue de la casa de mi tío: su piel relucía y su pelo, gris a la luz del sol, se veía casi negro en la penumbra de la habitación.

—¿Qué es lo que busca? —me preguntó.

Era una buena pregunta para la cual yo no tenía una respuesta.

—Nada —le dije—. Quizás podría vivir aquí.

Carlotta sonrió generosamente.

—Creo que usted no se siente bien —me dijo.

Mi esposa se sorprendió esta noche cuando le conté lo que había hecho durante el día. Me escuchó con paciencia mientras preparábamos la cena y nuestras hijas reclamaban nuestra atención. Lo único que me dijo fue que debía tener cuidado. Que esos lugares no eran seguros. Ella nunca había estado en Los Miles, Venecia o Gaza, pero, como todos nosotros, creía muchas cosas sobre nuestra ciudad sin exigir confirmación. ¿No se había producido allí un famoso asesinato hacía unos pocos años? ¿Y acaso el accidente de mis tíos no probaba una vez más que nuestro mundo no tenía nada que ver con aquel otro? Yo asentía en voz baja, sí, querida, tienes razón, era mi tío, mi hermano, pero casi ni lo conocía, y en ese momento dejé de narrar mi historia. Caminé alrededor del mostrador, le di un beso en el cuello, levanté a mi hija mayor y me reí: los anteojos amarillos de Ramón, ¿qué te parece? ¿Los azules?

¿Su casa amarilla? Más tarde acostamos a las niñas, mi esposa se fue a la cama y yo me quedé en la sala viendo televisión, cambiando de canales, pensando.

—¿Qué vas a hacer con la casa, con todo eso? —me preguntó mi esposa antes de irse a dormir. Estaba apoyada en el marco de la puerta, ya con su ropa de dormir, y pude distinguir el agraciado contorno de su cuerpo bajo la seda. Estaba descalza, sus dedos ondeaban con sigilo sobre la gruesa alfombra.

—Pensaba que deberíamos mudarnos allá —le dije, solo para oír su risa horrorizada.

Desapareció dentro del dormitorio sin darme las buenas noches.

—¿Los conocía bien? —le pregunté a Carlotta. Se quedó pensando por un segundo.

—Eran mis vecinos.

—Pero ¿usted los conocía?

—Los veía todos los días —me dijo.

Y eso vale mucho, lo sé. Hubo una época en la que yo lo veía cada semana, una época en la que éramos más cercanos, quizás incluso como hermanos.

—Ramón y yo crecimos juntos. Luego perdimos contacto.

—Se ve usted cansado —dijo Carlotta—. ¿Por qué no se sienta un momento? Quizás eso lo haga sentir mejor.

Pero no quería sentarme, todavía no. Me dirigí al tocadiscos y levanté la fea cubierta plástica. Había unas pocas docenas de elepés apoyados contra la pared, y empecé a revisarlos: eran los discos de ópera de mi abuelo. Coloqué uno en el aparato, una elegante voz de mujer resonó en la habitación, y bastó eso, esta melodía que yo no había oído en mucho tiempo —décadas—, para que se me bajara la temperatura y sintiera que el techo se elevaba a una altura enorme, totalmente anormal. Carlotta seguía la música con el pie, aunque algo fuera de ritmo. Era cierto: no me sentía bien.

—La gente del barrio, ¿qué pensaba de mi tío y su mujer? —pregunté.

—Todos los querían.

—¿Aunque nadie los conocía?

—No hacía falta conocerlos para apreciarlos.

Me quedé pensando en lo que dijo mientras seguía sonando la canción en italiano, una luminosa voz de mujer; de pronto me asaltó la imagen de ambos —Ramón y Matilde— sentados en este mismo sofá, mi tía susurrándole la traducción de los versos al oído. Canciones de amor, canciones de pasión desesperada, sobre amantes que murieron juntos. Casi podía verlos: la sonrisa de Ramón iluminando esta habitación gris y los labios de Matilde presionados contra su oído. Ellos habían muerto de esa manera, como los mejores amigos, caminando de la mano hacia el borde de un puente, hasta esfumarse. Me senté sobre la alfombra, apoyado contra el sofá, y me quedé observando la pared desnuda. Tenía los pies muy fríos. Mis ojos ya se habían adaptado a la luz, y la casa estaba impecable. Limpia. Absurdamente limpia para esta parte de la ciudad. Carlotta y yo nos quedamos sentados escuchando el aria, la melodía perdiéndose en espirales rumbo al infinito. La cantante tenía esa energía y, mientras más la demostraba, más débil me sentía. Podría quedarme aquí, no marcharme más. Podría heredar esta vida que mi tío había dejado atrás, podría alejarme, pensé, de mi viejo y su veneno.

—Mi padre hizo todo lo que estuvo en sus manos para arruinar a mi tío —dije—. Le robó su herencia. Ahora está en prisión, donde corresponde.

—Lo sé. Leí sobre él en el diario de hoy. Hablaron con él.

Por un instante pensé que había oído mal.

—¿Qué? ¿Qué diario?

Cuando volteé, vi a Carlotta sonriendo con orgullo. Quizás no había percibido el pánico en mi voz. Yo ya había empezado a imaginar todas las cosas terribles que mi padre podía haber dicho, sus teorías sobre una conspiración, sus comentarios racistas, los furiosos insultos con los que podría haber profanado la memoria de su hermano muerto.

—No recuerdo cómo se llama —me dijo Carlotta—. Es el mismo diario en el que yo salí el otro día.

—¿Qué dijo mi padre?

—Ayer había periodistas por todo el barrio. Mi hijo salió en televisión. ¿Lo vio?

Levanté la voz, impaciente.

—Pero ¿qué fue lo que dijo?

—Señor Cano —susurró Carlotta.

Había encorvado los hombros y estaba replegada en el sofá, como para protegerse, como si yo fuera a atacarla. Me di cuenta, horrorizado, de que la había asustado. Ella sabía quién era mi padre. Tartamudeé una disculpa.

Ella respiró hondo.

—Dijo que no tenía ningún hermano. Que no conocía a nadie llamado Ramón.

—¿Eso es todo? —pregunté, y Carlotta asintió—. Nadie llamado Ramón —dije en voz baja—, ningún hermano.

Ella se quedó mirándome como si yo estuviera loco.

¿Cómo poder explicarle que lo que mi padre había dicho no sonaba como si fuera él, que era demasiado suave, demasiado sereno?

—¿Por qué habrá dicho eso? —preguntó Carlotta.

Sacudí la cabeza de un lado a otro. Sentí que mis ojos se hacían más pesados. ¿Mi padre era cruel o simplemente tenía razón?

—Tenemos que irnos —dije—, lo siento mucho, pero no necesito nada de lo que hay aquí —pero eso no era cierto, y no podía marcharme. Nos quedamos sentados, sin hablar, sin movernos, solo respirando, hasta que me di cuenta de que Carlotta me palmeaba la cabeza con afecto materno, que mis hombros se hundían más y más hacia el suelo, y entonces me dejé llevar: me aflojé el nudo de la corbata, moví los dedos dentro de las medias, con los pies congelados y el frío que se había extendido a todo mi cuerpo. Este disco no terminará nunca, pensé, esperanzado, pero entonces ocurrió: una nota larga e intensa sostenida sin el acompañamiento de la orquesta, que culminó con un grito de júbilo de la soprano, el público enmudecido por su impacto, por la belleza de la escena. Hubo un largo silencio, y luego aplausos, débiles al principio, luego atronadores, que en ese viejo disco sonaban como lluvia torrencial. Yo temblaba. No me quedaba ninguna duda: estábamos ahogándonos.

Anatomías extintas

Llevaba la primera mitad del año en Lima. Durante dos meses —meses de invierno en el hemisferio sur—, visité el consultorio dental de mi primo cada martes. Había conseguido financiamiento para un proyecto de grabación en Lima, y como no tenía seguro en los Estados Unidos, me pareció que era un buen momento para arreglarme los dientes. Antes de mi viaje, mi novia me comentó que le parecía bien.

—Tal vez así te animes a sonreír más —me dijo.

Mi primo y yo teníamos citas programadas a las que yo acudía a cualquier costo. El mío era un caso difícil, me decía una y otra vez, y lo repetía tanto que empecé a sentirme orgulloso de ello.

—¿Cómo te rompiste los dientes delanteros? —me preguntó en mi primera visita, y sin dudarlo, le describí una pelea que alguna vez presencié en el patio de la escuela: dos muchachos fuertes y bravos agarrándose a golpes con desenfreno. En mi historia, yo era uno de ellos.

Interesante, dijo mi primo, y pidió que me tomaran unas radiografías, como para confirmar mi historia.

Cuando yo era un niño, mi primo vivía con mi familia en Birmingham, Alabama. Él estudiaba en la escuela pública local, y entre semana casi todos los días alguna joven llamaba a casa y pedía hablar con... En este punto, la joven pronunciaba su nombre estirándolo con un marcado acento sureño y mi madre, siempre severa, la corregía, y luego lo llamaba en voz alta. Al oír su nombre, mi primo corría hacia la cocina como un hombre en llamas, y estiraba el largo cordón del teléfono hasta el pasillo, donde pasaba una hora susurrándole al auricular en su inglés chapurreado y seductor. Cuando se trataba de coquetear, mi primo era minimalista: «Ay, tu pelo», decía, «ay, tus ojos». Yo lo escuchaba a escondidas, incapaz de comprender qué podía responder una chica a semejantes frases. Después de colgar, se encerraba en el baño, de donde salía un poco después duchado y peinado, y mientras nos alistábamos para ir a la cama, mi primo, desconcertado y ansioso, me preguntaba en español:

—¿Qué es lo que quieren estas gringas?

Yo tenía ocho años.

Ahora, el único momento en que nos veíamos era durante mis citas dentales de cada semana. No hablábamos mucho. La mayor parte de nuestro tiempo juntos yo la pasaba con la boca abierta, cegado por la luz de la lámpara, tratando de bloquear el ruido y la sensación del taladro. Curvaba los dedos de mis pies dentro de mis zapatos o metía las manos en los bolsillos y apretaba fuerte mi billetera, como un hombre al que estuvieran tratando de asaltar.

Soy sensible al dolor, le dije el primer día, esperando que tuviera consideración.

Él sonrió.

—Lo sé —me dijo—. Lo recuerdo de cuando éramos niños.

La asistenta habitual de mi primo era joven, una practicante cuya misión principal era succionar la saliva de mi boca con un tubo de plástico transparente. Para llevar a cabo esta tarea, se inclinaba sobre mí, abriendo y cerrando sus ojos dulces e inocentes, y aunque rara vez la veía sin una mascarilla cubriéndole el rostro, a lo largo de mi largo y complicado tratamiento había empezado a parecerme muy hermosa. Durante todo el proceso tortuoso en que mi primo cortaba, astillaba, limaba, pulía, blanqueaba y tallaba mis dientes, su asistenta me limpiaba la saliva de las mejillas con un gesto afectuoso y una sonrisa invisible que yo había llegado a desear. En el curso de estas citas interminables, yo había adoptado ciertas rutinas que involucraban sublimar la incomodidad del taladro con pensamientos sobre sexo. Desnudaba a la asistenta de mi primo con los ojos. Mi novia se había quedado en los Estados Unidos, y aunque las cosas no marchaban bien entre nosotros, procuraba serle fiel y controlaba esta carestía dándome ciertas licencias creativas. ¿De qué otro modo iba a sobrevivir? No había nada más que mirar excepto a la asistenta o las paredes desnudas, y por supuesto prefería imaginarme los labios carnosos que se escondían tras la mascarilla protectora. Le arrancaba el uniforme blanco —¿y por qué no?, ¡de todos modos era translúcido!—, la inclinaba sobre el mostrador y le lamía la oreja hasta dejarla resplandeciente.

Mi primo planeaba casarse con una mujer llamada Carmen, que estaba terminando su último año en la facultad de derecho. Era bonita, baja y curvilínea, y usaba el flequillo negro presionado en diagonal contra la frente gracias a un gel que pegaba con fuerza industrial. A diferencia de las chicas gringas, Carmen tenía bastante claro lo que quería. Para empezar: casarse en una iglesia. Un vestido blanco. Un vals lento frente a toda la familia y flashes fotográficos destellando por todas partes. Una botella de whisky en cada mesa y una noche de oropeles en el Sheraton de Miraflores, con vista al mar. Más adelante: una manada de niños que estudiaría en el colegio americano, una casa con cuarto para la empleada y un jardín para recibir a los invitados. Estas eran cosas que cualquiera podía intuir con solo mirarla, metas perfectamente razonables en esta ciudad, pero también había otras, que mi primo insinuaba ocasionalmente con una sonrisa maliciosa. «Ay, tu pelo», pensaba yo, «ay, tus ojos». Yo mantenía abierta la boca y lo escuchaba contarme sobre sus visitas de fin de semana a capillas por toda Lima, cuánto costaban, con cuánta anticipación debían reservarse estos lugares de culto. Nada la excitaba más que hablar sobre la boda, me contaba, y eso a él le parecía curioso. Lo estaba pasando tan bien que esperaba poder posponer la boda un año, o más si fuera posible.

A principios de agosto, en un día ocupado para ambos, mi primo y yo nos encontramos al final de la tarde. Cinco de mis dientes tenían coronas temporales, y ese día debía reemplazarme dos de ellas. Cuando llegué, me dijo que su asistenta ya se había ido a casa, y me imaginé con horror la hora de tortura dental que me esperaba. Sin la distracción de su asistenta, sería difícil aguantarlo.

Mi primo debió de notar la ansiedad en mi mirada.

—No te preocupes —me dijo—. Viene Carmen.

—Oh —le dije—. Pero ¿ella no es abogada?

Se encogió de hombros. Sí, era verdad. Digamos que no, no estaba cualificada. Pero ¿acaso era tan difícil? Extendió los brazos, como tratando de abrazar toda la habitación.

—¿Acaso algo de esto realmente es tan difícil?

—No lo sé —le dije.

Se inclinó hacia mí:

—Estudié en Oregón tres años, primo. Tres años. ¿Y quieres saber la verdad? Podría haberlo hecho en dos.

—¡Guau! —le dije, mientras él hacía un gesto levantando dos dedos. Un signo de paz, una mitad de un conjunto de comillas aéreas, un par de tijeras.

Carmen llegó unos minutos después, con una minifalda negra y una chompa de lana celeste. Lucía fantástica, y era eso justamente lo que yo temía. El consultorio de mi primo daba a una gran avenida, y en horas punta el tráfico avanzaba lento y ruidoso, un implacable ejército de vehículos gaseosos. Humo maloliente, sirenas atronadoras, el chirrido intermitente de frenos. Aunque eran las ocho de la noche, el alboroto no se había reducido. «Pensaré en el tráfico», me dije, y me pareció una buena solución: ¿que podía reprimir más el impulso sexual humano que esos ruidos, esos olores, esos automóviles y autobuses torturados, descompuestos y moribundos, esos accidentes a punto de producirse, esas llantas desinfladas y espejos robados, esas puertas abolladas y tapacubos que faltan, esas calles con huecos incapaces de soportar todo aquello? Me siento feliz. Felizmente asexual. Luego mi primo y Carmen se ponen los guantes quirúrgicos. Ella no usa mascarilla. Se enciende el taladro. «No pensaré en la futura esposa de mi primo», me digo. «No pensaré en sus labios rojos, ni notaré lo amable que es, con cuánta ternura se inclina sobre mí para secarme la cara, cómo sus senos acaban de rozarme el brazo».

Pero algo cambia. Me quitan una corona con algo similar a un martillazo, y el dolor me obliga a cerrar los ojos. Cuando los abro, Carmen me está mirando: le muestro una horrible sonrisa desdentada. Ella se da vuelta, y empiezan a hablar de la boda como si yo no estuviera presente: la capilla, los arreglos florales, el sacerdote, las lecturas. Estoy confundido: mi cerebro es incapaz de decidir entre tráfico o sexo, bodas o sexo, paredes desnudas o sexo, aunque realmente ninguna de estas opciones está a mi alcance. Me corre saliva por la mejilla, hasta empapar el cuello de mi chompa. Está caliente. Me gustaría pensar en mi novia, pero no logro que su imagen aparezca en mi cabeza. Me gustaría pensar en la asistenta de mi primo, pero ya debe encontrarse a medio camino de su casa, donde quiera que viva, sedada por el efecto narcótico de las paradas y arranques de un autobús repleto de gente. Me gustaría pensar en Carmen, que es hermosa y complicada y no nota, o no le importa, que riachuelos de saliva ya han empapado la silla y se deslicen hacia el sur a lo largo de mi espina dorsal. Hay un vestido, le dice a mi primo (no a mí, es como si yo ni siquiera estuviera allí), un precioso vestido blanco que ha estado buscando, y a medida que lo describe de manera cada vez más detallada —la elegancia de su espalda abierta y de su encaje—, volteo hacia mi primo, quien retira un garfio de metal de mi boca y me guiña un ojo. Hago un gesto de asentimiento, capto el mensaje, y mientras tanto, en mi cabeza, levanto el dobladillo del no tan virginal vestido de Carmen hasta descubrirle los muslos y entierro la cara entre sus piernas. Como para castigarme, mi primo toma el martillo y me golpea los dientes. Se desprende otra corona, y mi sonrisa se vuelve aún más grotesca. Me ofrecen un espejo, pero lo rechazo. Por desgracia, sé exactamente cómo me veo. Estoy lejos de casa. Me arden los ojos. Mi primo está distraído por toda la conversación sobre la boda. Pasa más tiempo mirando a su prometida que a mí. Ambos juguetean con los pies por debajo de la silla de dentista. No puedo verlo, pero lo sé.

En ese momento el taladro toca un nervio y yo me incorporo en la silla, asustado y con los ojos desorbitados.

Carmen se detiene a mitad de la oración. Su flequillo reluce.

—Estás todo mojado —me dice.

—¿Estás bien? —pregunta mi primo—. ¿Pasó algo?

Los provincianos

Llevaba casi un año fuera del conservatorio cuando mi tío abuelo Raúl murió. Nos perdimos el funeral, pero unos días después mi padre me pidió que lo acompañara en auto a la costa para ocuparse de algunos detalles póstumos. Había que cerrar la casa y transferir la propiedad a una prima. También había que revisar algunas cajas, pero no había ninguna herencia ni nada que se le pareciera.

Yo trabajaba en el centro de fotocopias de la Ciudad Vieja mientras hacía pruebas para distintas obras de teatro pero, y por mi estilo de vida, no se me hacía difícil dejarlo todo y partir. Rocío quería acompañarnos, pero pensé que para mí y para mi viejo sería bueno viajar solos. No lo habíamos hecho en un tiempo. Partimos la mañana siguiente, un jueves. Pocas horas al sur de la capital, los coloridos pueblos jóvenes empezaron a desaparecer, junto con nuestra conversación, de modo que nos dedicamos a asimilar el paisaje desolado en un silencio contemplativo. Todo se veía árido: el camino arenoso, las blancuzcas dunas y, de alguna manera, incluso el mar. Cada cierto tiempo, de entre el paisaje lunar se elevaba un cartel publicitario de gaseosa, de cerveza o de bronceador, con sus colores desteñidos desde el verano anterior, los bordes despegados y ondeando al viento. Esto fue hace años, antes de que las playas se convirtieran en residencias privadas para los ricos, antes de que cercaran el mar y desviaran la carretera hacia atrás, lejos de la orilla. En ese entonces, la costa sobrevivía en un estado de completo abandono, y a lo sumo pasabas de vez en cuando por una aldea de pescadores, por un grifo, o junto a una pirámide de barriles oxidados apilados a un costado de la carretera; un caminante, quizá algún obrero, o una mujer y su hijo paseando por la autopista sin un destino claro. Pero la mayor parte del tiempo no había nada. El monótono paisaje te daba una sensación de paz, más aún porque aparecía muy poco después de salir de la ciudad.

Paramos a almorzar en un pueblo costero cuatro horas al sur de la capital, apenas una docena de casas levantadas a ambos lados de la carretera, con un único restaurante que servía solo pescado frito y refrescos. El lugar no tenía nada destacable, pero después del almuerzo nos topamos con el acto final de una disputa pública: dos hombres del lugar, que podrían haber sido hermanos, primos o mejores amigos, se encontraban fuera del restaurante, con las manos en puños firmes, gritándose el uno al otro frente a un mototaxi volcado. La rueda delantera giraba con lentitud, pero no se detenía. Era como una máquina en perpetuo movimiento. El compartimento de pasajeros estaba cubierto con un plástico anaranjado grueso y tenía pintada, a un lado, la palabra «Joselito».

Yo me preguntaba cuál de los dos era Joselito.

El nombre le hubiera caído bien a cualquiera de ellos. El más agresivo de los dos era bajo y rechoncho y tenía el rostro rígido de furia. Sus ojos enrojecidos y entrecerrados eran apenas rendijas. Lanzaba unos golpes salvajes y desperdiciaba gran cantidad de energía moviéndose como un trompo alrededor de su adversario. Este, más alto y ancho, empezó con una mirada de asombro desconcertado, casi de vergüenza ajena, pero, mientras más continuaba el pequeño con lo suyo, más sombría se hacía su expresión, al punto que en pocos minutos tanto la apariencia como el estado de ánimo de ambos se habían emparejado.

Junto a mi padre y a mí, había un chico de unos dieciocho años. Con los brazos cruzados, observaba la acción como si fuera una carrera de caballos en la que él hubiera apostado una suma muy pequeña. Andaba descalzo y tenía los pies cubiertos de arena. Aunque no era un día particularmente caluroso, había estado nadando. Aventuré una pregunta.

—¿Cuál de los dos es Joselito? —le pregunté.

Me miró como si yo estuviera loco. Tenía un nombre azul tatuado en el antebrazo, borroso e imposible de leer. ¿El nombre de su novia? ¿El de su madre?

—¿Acaso no sabes? —dijo en voz baja—. Joselito está muerto.

Asentí, como si ya lo supiera, como si solo lo estuviera poniendo a prueba, pero para entonces el nombre del muerto resonaba entre el círculo de espectadores reunidos, susurrado de un hombre a otro, luego a un niño, después a su madre: «Joselito, Joselito».

Un canto, un conjuro.

Los dos rivales continuaron, ahora con más furia, como si la mención del muerto los hubiera animado o hubiera liberado algún impulso brutal de su interior. El más pequeño le encajó un gancho de derecha a la mandíbula del más grande y este se tambaleó, pero no cayó. La gente dejó escapar varios *ooohs* y *aaahs*, y solo en ese momento los dos combatientes se dieron cuenta de que los estaban observando. Es decir, lo habían sabido todo el tiempo, por supuesto; tenían que saberlo, pero cuando la multitud llegó a una determinada masa y los susurros a un determinado volumen, entonces todo cambió. No habrían podido hacer una mejor puesta en escena, ni aunque hubieran estado peleando en un anfiteatro con una orquesta de fondo. Era algo que yo mismo estaba tratando de entender desde mi perspectiva de actor: cómo el público afecta una actuación, cuán distinto nos comportamos cuando sabemos que nos están observando. La verdadera autenticidad, había resuelto, requería un estado de negación absoluto, casi espiritual, del público, o incluso de negación de la posibilidad de ser observado; pero, en este caso, algo verdadero, algo real, se transformó rápidamente en algo falso. Sucedió de manera instantánea, en una calle arenosa de este pueblo anónimo: ya no éramos observadores accidentales de una discusión, sino la razón principal de su existencia.

—Esto es por Joselito —gritó el hombrecito.

—¡No! ¡«Esto» es por Joselito! —respondió el otro.

Y así sucesivamente.

La multitud los vitoreaba a ambos, sin distinción. O quizá vitoreaban al muerto. En cualquier caso, pronto hubo sangre, labios hinchados, ojos amoratados. Y la rueda seguía girando. Mi padre y yo observábamos la escena con ansiedad creciente — ¡alguien podía acabar muerto!, ¿por qué no se detenía esa rueda?— hasta que, para alivio nuestro, un anciano del pueblo se abrió paso entre la multitud y separó a empujones a los hombres. Estaba agitado. Se paró entre ambos, con los brazos extendidos como alas, una mano contra el pecho de cada hombre, mientras estos se inclinaban hacia él con determinación.

Esto, también, era parte del acto.

—El papá de Joselito —dijo el joven descalzo—. Justo a tiempo.

Nos marchamos de allí y continuamos manejando hacia el sur durante una hora más, hasta llegar a un tramo de asfalto nuevo y reluciente, tan suave que parecía que el auto podría conducirse a sí mismo. La tensión se desvaneció y fuimos felices otra vez, hasta que nos vimos atrapados en medio de un creciente enjambre de camiones que se dirigían a la frontera. Vimos cómo inspeccionaban el tráfico hacia el norte, cómo revisaban minuciosamente a los chóferes, cómo despojaban de sus pertenencias a contrabandistas de poca monta. Los soldados eran adolescentes y engreídos, y supuse que habrían deseado que los destacaran a algún lugar más lucrativo. Todo el mundo pagaba.

A nosotros también nos tocaría, cuando fuera nuestro turno de volver a la ciudad. Todo esto es nuevo, dijo mi padre, y sujetó con firmeza el timón mientras observaba, cada vez con mayor preocupación. ¿O era rabia? Esta corrupción, la única forma de comercio que había prosperado durante la guerra, era también la única con la que se podía contar siempre. Yo no entendía por qué le parecía tan desconcertante. Nada había más común que eso.

Al caer la noche, llegamos al pueblo natal de mi padre. El viejo grifo de mi tío abuelo se levantaba en lo alto de la colina, ahora con un nuevo propietario y mucha actividad, a pesar de que los camioneros rara vez se aventuraban a entrar al pueblo mismo. Ingresamos con el auto por la avenida principal, un bulevar bordeado de palmeras que bajaba hasta el malecón, lo estacionamos a unas cuadras del mar y caminamos hasta llegar a la sencilla plaza que daba al océano. Una palmera más alta que las demás, el tronco inscrito con nombres y fechas de amores de juventud, se elevaba en el centro de esta ordinaria plaza. Cada verano, el árbol era grabado con nuevos nombres y fechas, y luego pasaba todo el invierno sin que nadie lo tocara. Tal vez yo mismo hubiera rasguñado algunos nombres en él, años atrás. En noches calurosas, cuando el pueblo se llenaba de familias de vacaciones, los niños llevaban sus carros de control remoto y guiaban las zumbantes máquinas alrededor de la plaza, haciéndolas chocar unas contra otras o contra las piernas de los adultos, y en ocasiones haciéndolas caer por el borde del malecón hasta la playa, más abajo, celebrando estas calamidades con animada histeria.

Mi hermano Francisco y yo habíamos pasado así veranos enteros, hasta el año en que se marchó a los Estados Unidos. Aquellos recuerdos estaban entre mis favoritos.

Pero en temporada baja no había ni rastro de estas familias jóvenes. Ni de niños. Todos se habían marchado ya al norte, de vuelta a la ciudad o más allá, por lo que, claro, la llegada de uno de los errantes hijos del pueblo era un evento a la vez inesperado y bienvenido. Mi padre y yo recorrimos la plaza como celebridades, deteniéndonos en cada banca a presentar nuestros respetos, y de cada uno de esos hombres y mujeres ancianos escuché lo mismo. Primero: breves y rutinarias condolencias por la muerte de Raúl (al parecer, nadie sentía mucho aprecio por él); luego, una suave transición hacia el tema de discusión más querido del pueblo, el pasado. La conversación estaba dirigida a mí: «Tu viejo era tan inteligente, tan brillante...».

Mi padre asentía, aceptando cada elogio con cortesía, ni siquiera mínimamente avergonzado por la atención que le daban. Había llevado las expectativas del pueblo sobre sus hombros durante tantos años que ya no representaban un peso para él. Yo había escuchado estas historias toda mi vida.

—Este es mi hijo —decía—. ¿Se acuerdan de Nelson?

Y, uno a uno, los ancianos me preguntaban cuándo había regresado de los Estados Unidos.

—No, no —les respondía yo—. Yo soy el otro hijo.

Nos confundían, por supuesto, o quizá simplemente se habían olvidado de mi existencia. Sus respuestas eran amables, esperanzadas:

—Ah, sí, el «otro» hijo.

Luego, inclinándose hacia mí:

—Entonces, ¿cuándo viajas?

Nos hallábamos a finales del verano, pero la temporada de vacaciones había terminado pronto y ya el tiempo se había enfriado. A lo lejos, se oía el zumbido de los camiones pasando por la carretera. Los encorvados hombres y mujeres vestían chaquetas ligeras y chales, y parecían no percibir el sonido. Parecía que todos hubieran tomado el mismo cóctel de sedantes, felices de dirigir su mirada hacia el mar, hacia la noche oscura, y permanecer así durante horas. Y ahora querían saber cuándo viajaría.

Yo también quería saberlo.

—Pronto —les dije.

—Pronto —repitió mi padre.

Aun en aquel entonces yo tenía mis dudas al respecto, pero lo seguí creyendo durante cerca de un año más.

—Maravilloso —respondió el pueblo—. Simplemente fantástico.

Mi padre y yo nos instalamos por esa noche en la casa de mi tío abuelo. Tenía esa falta de ventilación típica de los espacios cerrados, de viejos que viven solos, agudizada por la humedad de la brisa marina. El mullido colchón de gomaespuma se hundía con el peso y había fotografías amarillentas por doquier —en marcos polvorientos, en desordenadas rumas, o sobresaliendo de entre los libros que se alineaban en las repisas de la sala de estar—. Mi padre tomó un puñado y se las llevó a la cocina. Puso a hervir agua y se dedicó a revisarlas perezosamente, diciendo los nombres de los familiares en cada foto mientras me las iba pasando. Había en su voz una cierta monotonía, una distancia —como si estuviera poniendo a prueba su memoria, más que reviviendo algún preciado recuerdo de su infancia—. Daba la impresión de que apenas si conocía a esas personas.

Me entregó una pequeña imagen en blanco y negro con acabado mate, impresa en cartulina gruesa con bordes festoneados. Era una foto grupal tomada frente a esa misma casa, en la época en que se encontraba rodeada de tierras baldías, con la ladera desnuda, sin urbanizar. Quizá unas veinte caras borrosas.

—Excepto por algunos de los bebés —dijo mi padre—, todos los que aparecen en esta foto están muertos.

Nos quedamos callados durante un rato.

Un moho crecía silvestre en la pared de la cocina, surgiendo negro y amenazante de una grieta en el cemento. Para pasar el rato, o quizá para cambiar de tema, empezamos a hablar sobre la forma del moho, que nos evocaba algo aunque no podíamos decir qué. ¿Un cochecito de bebé? ¿Un toro?

—El mototaxi de Joselito —dijo mi padre.

Y, en efecto, era eso exactamente a lo que se parecía.

—Que descanse en paz —añadí.

Mi padre había estado en silencio durante la mayor parte del viaje —volver a casa tenía siempre ese efecto en él—, pero ahora empezó a hablar. Joselito, dijo, debía haber sido todo un personaje. Alguien especial. No había visto una marea de emociones como aquella en muchos años, no desde que era un niño.

—Todo fue una actuación —le dije, y comencé a explicarle mi teoría.

Mi viejo me interrumpió:

—De eso se trata la vida. ¿O no?

Lo que él quería decir es que la gente actúa mostrando tristeza por una razón. Por ejemplo, nadie estaba actuando por Raúl. Mi tío abuelo había sido alcalde de este pueblo cuando mi padre era solo un niño; había sido dueño del grifo y había engendrado siete hijos con cinco mujeres diferentes, con ninguna de las cuales se había molestado en casarse. Durante una década, operó la única estación de radio del pueblo y pagó de su propio bolsillo para pavimentar el bulevar principal y poder conducir con estilo. Luego, a finales de los ochenta, Raúl perdió la mayor parte de su dinero y se refugió en un amargo aislamiento. Yo recordaba de él su nariz bulbosa y su odio hacia los extranjeros, una categoría amplia en la que colocaba a cualquiera que no fuera originario del pueblo y sus alrededores. La desconfianza de Raúl hacia la capital era absoluta. La última vez que lo vi, yo tenía once años, y creo que jamás me vio con algo más que desconfianza.

Era más fácil hablar de Joselito que de mi tío abuelo. Más agradable, tal vez. El pueblo le traía malos recuerdos a mi padre, quien en aquellos días estaba entrando en una etapa reflexiva de fin de la edad madura. Al menos así me parecía en ese momento; pero ¿qué sabe alguien de veintidós años sobre la vida y las preocupaciones de un hombre adulto? Yo era demasiado joven para darme cuenta de algo que luego sería más que evidente: que yo era la principal fuente de preocupaciones de mi viejo. Que si él estaba envejeciendo demasiado pronto, era, al menos en parte, mi culpa. Eso me habría quedado claro si hubiera estado prestando atención.

Mi padre cambió el tema. Sacó el té y me preguntó qué planeaba hacer cuando llegara a California. Eso era algo típico de aquella época, un juego de especulaciones que nos gustaba practicar. Asumíamos que la fecha de mi partida se acercaba con rapidez; un tiempo después, yo pensaría que todos solo habíamos estado actuando.

—No lo sé —le dije.

Yo había pasado muchísimo tiempo imaginándomelo —mi partida, mis preparativos, mi «vuelta olímpica» por la ciudad, despidiéndome y deseándoles buena suerte a todos los que se quedaban—, pero lo que sucedía después era mucho menos específico. Me bajaba del avión y luego... Francisco estaría allí, suponía. Me llevaría en su auto a través del Puente de la Bahía hasta Oakland, y me mostraría su vida en ese lugar, fuera como fuera. Cada tanto, cuando me ganaba la curiosidad, buscaba en internet ese lugar y hallaba noticias que me ayudaban a imaginármelo: eran en su mayoría sobre tiroteos, pero también sobre pequeños escándalos políticos que involucraban corrupción, clientelismo o a algún funcionario de la ciudad con órdenes de embargo sobre su propiedad; de vez en cuando, la noticia era sobre algo realmente emocionante, como un barco petrolero perdido en la niebla que golpeó un puente, o el ataque con bombas incendiarias a una tienda de licores perpetrado por alguna pandilla. Incluso se había producido una pequeña revuelta no mucho tiempo antes, con sus correspondientes ventanas rotas, un contenedor de basura en llamas y un grupo multirracial de anarquistas con pañuelos cubriéndoles el rostro, de modo que todo lo que se veía en las fotos eran sus ojos despiertos y salvajes; y me había preguntado entonces cómo era que mi hermano había elegido vivir en una ciudad cuyo ambiente imitaba tan de cerca al nuestro. ¿Había sido en verdad solo un mero accidente geográfico o se trataba de algún instinto latente de añoranza del hogar?

Lo que todo esto tenía que ver conmigo nunca estuvo muy claro. Dónde encajaría yo. Qué haría conmigo una vez estuviera allí. Estas eran algunas de las muchas preguntas pendientes. La visa, cuando llegara, no lo haría con instrucciones para la vida. Tampoco me obligaría a quedarme en Oakland, por supuesto, y yo ya había considerado otras alternativas, aunque ninguna muy en serio; y todo basado en un antojadizo conjunto de lecturas y alguna ocasional búsqueda en internet: Filadelfia me gustaba por su historia; Miami, por su tedio tropical; Chicago, por sus poetas; Los Ángeles, simplemente por su tamaño.

Pero uno podía empezar una nueva vida en cualquier lugar, ¿verdad? ¿Y también cuantas veces uno quisiera?

—Buscaré un trabajo —le dije a mi padre—. ¿No es eso lo que los gringos hacen?

—Es lo que todo el mundo hace. ¿En un centro de fotocopias?

—Yo soy un actor.

—Que saca fotocopias.

Fruncí el ceño.

—Entonces sacaré fotocopias por el resto de mi vida. ¿Por qué no?

Él quería que estudiara, porque eso era lo que muchos años antes había querido para sí mismo. Y también para Francisco. Había albergado la esperanza de que para aquel entonces mi hermano ya fuera profesor, un académico, aunque era demasiado orgulloso para siquiera mostrarme su decepción. Conmigo tenía sus propios problemas: su respeto irrestricto por dramaturgos, artistas y escritores era totalmente abstracto —en un ámbito más concreto, esperaba que yo considerara alguna forma más responsable de ganarme la vida—. En lo que respectaba a mi trabajo cotidiano, mi madre me dijo alguna vez que a mi viejo le entristecía verme trabajar como asistente de un centro de fotocopias. Su tristeza, en tanto, me enojaba. Entre sus ideas estaba la de que todo trabajo tenía una dignidad inherente al mismo. Eso era lo que él siempre había repetido pero, por supuesto, ninguna ideología puede proteger a un hijo de la herencia no deseada de las ambiciones de su padre.

—Cuando yo era niño —decía mi viejo—, este pueblo era donde el diablo perdió el poncho. Y lo sigue siendo, ya lo sé. Pero imagínatelo antes de que desviaran la carretera. Sabíamos que había algo más fuera de él —otro país hacia el sur, la capital hacia el norte—, pero lo percibíamos como algo muy lejano.

—Y lo estaba.

—Tienes razón. Lo estaba. Estábamos a horas de la civilización. Seis o siete hasta la frontera, si no más. Pero los caminos eran horribles. Y «espiritualmente» estaba aún más lejos. Se requería tener un cierto tipo de imaginación para ver eso.

—Siempre he tenido mucha imaginación —le dije. Sonreí. Creí que lo estaba haciendo reír, pero en verdad solo trataba de cerrar el tema, ponerle punto final a la conversación antes de que tomara un rumbo que yo no quería.

Mi viejo sabía lo que yo estaba haciendo, antes incluso de que yo me diera cuenta.

—Sí, hijo. Así es. Aunque tal vez no la imaginación suficiente.

No quería preguntarle a qué se refería, así que me senté y dejé su comentario en el aire hasta que el silencio lo obligó a responder mi pregunta no formulada.

—Perdóname —dijo mi padre—. Me preguntaba si pensabas lo suficiente en tu futuro, eso es todo.

—Claro que sí. Todo el tiempo.

—¿Hasta el punto de evitar pensar sobre tu presente?

—Yo no diría eso.

—¿Y qué dirías?

Hice una pausa, tratando de despojar a mi voz de cualquier rasgo de ira antes de hablar:

—He pensado mucho en mi futuro, para que mi presente me parezca más tolerable.

Él asintió lentamente. Sorbimos con cuidado de nuestras tazas humeantes. Por una vez, agradecí la obsesión de mi viejo por el té —nos permitió hacer una pausa, ordenar nuestras ideas—. Nos evitó el tener que hablar, y el peligro de decir cosas que no queríamos.

—Parece que a ti y a Rocío les va bien.

Nunca hablaba con mis padres sobre mis relaciones.

—Por supuesto. Nos va bien.

Supe que quería preguntarme algo más, pero no lo hizo. Entrecerró los ojos, pensativo, y entonces algo cambió en su rostro —apareció una suerte de desgano, las comisuras de la boca se le torcieron hacia abajo—. Se había dado por vencido.

—Siempre he odiado esta casa —dijo mi viejo después de unos minutos—. No puedo imaginar que alguien la quiera. Deberíamos demolerla y terminar con esta vaina.

A mí me daba lo mismo, y se lo dije. Podíamos prenderle fuego, o destrozar hasta el último ladrillo con un mazo. Yo no sentía apego por ese lugar, por ese pueblo. Mi padre sí, pero prefería no pensar en esas cosas. Era un lugar para visitar con un corazón afligido, cuando algún viejo pariente hubiera muerto. O con la familia, de vacaciones, si tal lujo fuera posible. Se me ocurrió que Francisco quizá sintiera lo mismo por la ciudad donde habíamos crecido.

—Te he fallado —dijo mi viejo. Su voz era tímida, casi un susurro, como si no quisiera que yo lo escuchara.

—No digas eso.

—Debimos haberte presionado más, mandarte afuera antes. Ahora... —No terminó la frase, pero comprendí que *ahora*, en su opinión, era ya demasiado tarde.

—Está bien.

—Yo sé que está bien. Todo el mundo está bien. Yo estoy bien, tú estás bien, tu madre está bien. Incluso Francisco está bien, o al menos eso dicen los rumores, Dios bendiga a los Estados Unidos. Todo está bien. Pregúntales a esas momias sentadas en las bancas. Se pasan todas las noches contando una y otra vez las mismas cinco historias pero, si les preguntas, te responderán al unísono que todo está «bastante bien». ¿De qué podríamos quejarnos?

—Yo no me estoy quejando —le dije.

—Lo sé. Y eso es justo lo que me preocupa.

Me dejé caer, me sentía desanimado.

—Me iré cuando llegue la visa. No puedo hacerlo antes. No puedo hacer nada antes de eso.

Mi padre hizo una mueca.

—Pero no es del todo correcto decir que no puedes hacer «nada», ¿verdad?

—Supongo que no.

—Piensa en esto: ¿qué pasa si la visa no llega? ¿O si llega en un momento inoportuno? Digamos que estás enamorado de Rocío...

—Supongamos.

—Y que ella no quiere marcharse. Así que te quedas. ¿Qué vas a hacer entonces?

Lo que en verdad me estaba preguntando era: ¿qué estás haciendo ahora?

Como no le respondí, aumentó la presión subiendo el tono de su voz:

—Dime, hijo, ¿estás seguro de que en verdad quieres la visa? ¿Estás absolutamente seguro? ¿Sabes ya lo que vas a hacer con tu vida?

Estábamos decididos a no gritarnos el uno al otro. Poco después, él se fue a la cama y yo salí de la casa para dar un paseo por las desoladas calles del pueblo, donde no había ni un solo carro, ni una persona. De tanto en tanto, se oía el retumbar de un camión en la distancia, pero con menos frecuencia a esta hora, como un viento esporádico. Todo se veía como una puesta en escena abandonada, y me pregunté: ¿quién está «totalmente seguro» de algo? Encontré un teléfono público, no muy lejos de la plaza, y llamé a Rocío. Quería que me hiciera reír, y lancé un suspiro de alivio cuando contestó a la primera timbrada, como si hubiera estado esperando mi llamada. Quizá así era. Le conté sobre el trayecto, sobre la pelea que presenciamos, sobre la casa húmeda y opresiva de mi tío abuelo, llena de fotos de caballos de carrera, de bandas de música y de las varias mujeres que habían parido a sus hijos y cuyas esperanzas y corazones habían sido destrozados. No le mencioné la conversación con mi padre.

—Me he conseguido un amante —me interrumpió Rocío.

Era uno de nuestros juegos. Traté de reunir la energía necesaria para seguirle la corriente. No quería decepcionarla.

—¿Y cómo es?

—Guapo. Es decir, feo. Tan feo que es atractivo. Nariz torcida, verga gigante. Más que suficiente.

—Me muero de celos —le dije—. Muero literalmente. La vida se escapa de mi cuerpo cansado.

—¿Sabes que, por ley, si un hombre encuentra a su esposa durmiendo con otro en su cama, puede asesinarlos a ambos?

—No había oído eso. Pero ¿y qué pasa si los encuentra en el sofá?

—Entonces no puede matarlos, hablando en términos estrictamente legales.

—¿Y te has acostado con él en nuestra cama?

—Sí —respondió Rocío—. Muchas, muchas veces.

—¿Y se llamaba Joselito?

Se produjo un silencio.

—Sí. Ese era su nombre.

—Ya mandé a que lo mataran.

—Pero si lo vi esta mañana.

—Ya murió, linda. Dile adiós.

—Adiós —susurró ella.

Estaba satisfecho conmigo mismo. Ella me preguntó sobre el pueblo, y le dije que todos me confundían con mi hermano. Tantos años habían separado a mi familia de este lugar que sus habitantes simplemente habían perdido la noción de mi existencia. En sus cabezas había espacio para un solo hijo; ¿era acaso una sorpresa que hubieran elegido a Francisco?

—¡Ay, qué pena! —dijo Rocío. Se estaba burlando de mí.

—No te lo cuento para que me tengas pena.

—Claro que no.

—Lo digo en serio.

—Lo sé —dijo, arrastrando la última sílaba de una manera que a ella quizá le parecía graciosa, pero que a mí solo me molestaba.

—Ya voy a colgar. —La tarjeta telefónica ya casi no tenía saldo, de todos modos.

—Buenas noches, Joselito —dijo Rocío, y besó el auricular.

La mañana siguiente, pasamos un par de horas en casa de mi tío abuelo revisando cuidadosamente el desorden, por si hubiera algo que quisiéramos llevarnos. No había nada. Mi padre separó algunas cosas para los soldados, por si se presentaba la necesidad; nada de gran valor, algunas cosas que él pensaba que podrían *parecer* caras para un joven aburrido con un rifle, alguien que se había perdido toda la acción por varios años y que ahora cumplía con su tiempo de servicio a la orilla de una carretera recolectando coimas: un marco de plata; una cámara antigua en perfecto estado; un trofeo viejo y muy ornamentado, que con seguridad volvería a la vida con una buena lustrada. Todo eso no tenía mucho sentido, por supuesto; como le dije a mi padre, estos jóvenes querían una de dos cosas: dinero en efectivo o productos electrónicos. Sexo, tal vez, pero probablemente no con nosotros. Cualquier otra cosa carecía de sentido. Mi padre estuvo de acuerdo conmigo. Tendríamos que pagarles o vestirnos de mujer y permitir que abusen de nosotros. Todas opciones encantadoras.

No mencionamos nuestra conversación inconclusa.

Después del almuerzo, fuimos al pueblo. Había que hacer un trámite para transferir la propiedad de Raúl a una prima lejana de nosotros, una solterona de cincuenta años que aún vivía cerca y que quizá podría darle algún uso a la casa. Los hijos de Raúl no querían nada, y se rehusaron, en principio, a involucrarse en el asunto. Mi padre temía hacer la transferencia, por supuesto; no porque fuera reacio a entregar la propiedad —todo lo contrario, estaba deseoso de deshacerse de ella—, sino por la cantidad de horas que podría tomar aquel trámite burocrático relativamente simple. Pero él no había tomado en cuenta su estatus de celebridad local, y, por supuesto, nos recibieron en los registros públicos de la ciudad con la misma alegre y entusiasta algarabía de la noche anterior en la plaza. Nos llevaron a saludar uno a uno a la docena de empleados municipales del pueblo, hombres y mujeres amables, de la generación de mi padre y también mayores, que acogieron felices la interrupción, pues claramente no tenían nada que hacer. Era como una noche cualquiera en la plaza, pensé, solo que detrás de escritorios y bajo luces fluorescentes. Muchos de ellos afirmaban tener algún tipo de imprecisa relación familiar conmigo, en especial los mayores, así que empecé a llamarlos *tío* y *tía* solo para asegurarme. Una y otra vez me confundieron con Francisco —¿cuándo volviste?, ¿dónde vives ahora?— y yo empecé a dar respuestas cada vez más vagas, hasta que, finalmente, cuando entramos a la última oficina, la del secretario del catastro, simplemente cedí ante esta suposición y, cuando me preguntaron, respondí: «Vivo en California».

Se sentía bien decirlo. Un alivio.

El secretario era un hombre pequeño y gordito llamado Juan, de piel morena y voz ronca. Había sido el mejor amigo de mi padre en tercer grado, o al menos eso afirmaba. Mi viejo no se molestó en contradecirlo, pero sonrió de una manera tal que yo entendí que era falso; o si no falso exactamente, al menos una de esas declaraciones que con el tiempo se vuelven no comprobables, y sobre las que ya no tiene sentido discutir.

Al secretario le gustó mi respuesta. Se aflojó el nudo de la corbata y aplaudió:

—¡California! ¡Por Dios! ¿Y qué haces allá?

Mi padre me miró de soslayo.

—Sí —dijo—, dile a mi viejo amigo Juan a qué te dedicas.

Recordé todas esas cartas que mi hermano había escrito, todas esas historias sobre él que yo había leído y casi memorizado en mi adolescencia. Nada de eso importaba, por supuesto; podía haberle contado a Juan cualquier cosa: sobre mi trabajo como instructor de esquí, como cargador de equipaje o como técnico en reparación de bicicletas. Podría haberle hablado sobre los secretos de Walmart, sobre la vida en las ciudades pequeñas de los Estados Unidos, sobre las cambiantes costumbres y tradiciones de diversas regiones de aquel vasto país. Los acentos, los paisajes, los inviernos. Cualquier cosa que hubiera dicho en ese momento habría funcionado. Pero opté por algo simple y actual, pues suponía, correctamente por cierto, que Juan no estaba muy interesado en los detalles. Yo sabía algunas cosas de mi hermano, a pesar de los años y la distancia: un hombre llamado Hassan lo había tomado bajo su cuidado.

Hacían negocios juntos, vendiendo leche para bebés, tela de jean barata y verduras que no duraban más de un día. Los detalles en sí me eran ajenos, pero se trataba de un programa del gobierno que, de algún modo, los había hecho muy ricos a ambos.

—Trabajo con un árabe —le dije—. Tenemos una tienda.

El secretario asintió con seriedad, como si estuviera procesando información crítica.

—Los árabes son empresarios muy capaces —dijo finalmente—. Debes aprender todo lo que puedas de él.

—Esa es mi intención.

—¡Para que puedas ser millonario!

—Esa es la idea —le dije.

Una sonrisa iluminó el rostro de Juan.

—¿Y las gringuitas? ¿Eeeeh?

Su voz se elevó al prolongar la última sílaba, hasta sonar como el tamborileo de un pequeño motor de revoluciones.

Le dije exactamente lo que él quería escuchar, con el tono pícaro requerido:

—Son muy «cariñosas».

Juan aplaudió de nuevo.

—¡Qué genial! ¡Qué genial! Estos jóvenes —le dijo a mi padre—. Tienen el mundo entero al alcance de sus manos, listo para comérselo. Y dime, ¿eres feliz, jovencito?

Tuve que recordarme a mí mismo que Juan le estaba hablando a esa versión de mí que vivía en California, que trabajaba con Hassan, el que iba a ser indescriptiblemente rico. No al que nunca había salido del país, el que quería ser actor pero en realidad era un empleado de medio tiempo en un centro de fotocopias administrado por un depresivo.

—Sí —le dije—. Sí, soy muy feliz.

Juan sonrió de oreja a oreja, y supe que mi participación en la conversación había terminado. Él y mi padre pusieron manos a la obra. El papeleo iba quedando listo, una ruma enorme de formularios y declaraciones redactadas en un lenguaje obtuso, todas firmadas por triplicado, y en cuestión de minutos, la casa de mi tío abuelo oficialmente dejó de ser nuestro problema. Me puse de pie cuando mi padre lo hizo. Juan tomó mi mano y la estrechó con fuerza.

—¡California! —dijo otra vez, como si no lo creyera del todo.

Una vez libres de Juan y las oficinas municipales, cuando estuvimos de nuevo al aire libre, respirando la salobre y vivificante brisa marina, felicité a mi viejo. Le dije:

—Ahora no tenemos que quemar la casa.

Él me dirigió una mirada cansina.

—Ahora no podemos, querrás decir.

Caminamos hacia la plaza. Caía la tarde, aún quedaban horas de luz pero ¿adónde más se podía ir en ese pueblo? Los habituales estarían en sus lugares de siempre, esperando la puesta de sol con una paciencia firme e inquebrantable. Solo había pasado un día, pero yo ya podía entender por qué mi padre huyó de aquel lugar tan pronto pudo. Primero se fue a la capital provincial, una ciudad cálida y pintoresca de amplios valles verdes y cielos azules, donde había ganado una beca para estudiar; pero pronto esa ciudad también le quedó chica y se trasladó a la capital, donde terminó su educación, ganó más premios, se casó y se fue al extranjero, cumpliendo, al menos en parte, las expectativas de aquellos a quienes había dejado atrás. Querían que fuera juez, diplomático o ingeniero. Que construyera puentes o creara leyes. Su trabajo actual —bibliotecario jefe de la sección de libros antiguos y manuscritos raros de la Biblioteca Nacional— era una ocupación totalmente inconcebible. Sonaba poco a trabajo remunerado y más a título de nobleza heredado. Pero era precisamente la extraña naturaleza de su puesto lo que le daba a mi padre tanto prestigio en estos lugares.

No habíamos avanzado mucho cuando me dijo:

—Una gran actuación, la tuya.

Yo me sentía bien, y opté por ignorar cualquier rastro de sarcasmo. Más bien, le di las gracias.

—¿Un árabe? —dijo—. ¿Una tienda? ¡Qué preciso!

—Todo es una actuación, ¿no? ¿De eso se trata la vida? Estaba improvisando. Hay que decir las líneas como si de verdad las creyeras.

—Veo que tus estudios en el conservatorio realmente han dado sus frutos. Fue muy convincente.

—Tu mejor amigo se lo creyó.

—Mi mejor amigo, claro —dijo mi viejo—. Supongo que es obvio, pero no tengo ningún recuerdo de él.

Asentí.

—Tú también eres buen actor. No creo que se haya dado cuenta, si es eso lo que te preocupa.

Aún no habíamos retomado la discusión de la noche anterior, y parecía que ya no tenía sentido hacerlo. Habíamos llegado a la plaza, con su vista al mar y sus bancas llenándose una a una. Nos refugiamos en un pequeño restaurante, con la esperanza de una comida tranquila, solos, pero todos reconocieron a mi padre y el ritual básico de nuestra estancia en la ciudad comenzó de nuevo. Entramos al comedor agitando las manos, aceptando saludos. Unos cuantos hombres gritaron entusiasmados el nombre de mi padre —¡Manuel! ¡Manolito!—, y por la forma en que le cambió la expresión del rostro, por cómo se le ensombrecieron los ojos, noté que ese protagonismo empezaba a ser una carga para él. Lo vi respirar hondo, como preparándose para subir una cuesta empinada. Estaba aburrido de toda la situación, aunque todos sus instintos le decían que debía enterrar su cinismo, ignorarlo. No hay cínico en este pueblo —es algo que uno aprende cuando viaja. Cuando uno vive en la capital y se corrompe—. Uno no puede ser grosero con esa gente, no puede burlarse de ellos. Ya no saben casi nada sobre ti, pero te aman. Y este era el aprieto en el que se encontraba mi viejo. La noche exigía algo, algo que la hiciera cambiar de curso; y quizá fue esa la razón por la que, cuando nos acercábamos a la mesa de donde nos habían llamado, él me pasó un brazo por el hombro, me apretó con fuerza y me presentó como su hijo Nelson, que vivía en el extranjero.

—De California —dijo mi padre—. Solo de visita.

Su anuncio me tomó por sorpresa. Yo no tenía la intención de repetir el papel que había estrenado en la oficina de Juan, pero ahora no tenía alternativa. Apenas tuve tiempo de echar un vistazo en dirección a mi viejo y ver su sonrisa juguetona, antes de que un par de desconocidos me envolvieran en un abrazo de bienvenida. Todo sucedió muy rápidamente. Unas estrechas mesas de madera fueron acomodadas una junto a la otra, y mi padre y yo fuimos empujados a unas sillas con un respaldar perversamente recto. Estábamos rodeados. Todos querían saludarnos; todos querían echarme un vistazo. Estreché una docena de manos, sonriendo todo el tiempo como si fuera un político. Me sentí muy agradecido con mi padre por esta oportunidad. Era —¿cómo podría explicarlo?— el papel para el que me había estado preparando toda mi vida.

[Escena: *Un restaurante sombrío junto a la plaza, en un pueblito de la costa sur. Santos (quince o veinte años mayor que los demás, a quien llaman profe) y su pupilo, Cochocho, llevan la conversación; Erick y Jaime funcionan como un coro, y gastan la mayor parte de su energía bebiendo. Llevaban toda la tarde dedicados a eso cuando un viejo amigo, Manuel, llega con su hijo, Nelson. Faltan quizá un par de horas para el anochecer. Manuel vive en la capital, y su hijo se encuentra de visita de los Estados Unidos. El joven es encantador, pero arrogante, justo como se espera que sean todos los estadounidenses. A medida que la noche avanza, él comienza a irritarlos, algo que en un inicio solo es evidente en pequeños gestos. Botellas de cerveza son traídas a la mesa y las vacías son retira-*

das, un proceso tan fluido y automático como las olas a lo largo de la playa. Cómo son consumidas con tanta rapidez no es del todo claro. Desafía cualquier ley de la física. La mesera, Elena, también es una vieja amiga, una mujer corpulenta cercana a la cincuentena, vestida con sudadera y una holgada camiseta, y que observa a estos hombres con una suerte de lástima. A lo largo de los años, se ha acostado con todos ellos. Es un secreto muy bien guardado; estos son hombres de vanidad ordinaria, y cada uno de los cuatro piensa que él es el único. La hija de pelo castaño de Elena, Celia, es un poco más joven que el muchacho estadounidense —él está en sus veinte—, y permanece en el fondo, tratando de echarle un vistazo al extranjero. Su curiosidad es palpable. Hay trofeos de fútbol polvorientos sobre el bar y un televisor encendido sin sonido, que nadie observa. De vez en cuando, las imágenes de la pantalla se sincronizan con el diálogo, pero los actores no son conscientes de ello].

Nelson: Así es. California. El Estado Dorado.
Erick: Hollywood. Sunset Boulevard.
Cochocho: Muchos mexicanos, ¿no?
Erick: La Ruta 66. James Dean.
Jaime: Tengo un sobrino en Las Vegas. ¿Eso es California?
Cochocho: *[Después de abrir una botella de cerveza con los dientes].* No le respondas. Está mintiendo. Ni siquiera sabe dónde está Las Vegas. No sabe dónde está California. Ignóralo. Ignóralos a los dos. Eso es lo que nosotros hacemos.
Erick: Magic Johnson. Los Juegos Olímpicos.
Cochocho: *[A Erick]* ¿Estás solo soltando palabras al azar? ¿Alguna vez escuchas lo que dices? *[A Nelson]* Discúlpalo. Discúlpanos. Es viernes.

Nelson:	Disculpados. Por supuesto.
Jaime:	El viernes es un día importante.
Erick:	El día antes del sábado.
Nelson:	Por supuesto.
Jaime:	Y después del jueves.
Cochocho:	Como te dije, discúlpanos.
Santos:	*[El más viejo del grupo, también el más formal en su lenguaje y conducta. De traje y corbata. Ha estado esperando el momento adecuado para hablar. Y se imagina que todo el mundo también ha estado esperando este momento, la oportunidad de poder escucharlo].* Estoy consternado por todo esto. Esta... ¿cuál es la frase? Esta falta de disciplina. Debemos ser amables con nuestro invitado. Dejarle una buena impresión. ¿Es muy ruidoso este lugar? Quizá no lo notas. Estoy seguro de que las cosas son diferentes donde vives. Ordenadas. Yo fui el profesor de Historia de tu padre. Eso es un hecho.

[Nelson mira a su padre esperando confirmación. Manuel asiente].

Manuel:	Es cierto. Y me acuerdo de todo lo que usted me enseñó, profe.
Santos:	Lo dudo. Pero fue mi clase, creo, la que inculcó en tu padre el deseo de ir al norte, a la capital. Asumo la responsabilidad de eso. Cada año, mis mejores estudiantes se van. Ahora estoy jubilado y no lo extraño, pero era triste verlos marcharse. Todos tienen sus razones, por supuesto. Si estos otros hubieran prestado algo de atención a la historia a como yo la enseñaba, quizás

habrían entendido la lógica de la migración. Está entretejida en la historia de esta nación. No considero que sea algo que haya que celebrar, pero podrían haberlo entendido como un legado que han heredado. Podrían haber sido un poco más ambiciosos.

Cochocho: Profe, está siendo injusto.

Santos: *[A Nelson, ignorando a Cochocho]* Tu padre fue el mejor estudiante que yo haya tenido.

Manuel: *[Tímidamente]* No es cierto, profe, no es cierto.

Santos: Claro que es cierto. ¿Me estás diciendo mentiroso? No era como estos payasos. Les enseñé a todos *[señalando con la cabeza a Erick, quien se está sirviendo un vaso de cerveza]*. Este apenas sabía leer. No podía quedarse quieto. Incluso ahora, míralo. Ni siquiera sabe quién es el presidente. *[En el televisor: un político genérico, su corrupción evidente, tanto como la banda roja que le cruza el pecho]*. Las únicas noticias que le importan son sobre la tasa de cambio.

Erick: Son las únicas que importan. Tengo gastos. Un hijo y dos hijas.

Cochocho: *[A Nelson]* Y puedes casarte con cualquiera. Llévate a una de las niñas de sus manos, por favor.

Santos: O al chico. Eso está permitido allá, ¿no?

Nelson: ¿Qué edad tienen las chicas?

Cochocho: La suficiente.

Nelson: ¿Son lindas?

Erick: Mucho.

Cochocho: *[Levantando las cejas, escéptico]* Un hombre no busca belleza en una esposa. O mejor dicho, no busca *solo* belleza. Podemos discutir los detalles más tarde. ¿Verdad, Erick?

[Erick asiente distraídamente. Como si hubiera perdido el hilo de la conversación].

Santos: Entonces, jovencito, ¿qué haces allá en California?

Nelson: *[Mirando primero a su padre]* Tengo mi propio negocio. Trabajo con un árabe. Tenemos una tienda juntos. Es un poco complicado, en realidad.

Santos: ¿Complicado? ¿Cómo así? ¿Qué podría ser más simple que comprar y vender? ¿Qué tipo de mercancía es? ¿Armas? ¿Metales? ¿Huérfanos?

[Televisor: en rápida sucesión, aparecen una pistola, un barril con un símbolo de riesgo biológico, un niño de aspecto triste. El niño permanece en la pantalla, incluso después de que Nelson comienza a hablar].

Nelson: Comenzamos con productos para bebés. Leche. Fórmula. Pañales. Ese tipo de cosas. Era un programa del gobierno. Para la gente pobre.

Jaime: ¿Estadounidenses pobres?

Nelson: Así es.

Cochocho: No seas tan ignorante. También allá hay gente pobre. ¿Acaso crees que tu primo idiota de Las Vegas es rico?

Jaime: Es mi sobrino. Quiere ser boxeador.

Cochocho: *[A Nelson]* Continúa.

Nelson: Eso estuvo bien por un tiempo, pero hay —quizá se hayan enterado—, ha habido

	algunos problemas en California. De presupuestos, cosas por el estilo.
Santos:	*[Secamente]* Te puedo asegurar que estos señores no se han enterado.
Nelson:	Por eso nos diversificamos. Alquilamos la tienda de al lado, y luego la siguiente. Vendemos ropa en ambas. Nos va bien. Cada primero de mes y quincena, vienen y gastan todo su dinero de golpe.
Jaime:	Pero dijiste que eran pobres.
Nelson:	Los pobres de los Estados Unidos son... «diferentes».
Santos:	Por supuesto.
Cochocho:	Por supuesto.
Nelson:	Cada tres semanas vamos a Los Ángeles a reponer el inventario. Al distrito de la moda. Coreanos. Judíos. Filipinos. Empresarios.
Santos:	Muy bien. Un emprendedor.
Manuel:	Eso no lo aprendió de mí.
Santos:	¿Y ahora hablas árabe? ¿Coreano? ¿Hebreo? ¿Filipino?
Nelson:	No, mi socio habla español.
Cochocho:	¿Y tu inglés?
Manuel:	El inglés de mi hijo es perfecto. Shakespeariano.
Cochocho:	Dos tiendas. Y en ambas venden ropa.
Nelson:	Vienen mexicanos y negros. Por desgracia, estos grupos no se llevan muy bien. Los mexicanos desprecian a los negros, y estos desprecian a los mexicanos. Los blancos desprecian a todos, pero ellos no nos compran, así que no nos preocupamos por ellos. Tenemos una tienda para cada grupo.
Santos:	Pero ellos, ¿viven todos en el mismo barrio?

[Televisor: toma panorámica de una escena callejera en East Oakland: el Boulevard Internacional. Una multitud racialmente diversa frente a camionetas de venta de tacos, autos enchulados avanzando muy lentamente, sus aros cromados girando y lanzando destellos bajo la feroz luz del sol. Latinas empujando cochecitos, niños negros con camisetas blancas largas y jeans anchos, que sostienen sujetándose la entrepierna con una mano].

Nelson: Así es. Y nosotros no tomamos partido por ningún grupo.
Cochocho: Claro que no. Tú estás allí para ganar dinero. ¿Para qué elegir un bando?
Jaime: Pero ¿tú vives allí también? ¿Con los negros? ¿Con los mexicanos?

[Le echan una mirada, algo decepcionados. Creían que era más exitoso. Detrás de la escena, Elena se prepara para llevar más cerveza a la mesa, pero su hija la detiene, toma las botellas y va ella misma].

Nelson: Sí. También hay gente blanca.
Celia: Perdón, perdón.

[Celia tiene ojos color negro azabache, y usa una versión del traje de su madre —una camiseta vieja, pantalones de sudadera, sandalias—. En su madre, esta ropa representa una renuncia a cualquier posibilidad sexual. En Celia, representa todo lo contrario].

Nelson: Me gustaría pagar una ronda *[con entusiasmo, queriendo demostrar su valía —¿a los hombres?, ¿a Celia?—].* Si me lo permiten.
Cochocho: Me temo que eso es imposible *[le entrega a Celia unos billetes].* Gracias, querida.

[Ella se queda allí un momento más, observando a Nelson, hasta que su madre la ahuyenta. Celia desaparece entre bastidores. Mientras tanto, la conversación continúa].

Erick: Tú eres el invitado. La hospitalidad es importante.

Santos: Estas cosas son importantes para nosotros. Te parecerán folclóricas, o graciosas. No nos ofende la forma en que nos miras. Estamos acostumbrados a la «mirada antropológica» *[esta última frase es dicha mientras hace unas comillas en el aire].* Nos das pena porque no entiendes. Aquí hacemos las cosas de una cierta manera. Tenemos tradiciones *[dirigiéndose a Manuel]* ¿Cuánto sabe tu hijo sobre nosotros? ¿Sobre nuestro pueblo? ¿Le has enseñado nuestras costumbres?

Nelson: Aprendí las canciones cuando era niño.

Manuel: Pero se crio en la ciudad, por supuesto.

Cochocho: Qué pena. La última vez que estuve allí fue hace seis años, cuando me postulé al Congreso. Un lugar detestable. Espero que no te importe que lo diga.

Manuel: No eres el único que tiene esa opinión.

Santos: Estaba desesperado por ganar. Habría estado feliz de mudarse allá con su familia.

Jaime: Y su esposa, ¿es de la ciudad?

Manuel: Así es.

Cochocho: *[A Nelson]* Tienes suerte de haberte ido. ¿Cuánto tiempo llevas en California?

Nelson: Desde los dieciocho años.

Jaime: De todos modos debes extrañar bastante tu hogar, aunque sea un lugar terrible.

Nelson: *[Riéndose]* No, yo no diría eso exactamente.

Erick: ¿La comida?

Nelson: Claro.

Jaime: ¿A la familia?

Nelson: Sí, por supuesto.

Manuel: Me siento halagado.

Jaime: ¿A tus amigos?

Nelson: *[Haciendo una pausa para pensar]* A algunos.

Erick: Los tiempos han cambiado.

Santos: No, Erick, los tiempos no han cambiado. Los jóvenes no son tan distintos hoy de como eran antes. Manuel, por ejemplo. Preguntémosle. Querido Manuel, orgullo de esta pobre y miserable aldea, cuéntanos: ¿qué tan seguido te despiertas extrañando este lugar donde naciste? ¿Qué tan seguido rememoras y deseas poder haber hecho todo de manera distinta, jamás haberte marchado, haberte quedado aquí a formar una familia?

Manuel: *[Tomado por sorpresa, sin entender si la pregunta es en serio o no. En el televisor: una toma nocturna de la plaza del pueblo. Recuperándose rápidamente, Manuel decide tomar la pregunta como una broma].* Todos los días, profe.

[Todos se ríen, menos Santos].

Santos: Eso imaginaba. A ciertas personas les gusta el cambio, el movimiento, la transición. La vida del ser humano es muy corta e intrascendente. Aquí tenemos una visión distinta del tiempo. Una forma distinta de asignarle valor a las cosas. Todo lo que ustedes los estadounidenses dicen nos parece...

Nelson: *¿Nosotros?* ¡Pero yo viví en este país hasta los dieciocho años!

Santos: *[Hablando por encima de él]* Me imagino
            que prefieres la palabra «americanos».
            Bien. Todo lo que ustedes los americanos
            dicen es muy gracioso. A nosotros no nos
            impresiona nada que dure menos de qui-
            nientos años. Ni siquiera se nos ocurre
            discutir sobre la grandeza de algo hasta
            que ha sobrevivido al menos ese tiempo.
            [No queda claro a quién se dirige Santos.
            Sin embargo, se oye un murmullo de apro-
            bación. Él cierra los ojos. Es de nuevo un
            profesor, en el salón de clases. Se pone de
            pie]. Así pues, este pueblo es grandioso.
            El océano es grandioso. También el de-
            sierto y las montañas más allá. Hay unas
            ruinas en las faldas de las montañas, de las
            que con seguridad no sabes nada pero que
            sin duda, indiscutiblemente, son grandio-
            sas; así como los hombres que las constru-
            yeron y su cultura. Su sangre, que es nues-
            tra sangre, e incluso la tuya, aunque, por
            desgracia... ¿Cómo decirlo? Está *diluida*.
            En cambio, no son grandiosos: la carrete-
            ra, la frontera. Los Estados Unidos. ¿Dón-
            de vives? ¿Cómo se llama el lugar?
Nelson: Oakland, California.
Santos: ¿Cuántos años tiene?
Nelson: ¿Cien, quizá?
Santos: No es grandioso. ¿Entiendes?
Nelson: No, no entiendo. Si me lo permite: esas
            ruinas que tienen quinientos años, por
            ejemplo. Se dará cuenta de que estoy
            usando sus palabras, profe. *Ruinas*. ¿Me
            equivoco al cuestionar si han durado?

[En el televisor: las ruinas].

Santos: *[Sentándose de nuevo]* Tú habrías jalado mi clase.

Nelson: ¡Qué pena! ¿Igual que estos caballeros?

Santos: No hay nada de qué enorgullecerse. Nada en absoluto.

Nelson: *[Claramente tratando de congraciarse con ellos]* Estaría en buena compañía.

Erick: Salud.

Jaime: Salud.

Manuel: *[A regañadientes]* Salud.

Cochocho: *[Serio, aclarándose la garganta]* Yo no jalé ni ese curso ni ningún otro. Es importante que lo sepas. No quería mencionarlo, pero soy teniente alcalde de este pueblo. Una vez me postulé al Congreso. Podría hacer que cierren este bar mañana.

Erick/Jaime: *[Al unísono, alarmados]* ¡No te atreverías!

Cochocho: ¡Por supuesto que no! ¡No sean ridículos! *[Pausa]* Pero «podría». Soy un miembro prominente de esta comunidad.

Erick: Que no te engañe su nombre.

Cochocho: ¡Es un apodo! ¡Una expresión de cariño! En cambio, los apodos de estos dos son vulgares. Irrepetibles. ¿Y tu padre? ¿Cuál era tu apodo, Manuel?

Manuel: No tenía.

Cochocho: Porque nadie se molestó en ponerle uno. Él era frío. Distante. Arrogante. Nos miraba por encima del hombro, incluso en ese entonces. Sabíamos que se marcharía y no volvería jamás.

[Manuel se encoge de hombros. Cochocho, victorioso, sonríe con arrogancia].

Nelson: ¡Pero aquí está! ¡Ha vuelto!

Santos: ¡Qué suerte tenemos! Bendito sea.

Cochocho: ¿Recuerdas el viejo grifo de tu tío abuelo? Ahora es mío. Bueno, casi. Tengo una participación minoritaria. Mi hijo trabaja allí. Un día será de él.

[Como si se hubiera acordado de su relativa riqueza, Cochocho pide otra ronda. No hay palabras, solo gestos. Una vez más, Celia se acerca a la mesa, botellas en mano, mientras Elena la observa, resignada. Esta vez, todos los hombres, incluyendo al padre de Nelson, miran a la chica con lujuria. Quizá sea bonita, al fin y al cabo. Ella revolotea sobre la mesa, inclinándose para que Nelson pueda admirarla. Él lo hace, sin vergüenza. En el televisor: una habitación de hotel con separaciones de madera, una pareja desnuda en la cama. La ventana está abierta. Están tirando].

Santos: *[A Manuel]* No lo tomes a mal. El problema principal... Lo que Cochocho está tratando de decir, creo, es que algunos de nosotros... Nos sentimos abandonados. Insultados. Nos dejaste. Y ahora tu hijo nos habla con un tono altanero.

Nelson: *[Divertido]* ¿Altanero? ¿En serio?

Manuel: Pero, profe...

Santos: No nos merecemos esto, Manuel. ¡Ya no te acuerdas! *[Al grupo]* ¡No se acuerda! *[A Nelson]* Tu padre fue nuestro mejor alumno en toda una generación. El más brillante, el más prometedor. Su padre —tu abuelo, que Dios lo tenga en su gloria— tenía muy poco dinero pero era muy querido, mientras que tu tío abuelo... Nosotros a Raúl solo lo tolerábamos. Durante un tiempo

	fue rico y poderoso, pero nunca soltó ni un centavo. Él vio que tu padre tenía potencial, pero quería que lo ayudara a administrar el grifo, a organizar sus propiedades, a invertir. Esas eran sus ambiciones. Mientras tanto, tu padre, creo, quería ser...
Nelson:	Profesor de literatura. En una universidad estadounidense. Hemos hablado de esto.
Cochocho:	¿Y por qué no un profesor en una local?

[Manuel no tiene respuesta, se siente un poco avergonzado].

Santos:	Perdón, pero esa es una ambición muy habitual para un joven ratón de biblioteca. Decente. Término medio. ¿Tenías ideas políticas?
Manuel:	Sí, las tenía. *[Hace una pausa]* Aún las tengo.
Santos:	Un agitador. Un alborotador. Enfureció a muchas personas del pueblo, y los profesores —y yo era el líder de este preocupado grupo, si mal no recuerdo— recaudamos dinero entre nosotros para mandarlo lejos. No queríamos verlo desperdiciar su talento. Nada destruye más a nuestra prometedora juventud que las ideas políticas. ¿Te ha contado que ganó una beca? Por supuesto que sí. Esa es una historia más simple. Enfureció a su poderoso tío, y Raúl se negó a pagarle los estudios. Tu abuelo tampoco tenía el dinero. Lo mandamos lejos por su propio bien. Pensábamos que volvería y nos gobernaría bien. Teníamos la esperanza de que aprendiera algo útil. Que se convirtiera en ingeniero. En arquitecto. Un rey de los negocios. *[Con tristeza]* Esperábamos más. Necesitábamos

	más. No hay trabajo en el pueblo. Jaime, por ejemplo, ¿a qué te dedicas?
Jaime:	¿Perdón?
Santos:	*[Impaciente]* Dije que a qué te dedicas.
Jaime:	Estoy sin trabajo. Era albañil.
Santos:	¿Erick?
Erick:	Soy sastre. *[A Nelson, animadamente, con un optimismo que no se corresponde con el estado de ánimo de la mesa]* ¡A su servicio, jovencito!
Santos:	¿Ves? Él me hizo este terno. Algodón local. Un buen trabajo. Yo tengo un ingreso fijo. Cochocho es teniente alcalde, eso ya lo sabes. Pero ¿sabes algo? El dinero con el que acaba de pagar nuestras cervezas es nuestro dinero. Se lo robó, así como se robó las elecciones. Él encarga sus ternos en la capital. No decimos nada al respecto porque sería descortés hacerlo. Y él, a pesar de su ética cuestionable, es nuestro amigo.
Cochocho:	*[Consternado]* ¡Profe!
Santos:	¿Qué? ¿Qué dije? ¿Acaso no eres nuestro amigo? ¿Es eso lo que alegas?

[Cochocho luce abatido, incapaz o renuente a defenderse. Erick y Jaime lo consuelan. En ese momento, la hija de Elena vuelve a aparecer, con los ojos fijos en Nelson. En el televisor: un cuarto de hotel, una pareja desnuda en una acrobática pose sexual, un acto de equilibrio de yoga para dos, un revoltijo de piel que hace imposible distinguir a quién pertenecen las piernas, los brazos, cómo se están conectando los órganos sexuales de ambos, o incluso si lo están o no].

Celia:	¿Otra ronda, caballeros?
Manuel:	Yo insisto...
Nelson:	Si me permiten...

Santos: *[Deteniéndolos a ambos con un gesto de la mano, mirando con furia a Cochocho]* Entonces, ¿eres nuestro amigo o no? ¿Vas a gastar nuestro dinero o a guardártelo? *[A Nelson]* Esto, por desgracia, también forma parte de la tradición.
Nelson: ¿Tiene quinientos años?
Santos: Muchos más que eso, muchacho.
Nelson: Por favor. Sería un honor para mí si me dejan pagar una ronda.
Cochocho: *[Aún enojado]* ¡Excelente idea! ¡Que el extranjero gaste sus dólares!

[En ese momento, Nelson se pone de pie y camina hacia la sorprendida Celia. La besa en la boca, descaradamente, y mientras lo hace, saca dinero de su bolsillo, lo cuenta sin mirarlo, y se lo pone en la mano. Ella cierra el puño alrededor del dinero y este desaparece. El intercambio se produce rápidamente, con destreza, dejándonos la impresión de que es algo que él ya ha hecho antes. No está claro si está pagando por las cervezas o por el beso pero, en cualquier caso, Celia no lo cuestiona. Los cuatro hombres del pueblo observan, asombrados].

Santos: ¡Imperialismo!
Cochocho: ¡Oportunismo!
Jaime: ¡Dinero!
Erick: ¡Sexo!

[Manuel mira fijamente a su hijo, pero no dice nada. Toma un trago. Telón].

Debo dejar algo claro: lo que importa nunca son las palabras, sino la forma en que se dicen. La determinación, el tono. El guion absurdo citado arriba no es más que una aproximación de lo que en realidad ocurrió aquella noche, luego de que mi padre me retara a interpretar a Francisco, o una versión de él, para este público desprevenido. Se dijeron muchas otras cosas que yo he omitido: insultos indirectos, preguntas encantadoramente ignorantes, la referencia ocasional a algún episodio inventado de la historia estadounidense. Yo improvisé, usando las cartas de mi hermano como guía, e incluso citando de ellas cuando la situación lo permitía —por ejemplo, la línea sobre los mexicanos despreciando a los negros y viceversa—. Esa frase estaba en uno de los primeros despachos de Francisco desde Oakland, cuando aún se esforzaba ansiosamente por entender su lugar y no lograba descifrar del todo las cosas que veía.

Mi más importante decisión dramática fue no defenderme con demasiada vehemencia. No defender Oakland, o los Estados Unidos. Eso habría sido una transgresión del personaje, pues su papel estaba definido por una indiferencia fundamental por todo lo que estaba sucediendo. Podían criticarme, cuestionarme, menospreciarme —me daba exactamente lo mismo, pensaba yo (pensaba mi personaje)—. Podían decir lo que quisieran, yo los aplaudiría por ello; después de todo, a fin de cuentas, yo (mi personaje) volvería a los Estados Unidos y ellos se quedarían en ese lugar. Necesitaba que entendieran eso, pero sin decirlo de manera explícita. Así es como Francisco lo hubiera hecho —nunca dejándose arrastrar del todo por las circunstancias, siempre manteniéndose por encima de ellas—. Distante. Intocable.

Durante toda la escena, mi viejo se quedó sentado en silencio, desviando la atención incluso cuando comenzaron a hablar directamente de él, de sus opciones, del significado e impacto de su largo exilio. He pasado muy rápidamente la parte en que los amigos de mi padre le expresaron, con diverso grado de zalamería, su admiración, asombro y envidia. Lo he omitido porque no era verdad; era una cuestión de hábito —como se trata al hijo pródigo cuando regresa, como se lo halaga para luego reclamar como propio parte de su éxito—. Pero todo eso se va desdibujando. Es menos honesto y menos interesante que el resto de lo que sucedió aquella noche. Lo superficial: Jaime y Erick bebieron, ajenos a todo e imperturbables hasta el final, y por esa misma razón eran los hombres más poderosos del lugar. Bebían muchísimo, pero era como si el alcohol simplemente desapareciera, se evaporara, no fuera consumido. No podría decir que cuando nos fuimos estuvieran más ebrios que cuando llegamos. Cochocho, por otro lado, sufrió un cambio de manera dramático: se volvió más desesperado, menos dueño de sí, revelando, muy a su pesar, la tristeza que constituía el elemento central de su ser. Su cabello bien peinado se desordenó sin control; el rostro se le hinchó y tomó un aspecto adolescente, en el que se podían intuir, pero no ver, los rasgos de un hombre adulto ocultos detrás. No le caía bien a nadie; ni a sí mismo, para ser honestos. Y luego estaba Santos, que pertenecía a esa generación que se resfría si sale de casa sin una corbata bien anudada al cuello; quien, como todos los profesores jubilados de pueblos pequeños, tenía la sombría nostalgia de un tirano derrocado. Varias veces lo descubrí mirando a Celia con deseo —el deseo de un anciano que recuerda mejores épocas— y eso me conmovió. Justo después de una de estas miradas, Santos y yo nos miramos a los ojos; él inclinó la cabeza, avergonzado, y se miró los zapatos, sorprendido y decepcionado de descubrir que no estaban lustrados. Empezaba a odiarme, me daba cuenta. Fue él quien expresó con mayor claridad lo que los demás no estaban dispuestos a reconocer: que los visitantes habían herido su orgullo.

Les habíamos recordado que eran provincianos.

Y es por eso que Santos me cayó mejor que los demás. Aunque el papel que yo habitaba nos colocaba en los extremos opuestos de esta división; en realidad, me identificaba mucho con esa vanidad herida. Lo sentí, lo sentiría, yo mismo llegaría a tener ese preocupante sentido de dislocación. Lo conocía a la perfección: era como el verdadero Nelson se sentía en presencia del verdadero Francisco.

Herido. Pequeño.

Pero ahora las luces del bar zumbaban, y las botellas de cerveza vacías eran reemplazadas mágicamente por otras nuevas, y el anciano profesor de Historia de mi padre envejecía ante mis ojos, se agriaba, se le iba escapando el color hasta verse como la gente que aparecía en las viejas fotografías de Raúl. Jaime y Erick mantenían la ecuanimidad de las estatuas. Cochocho, con su mal humor y su piel roja e hinchada, se veía como el moho que se extendía por la pared de la cocina de mi tío abuelo. Se había quitado el saco del terno, dejando al descubierto oscuros anillos de sudor en las axilas de su camisa. Santos sintió vergüenza ajena por él; le parecía algo indigno para un hombre de su categoría. Nadie más pareció notarlo. En cierto momento, Cochocho preguntó por la casa de mi tío abuelo, y cuando mi padre le dijo que había traspasado la propiedad a una prima nuestra, el teniente de alcalde respondió con una mirada de genuina decepción.

—Podrías habérsela dejado a tu hijo —dijo.

Por supuesto, no era eso lo que en verdad quería decir: Cochocho probablemente tendría sus propios intereses por la casa, algún plan inescrupuloso que le produjera una ganancia limpia. Pero yo le seguí la corriente, como si esa posibilidad recién acabara de ocurrírseme.

—Es cierto —dije, mirando a mi padre—. ¿Por qué no me dejaste la casa?

Mi padre eligió ese momento para ser honesto:

—No quería que fuera una carga para ti.

Y fue entonces que la noche empezó a transformarse: mi viejo frunció el ceño apenas las palabras salieron de sus labios. Era más como una mueca, en verdad, como si sintiera un dolor real; y me hizo pensar en las caras que ponen los atletas futbolistas profesionales luego de cometer un error, cuando saben que las cámaras los están filmando: imitan el gesto de alguna herida, algún dolor fantasma que explique su falla. Es una forma abreviada de reconocer, y a la vez desviar, su responsabilidad. Soportamos esta situación durante algunos desagradables instantes, hasta que mi padre se forzó a soltar una risotada, que sonó muy solitaria porque nadie se rio con él.

—¿Una carga, dices?

Esto lo dijo Santos, quien, salvo por un año y medio de estudios en Francia, había vivido en el pueblo todos y cada uno de sus setenta y siete años.

Justo en ese momento, Celia llegó a la mesa con dos botellas llenas.

—Siéntate con nosotros —le dije. Lo solté por impulso, por mi bien y por el de mi padre, solo para cambiar de tema. Ella sonrió coquetamente, inclinando la cabeza hacia un lado, como si no hubiera oído bien. Su vieja camiseta estaba estirada y suelta, y dejaba a nuestra consideración la línea simple de su cuello delgado y el delicado relieve de su clavícula.

—Me encantaría —dijo Celia—, pero creo que no hay lugar aquí para una dama.

Tenía razón: éramos seis hombres borrachos amontonados en un atestado y desagradable rectángulo. Si más de dos de nosotros se inclinaban hacia delante, nuestros codos se tocaban. Si hubiéramos estado sentados en una canoa, la habríamos volcado. La suya fue una respuesta perfecta que nos llenó a todos de deseo, y aunque nos apresuramos a hacerle espacio, para entonces Celia ya había girado sobre sus talones y se dirigía de vuelta a la barra. Ella esperaba que nos quedáramos varias horas más, estaba segura de que tendría otras oportunidades para provocarnos. Su madre la miró con furia.

Pero los hombres no habían olvidado el insulto de mi padre.

—Explícanos —dijo Santos.

Mi viejo negó con la cabeza. Tenía en el rostro una expresión que me era conocida: era la misma mirada distante que le había visto aquella primera noche, cuando nos sentamos a tomar té y revisar las fotografías viejas de Raúl. ¿Quiénes son estas personas? ¿Qué tengo que ver con ellas? No se estaba negando; simplemente le parecía una tarea imposible.

Decidí intervenir y jugar la única carta que mi padre y yo teníamos.

—Creo que sé a lo que mi viejo quiere llegar —dije—. Creo que sí. Y lo entiendo, porque yo siento lo mismo con respecto a la capital. Él no quería ofenderlos, pero ustedes tienen que entender qué es lo que sucede, con el tiempo, cuando uno se va.

Santos, Cochocho y los demás me miraron escépticos. Ni siquiera mi padre parecía muy convencido. De todos modos, continué.

—Tomemos el caso de la ciudad, por ejemplo. Me encanta ese lugar —y entiendo que esta es una afirmación polémica para el grupo—, pero así es. Escúchenme. Me encantan su cielo gris, su gente maleducada, su desorden, su ruido. Me encantan las historias que he vivido allí, sus lugares importantes, el mar, que es el mismo que ven aquí, por cierto. Pero, a pesar de ese amor que siento por la ciudad, cuando tenga un hijo no se la «dejaría» a él. No le diría: eh, muchacho, toma esto. Es tu herencia. Es tuya. No me gustaría que él se sintiera obligado a amarla como la amo yo. Ni sería posible, tampoco. ¿Me entienden? ¿Tiene sentido lo que digo? Él será americano. No tengo poder de decisión en el tema. Es una cuestión geográfica. Y, al igual que los americanos, él debe despertar a la edad adulta y sentirse libre.

Me acomodé en la silla, orgulloso de mi pequeño discurso.

—¡Ah! —dijo Santos. Era un sonido gutural, una queja física, como si lo hubiera herido. Frunció el ceño—. Repugnante nacionalismo —dijo—. Patrioterismo chabacano de la peor clase. ¿Estás diciendo que no somos libres?

Nos quedamos en silencio.

Durante un rato más, las botellas siguieron vaciándose, casi como por voluntad propia, y yo sentía que percibía todo a través de ojos acuosos, desenfocados. El televisor había estado tratando de decirme algo toda la noche, pero su mensaje era indescifrable. Para ese entonces, yo era por completo Francisco. Bueno, no es verdad, era una amalgama de ambos, pero en ese momento me sentí tan cerca de mi hermano como no lo había estado en muchos años. La mayor parte de esto era algo interno, y no podría haber sido expresado por un guion, por un conjunto de líneas. Pero este público... Recordé a los dos adversarios y el mototaxi de Joselito, cómo se metieron de lleno en la escena cuando se dieron cuenta de que los estaban observando. Yo había tomado la historia de mi hermano y la había amplificado. La había hecho mía, y ahora también era de ellos, para bien o para mal. No se trataba más de una discusión privada, sino de un drama en el que todos tenían algún interés. Me sentía bien. Satisfecho. Con esa poderosa sensación de paz que uno tiene cuando ha entendido un personaje, o, mejor dicho, cuando siente que el personaje lo ha entendido a uno. Me sentía muy confiado, muy audaz, como imaginaba que mi hermano se hubiera sentido luego de tantos años de travesía por Norteamérica.

Me puse de pie, y confirmé lo que ya sabía aun sentado: estaba muy borracho. En cierto modo, reconfortaba descubrir que todo lo que habíamos bebido no había sido en vano. Era hora de irse. Celia y su madre salieron de la barra para limpiar la mesa, y los otros hombres también se levantaron. Y fue ese el momento en el que yo como Francisco, o tal vez Francisco como yo, atraje a Celia y la besé en la boca. Quizá era eso lo que la televisión había estado tratando de decirme. Ella me correspondió. Oí las exclamaciones de sorpresa de los hombres, y también las de la madre de Celia, chillonas y protectoras, pero con justificada razón. Después de todo, ¿quién era ese joven? ¿Y qué creía que estaba haciendo?

Puse una mano en la cintura de Celia, atrayéndola hacia mí. Los presentes siguieron expresando su desaprobación, escandalizados pero también —estaba seguro— contentos por nosotros. El baile había terminado. El varonil extranjero había dejado su huella. La chica bonita había reclamado lo que era suyo. Y el papel de los hombres allí reunidos era mostrar conmoción, o fingirla; el de la madre, gimotear por la castidad de su hija aun cuando ella misma nunca había sido casta. Pero, cuando todo terminó, cuando Celia y yo nos separamos, todos sonreían. Los viejos, mi padre, incluso Elena.

Celia y Nelson, más que nadie.

Muy tarde aquella noche, llamé a Rocío. No sentía ninguna culpa. Solo quería hablar con ella, tal vez reírme y discutir el asesinato de su amante. Debían ser las tres o cuatro de la mañana, y no podía dormir. Habían empezado a surgirme dudas sobre lo ocurrido, sobre su significado. Unas pocas horas antes, todo me había parecido triunfal; pero ahora lo sentía abusivo. La plaza estaba vacía, por supuesto, al igual que la noche anterior, solo que más —un tipo de vacío que se siente eterno, permanente—. Supe que nunca volvería a ese lugar, y comprenderlo me dio algo de tristeza. Desde donde estaba, veía las calles en pendiente, el océano, la noche imperturbable; y, más cerca, la palmera inclinada con los nombres. Hubiera escrito en ella el nombre de Celia —un gesto inútil, puramente romántico, sin duda—, pero la verdad es que nunca supe su nombre. He decidido llamarla Celia porque me parece una falta de respeto referirme a ella como «la hija de la encargada del bar». Tan impersonal, tan anónimo. La hija de la encargada de un bar sabe a chicle y cigarrillos; mientras que la cálida lengua de Celia tenía sabor a rosas.

Santos y Cochocho y Jaime y Erick se marcharon poco después del beso, y quedamos solo mi padre y yo, aún divertidos por lo ocurrido, de lo que habíamos sido parte. También, tal vez, nos sentíamos algo avergonzados, pero no hablamos de eso porque no sabíamos cómo. Los hombres adultos heridos son criaturas transparentes; los hombres adultos con un ligero sentimiento de haber hecho algo malo son sumamente turbios. Habría sido más sencillo si todos simplemente nos hubiéramos agarrado a golpes. Santos y Cochocho se fueron alejando, un poco aturdidos, como si los hubieran estafado. Mi padre y yo dimos una rápida vuelta alrededor de la plaza, y nos excusamos por esa noche. Nunca comimos. Nuestra hambre había desaparecido. Traté de dormir pero no pude, me pasé horas escuchando el eco de los ronquidos de mi padre por la casa. Marqué los números de la tarjeta telefónica y dejé sonar el teléfono durante un largo rato. Ya no me sentía borracho. Me gustaba el sonido porque no tenía un punto de origen: podía imaginármelo sonando en la ciudad, en aquel departamento que compartía con Rocío (donde ella estaba dormida y no podía oírlo, o tal vez había salido con amigos en esa noche de fin de semana), pero esto era pura fantasía. Yo no oía en lo absoluto aquel timbre, por supuesto. El sonido que escuchaba provenía del interior de la línea, de algún lugar dentro de los cables, dentro del teléfono, un eco de algo misterioso que provenía de un territorio inestable y flotante.

Esperé un rato, escuchando, confortado; pero, al final, no hubo respuesta.

Nos marchamos la mañana siguiente; cerramos con llave la casa, la dejamos en el buzón de correo del vecino y huimos rápidamente, de manera casi furtiva, con la esperanza de escapar sin tener que despedirnos de nadie. Yo tenía un dolor de cabeza terrible y casi ni había dormido. Logramos llegar hasta el grifo en la cima de la colina sin llamar la atención, y bajamos la velocidad. Mi padre iba al volante, y yo pude ver un debate formándose en su interior: si debíamos entrar y llenar el tanque, o continuar hacia el norte, lejos de ese lugar y de lo que representaba. Incluso el motor dudaba, no se conformaría con ir en marcha lenta. Nos detuvimos. Teníamos que hacerlo. Quizá no hubiera otro grifo por varias horas.

El hijo de Cochocho estaba operando los dispensadores. Era una versión en miniatura de su padre: el mismo ceño fruncido, la misma quisquillosa irritación con el mundo. Todos creen merecer algo mejor, supongo; y, en ese sentido, él no era distinto de mí. Yo no quería admitirlo en ese momento, y me causó un intenso desagrado. Tenía manos regordetas, adolescentes, y usaba ropa que parecía heredada de la madre de Celia.

—Así que se van —le dijo el muchacho a mi padre a través de la ventanilla abierta.

Pronunció las palabras sin un solo rastro de amabilidad. Se le tensaron los hombros, su mandíbula se quedó fija en una expresión de frío recelo. Era tal el desdén que irradiaba hacia nosotros, tan resuelto e intencionado, que casi me parecía divertido. Tuve ganas de reírme, aunque sabía que eso solo empeoraría las cosas. A una parte de mí —una gran parte— eso le tenía sin cuidado: mi pecho rebosaba de esa arrogancia de la gran ciudad, falsa, pretenciosa y totalmente gratificante. El muchacho nos miraba con ojos entrecerrados, y yo pensaba para mí mismo:

¡Adiós, imbécil!

—Es un largo camino —dijo el hijo del Cochocho.

Yo oí decir a mi padre:

—Un día, más o menos.

Entonces, el hijo de Cochocho me dijo:

—¿De vuelta a California?

Hice una pausa. Recordé. Me sentí irritado. Asentí con la cabeza. Un momento antes, había decidido olvidarme del muchacho, me lo había sacado de la cabeza, lo había hecho desaparecer. Tenía la mente en blanco, y le di la espalda al infeliz hijo de Cochocho, fijando la mirada en la base de la colina, en el pueblo y sus hogares, ocultos por un manto de niebla.

—Así es —le dije, aunque sentía a California bastante lejos, como una teoría, como un concepto, no como un lugar real donde podía vivir gente real.

—Yo solía trabajar aquí, ¿sabías? —comentó mi viejo.

El muchacho asintió con total desinterés.

—Eso he escuchado —dijo.

El tanque estaba lleno, y una hora más tarde nos hallábamos vaciando nuestros bolsillos con los aburridos y codiciosos soldados. Tenían la edad del hijo de Cochocho y eran igual de amigables. Tres horas después, pasamos por el pueblo natal de Joselito, justo a tiempo de ver una procesión fúnebre; la suya, supusimos. El cortejo se movía lentamente a un costado de la carretera, una sombría nube gris y negra unida por los lastimeros sonidos de una desafinada banda de música. Los dos hombres que habían peleado por el mototaxi ahora iban lado a lado, cargando cada uno un extremo del ataúd, obviamente desconsolados. No me atreví a especular si estarían actuando o no en ese momento. Pero reduje la velocidad del carro hasta casi detenernos, abrí la ventanilla de mi lado y le pedí a mi viejo que hiciera lo mismo. Y escuchamos la tonada de la banda, con su melodía increíblemente lenta, como tiempo estirado hasta el extremo. Permanecimos allí durante un minuto, no más, mientras se alejaban rumbo al cementerio. Pero lo sentí como un día entero. Luego llegamos al límite de la ciudad; y después a casa, como si no hubiera pasado nada.

Los sueños inútiles

El presidente de los Estados Unidos

Durante el segundo año de la guerra, el presidente de los Estados Unidos recibió un disparo accidental mientras cazaba en su rancho. El responsable fue uno de sus invitados, un desafortunado senador de Arizona cuyo nombre el presidente había dado hacía poco a un lago del oeste. Hubo una gran conmoción cuando el presidente se desplomó. Llevaba una gorra de cazador de encendido color naranja. Era invierno, los árboles y las colinas mostraban su desnudez. La bala se alojó en la parte superior del muslo y le destrozó el fémur. Hubo mucha sangre y enorme desagrado. El feriado de caza terminó abruptamente, mientras el jefe de Estado era trasladado en tren a Washington. Allí, el presidente se negó a que lo viera un médico. La herida ni empeoró ni mejoró; su pierna izquierda siguió unida al cuerpo por una filigrana de tejido y músculo. El presidente dio algunos discursos sentado detrás de su escritorio en el Despacho Oval, pero, por lo demás, se mantuvo alejado del ojo público. La gente decía que estaba deprimido.

Mientras tanto, la guerra proseguía de una manera titubeante, casi cómica: una bomba por aquí derribaba un puente en Montana. Otra bomba por allá, en el centro de Los Ángeles, destruía un edificio abandonado donde a veces dormían algunos drogadictos. Nadie iba a echar de menos esas construcciones, y menos el presidente. «¡Tenemos tantos puentes! ¡Tantos edificios ruinosos!», se le escuchó decir a uno de sus asesores. El presidente tomaba pastillas y hierbas para el dolor, y en sus momentos de menor lucidez, rezaba. Su esposa consultaba las cartas del tarot. En declaraciones a la prensa, el portavoz del presidente ridiculizaba a los chiflados y sus bombas rudimentarias, su ideología hecha de remiendos y su total irrelevancia. No se hizo mención alguna a su herida.

Se mandó llamar a un especialista, un joven médico europeo que había escrito extensamente sobre estos temas. Se decía que era un experto. Los subversivos hicieron público un comunicado en el que pedían a la nación que orara por una rápida recuperación del presidente. Elogiaban la decisión de gastar los dólares de los contribuyentes en un especialista tan caro. «Por el mayor bien de la patria —decía el documento—, todo sacrificio vale la pena». En su lecho de enfermo, el presidente estaba indignado. Se suponía que su herida iba a ser un secreto de Estado, pero alguien lo había traicionado. El rumor había corrido como pólvora por Washington y luego por todo el país. Se burlaban de él y todo el mundo lo sabía. El especialista llegó de Francia y recomendó la inmediata amputación de la pierna izquierda del presidente, a la altura de la cadera. La herida estaba amarilla y gangrenosa, y la pierna, atrofiada.

—¿Recibieron mis informes? —preguntó el europeo. No los habían recibido.

El especialista sacudió la cabeza.

—Bueno, no importa —dijo—, de todos modos no es hora de vacilar.

El presidente se enorgullecía de su indiferencia hacia asuntos de vida o muerte. Había luchado en Vietnam. Había visto morir a muchos.

No está del todo claro cómo fue que la pierna amputada terminó en poder de los subversivos. Quizás alguien se había infiltrado en el hospital militar. Quizás no era la pierna del presidente, sino la de algún otro desdichado. Los subversivos enmascarados convocaron a una conferencia de prensa con estrecha vigilancia armada en la remota región del noroeste de la costa del Pacífico, bajo el elevado y verde dosel de bosques milenarios. Los subversivos presentaron la extremidad. Los periodistas fueron invitados a tocarla y fotografiarla desde todos los ángulos. Los subversivos quitaron el zapato y la media de la pierna y jugaron «Un chanchito fue al mercado» con los exdedos presidenciales. «Que Dios acompañe a nuestro paticojo líder», proclamaron. Surgieron rumores. La amputación apareció en las portadas de la prensa amarilla. El presidente ordenó cerrar e incendiar las oficinas de esos periódicos. En respuesta, los subversivos organizaron protestas masivas que llenaron las calles de las principales ciudades. Miles protestaron en Times Square en Nueva York, a lo largo de Lake Shore Drive en Chicago. Bloquearon el tráfico por Bay Bridge en San Francisco. Los automóviles fueron acribillados con huevos. La gente llevaba letreros con retratos estilizados del renqueante líder: el presidente en muletas, el presidente sujetándose el muñón por la espalda. En Camp David, su abnegada esposa le llevaba los periódicos cada mañana. Su convalecencia era una tortura. Enfurecido, ordenó la detención del especialista francés, convencido de que el arrogante médico lo había traicionado.

Su esposa estuvo de acuerdo.

—Nunca me gustó su acento —dijo.

Una semana más tarde, aún atormentado, el presidente ordenó la ejecución del médico. El especialista, concluyó, era un simpatizante de la causa rebelde, un europeo educado y frívolo, la clase de gente que se entretiene con el espectáculo de la decadencia de los Estados Unidos. Informado de la decisión del presidente, el médico se echó a llorar. Sus carceleros estaban ansiosos por deshacerse de él. De hecho, estaba tan inconsolable que luego de una golpiza rutinaria y poco inspirada (durante la cual los aullidos del especialista se volvieron casi insoportables), un guardia impaciente sacó su arma y lo mató, privando al presidente del privilegio de ver morir al prisionero. Por este crimen, el guardia también fue ejecutado.

Señor presidente, tal como me informaran sus médicos en su cable del mes pasado, sé que usted está muy preocupado por su herida. Le aseguro que examinaré su caso sin ideas preconcebidas; mi única intención es verlo restablecido y nuevamente al mando de las Fuerzas Armadas de su nación en la guerra en curso. Por supuesto, sé que se siente atemorizado, y ciertamente debe estar usted preocupado. Haré todo lo que me sea posible para aliviar su angustia. Para realizar amputaciones terapéuticas se requiere cierta experiencia, y en lo que a ello respecta, puedo decir que Francia ha asumido un papel pionero, digno de nuestro carácter nacional. De hecho, el primer caso de amputación por una herida de bala en la parte superior del fémur ocurrió en el ejército francés del Rin, en 1793. El médico en cuestión fue el ilustre Jacques Perault, en aquel tiempo y desde entonces un entusiasta promotor de la amputación a la altura de la articulación de la cadera. El paciente, cuyo nombre pasó a la historia solo como S., toleró bien la operación y su estado fue sumamente satisfactorio por espacio de varias horas después de ella. Por desgracia, S. se vio obligado a partir de inmediato junto con lo que quedaba del ejército, en una marcha precipitada que duró más de veinticuatro horas. Era invierno. Murió de congelación y de fatiga. Sin amilanarse, el doctor Perault volvió a empuñar el cuchillo en 1812, en esta ocasión para socorrer a un subalterno francés del Batallón de los Dragones, llamado Goix, cuyo muslo fue gravemente herido por una bala de cañón en la batalla de Borodinó. Luego de la cirugía, el paciente fue trasladado a la abadía de Kolloskoi, y luego a Witebsk, bajo el cuidado del cirujano mayor Bachelet, hasta que estuvo casi del todo restablecido. Bachelet trató a Goix con coñac y tintura de hierro administrada por vía oral, y aplicaba al muñón inyecciones diarias de aceite de turpentina. En tres meses, el paciente se había recuperado por completo. Perault lo celebró y, según se cuenta, le dijo a su ayudante de campo que se había logrado un milagro médico. En sus memorias, lo cita como el primer caso exitoso de amputación primaria, pero como el paciente nunca volvió a Francia y no hay registro alguno de su muerte, los adversarios de esta operación no admiten que fue un éxito.

El ingeniero senador de Arizona

Años antes de que le disparase por error al presidente, antes de la Segunda Guerra de Rebelión, el ingeniero, más tarde senador por Arizona, dijo:

—Este es un buen lugar para un lago, ¿verdad?

Estaba bronceado por el sol y hablaba fuerte, con una voz que retumbaba en ecos a través del valle. Eran las mejores tierras de la reservación, una masa de piedra rojiza atravesada por una fina corriente de agua. Sus asistentes sonrieron. Sí, sí, se leía en su mirada. El río cortaba un sendero serpenteante a través de la base de la piedra. El agua refulgía con tonos plateados bajo la brillante luz del sol.

—Un buen lugar, en verdad —repitió el ingeniero. Esbozó un bosquejo en una servilleta y se la entregó a sus asistentes—. Manos a la obra entonces —dijo, y encendió un puro mientras caminaba de vuelta al jeep.

El primer año del dique fue conocido como el año de los ahogados. Venían de todas partes: de Maine y California, de Florida e Illinois, para sumergirse en las aguas turquesas y respirarlas, llenarse los pulmones con ellas y morir. Indígenas, sobre todo, y sus simpatizantes, gente sencilla que había protestado contra la construcción del dique en cada una de sus etapas. Se ahogaban vestidos con sus trajes típicos, emplumados y pintados como si estuvieran yendo a la guerra. Sus cuerpos veteados flotaban de vuelta a la superficie, hinchados y azules. El Servicio de Parques solicitó al Congreso una barcaza para retirar los cadáveres de las apacibles aguas. Pero no había dinero. La guerra arreciaba. Se rumoraba que alguien le había disparado al presidente. Fue el año de la batalla de Denver, la primera victoria militar importante para los subversivos, y el gobierno pasaba por duras dificultades financieras. Fue así que los cuerpos se quedaron donde estaban, bamboleándose inútilmente en la superficie del lago. Ese verano, algunos intrépidos turistas cruzaron la zona de guerra para visitar el pintoresco lugar, para observar la puesta de sol sobre el agua cubierta por docenas de coloridos cadáveres flotantes. Las gaviotas también habían llegado y sobrevolaban el lago descendiendo en lentos círculos. Al anochecer, se las podía ver posadas sobre los cuerpos, desgarrando con sus delgados picos la carne voluminosa y descompuesta.

Esta macabra atracción no le hizo ninguna gracia al ingeniero, con cuyo nombre habían bautizado el lago. Observaba el lago como uno lo haría con un niño que se hubiera convertido súbitamente en adulto. Recordaba aquella mañana en que dibujó el primer crudo bosquejo del lugar: los colores furiosos que brotaban de la roca, el sol brillante, la agradable y absoluta sumisión de sus asistentes. El ver un lago allí siempre fue uno de sus sueños, pero ahora el dique estaba en peligro de atragantarse con cadáveres. Todo el sistema eléctrico del oeste corría peligro. Llamó al presidente de la Cámara de Representantes. «No voy a tolerar esta situación», le dijo. Llamó al líder de la mayoría en el Senado y le habló con el mismo tono de voz: brusco, atribulado, seco. Estuvo a punto de llamar al presidente, aunque no habían vuelto a hablar desde que le disparó. En entrevistas con la prensa, no dudaba en referirse al cuerpo de agua como «mi lago». ¿Acaso no había tenido él la idea de inundar el desierto? ¿Y acaso el presidente no le había puesto al lago su nombre?

Por supuesto que hay peligros, señor presidente. Es cierto que la tasa de mortalidad conjunta de las amputaciones realizadas por los británicos en la Guerra de Crimea y por los franceses en la Guerra Franco-Prusiana fue un alarmante 76 por ciento. Esos eran los primeros y oscuros días de la medicina de guerra. Pero tiene usted razón al considerar que 10.000 muertos de un total de 13.173 son inaceptables. Y claro, usted puede haber oído que las amputaciones a la altura de la articulación de la cadera son bastante peligrosas, con una tasa de mortalidad del 100 por ciento en ambas campañas militares. Sin embargo, soy optimista por dos razones. En primer lugar, no se pueden ignorar los avances que la medicina ha realizado en estos campos. Las tasas de supervivencia han mejorado con cada campaña sucesiva, a punto tal que, en la época de la Primera Guerra de Rebelión en su país, solo el 83 por ciento de los amputados a la altura de la cadera morían durante el primer mes. En segundo lugar, considero que los estadounidenses son sencillamente más fuertes y tienen, dentro de sus almas grandes y heroicas, una mayor voluntad de vivir. Sobre este segundo punto, me baso en el testimonio de la señora Phoebe Y. Pember, quien escribió sobre sus experiencias como jefa de enfermeras en el Hospital Chimborazo de Richmond, Virginia, durante la Primera Guerra de Rebelión:

La mala comida y la exposición a las inclemencias del tiempo habían debilitado la sangre y deteriorado tan completamente los sistemas vitales del organismo que, hacia el segundo año de la guerra, las amputaciones llevadas a cabo en el hospital casi siempre provocaban la muerte de los pacientes. Los únicos casos bajo mi supervisión que sobrevivieron fueron dos irlandeses, pero, a decir verdad, era tan difícil matar a un irlandés que el cirujano que los operó tenía muy pocas razones para presumir de ello.

Me han dicho, señor presidente, que es usted descendiente de irlandeses. ¿Es eso cierto? Anímese, señor presidente: ¡los irlandeses son unas fieras!

El médico del presidente se llamaba Céphas. Antes de que lo mataran, soñó con París. Se encontraba en Washington, por supuesto, en las oscuras entrañas de la Casa Blanca, pero soñó con la ciudad donde había nacido: la grácil indolencia del Sena, las suaves brisas, las animadas plazas y los cafés abarrotados y cargados de humo. Sus padres eran senegaleses. Su hermano mayor vendía tarjetas telefónicas en una estación del metro en el Barrio XVII. Su hermana menor era ama de llaves de una familia rica de Montmartre. Él nunca había estado en Senegal, y había salido de la capital francesa solo en contadas ocasiones. Estudió, fue un alumno destacado y llegó a cumbres académicas que apenas podía explicar a sus padres. Ellos querían que se casara, que dejara de tontear con tanta educación.

«Un hombre en tu posición podría tener dos esposas, o incluso tres», le decían. Él se reía cuando ellos hablaban de esas cosas. «Ah, mis padres, mis simples padres», decía en wólof, y besaba a su madre en la frente. Era joven, aún no había cumplido cuarenta años, cuando lo llamaron para atender al presidente de los Estados Unidos. Eso sí lo entendieron sus padres, y los llenó de orgullo. Céphas estudió la condición del presidente en preparación para su viaje.

Su familia fue a despedirlo al puerto. Apretujados en una sala de espera, su hermano lo abrazó, colocó una pila de tarjetas telefónicas en su bolsillo y le dijo que llamara «todos los días, si puedes». El viaje por mar tomaría solo dos semanas, gracias a los avances de las nuevas flotas navieras. Los ojos de su madre estaban llenos de lágrimas. «Inshallah —dijo su padre—, Dios mediante, te veremos pronto de nuevo». Las noticias sobre Estados Unidos eran siniestras y desalentadoras. Les aterraba la idea de enviar a su hijo a una zona de guerra, pero sentían que era un honor servir a una gran nación y a un aliado como los Estados Unidos.

Ahora Céphas soñaba con un París sin gente. Incluso desde su repugnante celda, era una imagen alarmante, extraordinaria. Nadie. Ninguna histriónica belleza parisina vestida de negro, volutas de humo brotando de sus labios de rubí; ningún joven pedante con su bufanda envuelta firmemente alrededor del cuello; ningún taxista argelino fingiendo conocer el camino, jactándose de ello mientras conducía en círculos por los sombríos barrios industriales a las afueras de la ciudad. Nada humano, ni un alma: solo los edificios, pero incluso en ellos algo había cambiado. En su ensoñación, entrecerró los ojos: ¿qué era? Ahora podía verlo: esos edificios no tenían ventanas, era una ciudad de estructuras sepulcrales, de construcciones encubiertas. Tumbas. Todo estaba tapiado, también los monumentos, recubiertos por gigantescas capas de concreto, como si donde se encontraba cada edificio se hubiera producido una diminuta explosión nuclear, como si, para su propia protección, la ciudad se hubiera enterrado a sí misma cuadra por cuadra, barrio por barrio. Árboles desnudos bordeaban el Sena, como una fila de esqueletos. Una ciudad de Chernobyls en miniatura. Mis padres, soñaba Céphas, han huido, han vuelto a Dakar con mi hermano y hermana, pero el resto de la ciudad ha muerto, quizás incluso el resto de Francia. Las imágenes pasaban frente a sus ojos en alta definición: primero la ciudad muerta donde él nació, luego su familia en el muelle en Dakar, oteando el horizonte en busca de un barco proveniente de América que traería a su hijo menor de vuelta a casa. Lloró al pensar en ello. El mar es turbulento, y los barcos que cruzan el Atlántico con africanos no van en esa dirección.

¿Si quedará desfigurado, señor presidente? Sí, así será.

Pero permítame una interpretación: ¿no somos todos simples navíos cargando a cuestas en nuestra humanidad las muchas heridas y cicatrices de la vida? ¿Acaso el verdadero carácter de un hombre no se forja en sus momentos más difíciles? Y aun así, puede usted considerarse afortunado: las cosas han cambiado desde que el soldado Thomas A. Perrine del Regimiento Michigan (del Ejército de la Unión) compuso estos melancólicos versos:

Le ofrecí mi otra mano ilesa durante la lucha;
era todo lo que me quedaba.
«Sin dos manos —respondió ella—, guapo no puedes ser».
La guerra me dejó con una manga vacía, pero ella, ¡ay!,
*   me dejó vacío el corazón.*

En estos tiempos, una amplia variedad de tullidos son aceptados en sociedad, y los matrimonios de hoy se construyen sobre cimientos más sólidos, ¿no es cierto? La traición de una mujer como la que describe el poema no es algo que se vea a menudo en esta época. Y en su caso, querido señor, los relatos sobre la devoción de su esposa han llegado hasta el mismo París, se lo aseguro.

Pero consideremos su futura desfiguración de otra manera: piense en el nivel de solidaridad que usted logrará de parte del soldado que ahora está peleando en su nombre una guerra contra la insurgencia. Son hechos históricos: dos años después de la Primera Guerra de Rebelión, su gobierno autorizó la compra de 4.095 piernas protésicas, 2.391 brazos, 61 manos y 14 pies, todos para el uso exclusivo de los veteranos de la Unión.

Voy a ser claro: súmelos, señor presidente. Más de 6.500 votantes, mi estimado señor, y sus agradecidas familias. Con los adelantos de la guerra moderna, solo nos queda asumir que estas cifras aumentarán. Los veteranos enfermos y desfigurados verán en usted una imagen de sí mismos. Y en la reflexiva paz de la cabina de votación, sus resueltas mujeres se maravillarán al ver cuánto se parece usted a sus valientes esposos.

¿Y qué decir de los rebeldes? La Historia es clara: fueron despojados del derecho al sufragio. Tuvieron que vivir renqueando durante años, sin auxilio alguno de su gobierno, en lo que fue sin duda un justo castigo por sus transgresiones. Si me permite operarlo, señor presidente, usted llevará su herida por todo este gran territorio como un testimonio de su sacrificio. Usted encarnará a la nación.

El presidente pidió que le trajeran de vuelta su pierna. «A cualquier precio», dijo. La orden se propaló como una onda sísmica por el gran cerebro del gobierno. Al día siguiente, agentes del servicio secreto estaban abriendo a patadas puertas en Brooklyn, despertando a míseros peones en sus galpones de los fértiles valles de California, destrozando rústicas cabañas en las cimas de los montes Apalaches. Buscaron en escuelas y fábricas, registraron a los oficinistas cubículo por cubículo. Las oficinas de los periódicos fueron bombardeadas. Mientras en las grandes ciudades del país se desataban protestas y caos, el ejército avanzaba por los bosques de Oregón con sierras eléctricas. No podrán esconderse, señor presidente.

Pero los subversivos habían desaparecido. Y la pierna también. La gente decía que había una red de simpatizantes por todo el oeste del país. Controlaban Denver. Se estaban preparando para llevar la guerra hacia el este. Olvídese de su pierna, le aconsejaron al presidente sus asesores, podría estar en cualquier lugar de la vasta zona montañosa central del territorio. En una cueva, dijeron. En cualquier lugar.

El presidente perdió las esperanzas.

—Se sentirá mejor cuando haya ejecutado al africano —opinaron sus asesores.

—¿No era francés? —dijo el presidente.

Esa noche se produjo una falla en la red eléctrica del este. Hubo saqueos en Nueva York, disturbios en Boston. En una Casa Blanca iluminada por velas, yacía el presidente con su esposa. ¿A quién quería engañar? Era obvio que el país se caía a pedazos. El ejército nacional estaba sumido en el caos, acampado en las afueras de Denver a la espera de órdenes. En el oeste, los padres habían dejado de enviar a sus hijos a la escuela. Los subversivos habían empezado a reclutar a la fuerza a niños a veces de tan solo diez años. Los secuestraban de los entrenamientos de béisbol, de los estacionamientos de los centros comerciales, donde se congregaban a fumar cigarrillos. Los desastres se multiplicaban y eran terribles. En ese momento notó una punzada en la pierna izquierda y se sobresaltó, pero al mirar su muñón sintió terror.

La Casa Blanca era sofocante, incluso con las ventanas abiertas de par en par.

La esposa del presidente masajeaba su muñón. Lo envolvió en toallas calientes. Él luchaba por contener las lágrimas. El cuarto brillaba con reflejos anaranjados a la luz de las velas.

—Soy un fracaso —dijo él.

¡Oh, diligente primera dama!

—Señor presidente —le susurró—. ¡Señor comandante en jefe! ¡Usted es el nuevo Lincoln! —gritó ella.

Era 1860, señor presidente, cuando el doctor J. J. Chisholm, en un manual de cirugía militar para uso de los oficiales médicos sureños durante la Primera Guerra de Rebelión, hizo la siguiente observación:

> La amputación a la altura de la cadera nace de una desafortunada ambición —incluso se podría emplear un término más fuerte para referirse a ella—, un deseo criminal de parte de médicos fanáticos. Estos rufianes trafican con la crueldad cuando es más humano abandonar al paciente que languidece rumbo a su inevitable muerte que someterlo a una mutilación que solo es muy raramente exitosa.

Más aún, insistió en que la amputación a la altura de la cadera «debería ser eliminada por completo de la práctica militar. Es salvaje e indigna, inadecuada incluso para indios o negros».

Discrepo del comentario final, por supuesto, pero prefiero ver esperanza en el resultado final de esa primera guerra: la filosofía retrógrada del doctor Chisholm fue categóricamente derrotada. La Unión fue preservada para servir como modelo al mundo entero. No solo la sociedad humana ha avanzado, señor presidente; también lo ha hecho la medicina. En casi ciento cincuenta años los avances médicos han hecho que la amputación sea apta para hombres y mujeres de todas las razas y credos, mi estimado señor. Apta incluso para un rey. Apta incluso para usted, señor presidente.

Céphas fue recibido en el dormitorio Lincoln. Guardias custodiaban la entrada, en rígida posición de firmes. La primera dama estaba recostada en la cama, leyendo.

151

—Fue un buen consejo —dijo Céphas al ser confrontado—. Un consejo médico sensato, y mi posición al respecto sigue en pie.

En su silla de ruedas, el rostro del presidente mostró el odio más puro.

Céphas sintió que su rostro se sonrojaba.

—No, no —se disculpó—, fue una frase torpe, señor presidente, se lo ruego. Mi inglés no es muy bueno.

—Me llegaron sus informes —dijo el presidente—. Su inglés es mejor que el mío —arrojó al africano una pila de papeles que se derramaron como confeti por el piso alfombrado.

En su celda, Céphas soñaba con París, y su carcelero soñaba con un bistec. El nombre del carcelero era Jackson y le gustaba contar a todo el mundo que su esposa Mae «hacía maravillas en la cocina». Mmmmmm. Céphas vagaba por las calles desiertas de París, ciudad de tumbas. Pero odio las verduras, pensaba Jackson. Se le hizo agua la boca.

Jackson

A Jackson le dio más hambre a medida que avanzaba la noche, por lo que, para pasar el tiempo, él y otro guardia sacaron a Céphas de su celda y le dieron una golpiza. A Jackson le gustaba golpear a los prisioneros e imaginar que lo estaban filmando, que era la estrella de un especial de televisión sobre policías canallas, y que quizás las imágenes corrían acompañadas de música, algo sombría y con un bajo fuerte. En los momentos menos pensados —en la ducha, durante el sexo, de camino al trabajo— le gustaba hacer un ruido rehilante, arrastrar las erres como si estuviera vaciando el cargador de una ametralladora. Céphas aullaba mientras lo pateaban. Jackson probó con varias bandas sonoras en su cabeza: ¡el tenso chasquido de un tambor, el resonar metálico de los platillos! ¡Bongós, congas, música de magia negra! Jackson le gritó al prisionero y sintió que volaba. Arrastró las erres como una cascada de balas. El dolor de Céphas también era una canción: sincopada, atonal, la música de las víctimas. A Jackson se le había quitado el hambre: la música estaba en su cabeza, en su corazón; era un animal. Tenía el alma excitada más allá de los límites de la razón y hubiera podido caminar sobre carbones ardientes o manipular serpientes venenosas. ¡Seguro que podía!

En lugar de ello, sacó su arma y le disparó al médico africano. El ruido atronador del arma retumbó en la celda y silenció la música.

Céphas agonizaba. Dos pisos más arriba estaban la Casa Blanca y sus administradores, los burócratas y figuras decorativas que engrandecían al país. Frente a él se extendía un mar vasto y turbio, y más allá, olas que se encrespaban y reventaban en una costa distante. París se oscureció.

Una gruesa sensación de catástrofe dominaba la habitación. El compañero de Jackson operaba ya su transmisor portátil, llamaba a alguien para que hiciera algo sobre lo que acababa de ocurrir.

—Pero, bueno, ¿qué es lo que ha pasado? —preguntó la voz al otro extremo de la línea.

Jackson apenas podía oír a su compañero.

—No lo sé —decía él—. Pero apúrate y ven para acá.

Ahora que ha empezado la Segunda Guerra de Rebelión, señor presidente, puede ser instructivo revisar un caso histórico de la primera de estas conflagraciones. De seguro, experimentará usted, una vez más, gran consuelo con el resultado. Caso #3354, de 1863: el soldado Henry Robinson del Regimiento Luisiana (rebelde), treinta y cinco años de edad, fue herido en la confluencia de los ríos Tallahatchie y Yalobusha, el 13 de marzo, por una esquirla de un proyectil de veinticuatro libras disparado por las cañoneras de los Estados Unidos. El cirujano William M. Compton se encontraba cerca del hombre cuando este cayó herido. Tras exponer la herida, el doctor Compton descubrió que el inmenso proyectil había quedado alojado en la parte superior del muslo izquierdo, destrozando los trocánteres y el cuello del fémur y perforando la arteria femoral. Se hicieron los preparativos necesarios en el mismo lugar de los hechos. El paciente deseaba que se le hiciera una operación. Era de naturaleza optimista y alegre y estaba seguro de que el resultado sería favorable. Le administraron cloroformo. El doctor Compton hizo una incisión irregular justo por encima del margen lacerado de la herida y disecó el área hacia arriba, replegando la piel y recortando los músculos. Curiosamente, el soldado Robinson no mostraba casi ningún síntoma de shock. Los soldados de aquellos tiempos —incluso los rebeldes— eran hombres recios que no temían a la muerte. Cuando le pasó el efecto de la anestesia, el paciente parecía feliz, incluso bromeaba. La fiebre fue muy ligera. El paciente fue instalado en una tienda de reposo y se le administró una dosis de opio. Al quinto día, Robinson fue enviado en un vapor a Yazoo City, donde cubrieron el muñón con un emplasto de levadura. También se le administraron esencia de carne, estimulantes y calmantes. Sin embargo, menos de dos días después, la superficie de la piel tomó un color amarillento y apareció pus de naturaleza muy desagradable, a pesar de que los bordes de la herida estaban unidos en casi toda su extensión. ¿Necesito decir que el paciente no se recuperó? Sonría, señor presidente: otro rebelde muerto, una victoria para el progreso humano: ¡primero vinieron los delirios, luego el coma y al final la muerte!

Hay una discusión en el hemiciclo del Congreso. Escuchen:

—Si el amable caballero de Arizona no tiene más que responder al Comité, ¿tendría la gentileza de retirarse?

—No lo haré —dijo el ingeniero. Estaba enojado y tenía el rostro encarnado. El presidente y la primera dama estaban presentes, sentados en la galería superior del Capitolio—. No lo haré —repitió mostrando los dientes. Ya está, pensó, lo hice: le he gruñido al presidente de la Cámara de Representantes en televisión nacional. Ya era hora, carajo, pensó. Una ráfaga de clics y flashes dispararon en dirección a él. Le preguntaban cosas acerca de las cuales él no sabía nada: ¿Quiénes eran esos supuestos suicidas? ¿Sabía algo sobre los escuadrones de la muerte que habían estado arrojando cadáveres al lago? ¿Había él mismo ordenado los asesinatos?

El dique había sido bombardeado. El lago se había derramado con estruendo. ¿A quién le importa si hay escuadrones de la muerte? ¿Acaso no estamos en guerra?

¿Cómo fue que la pierna del presidente terminó en su lago, senador?

—No es mi lago —dijo él.

Esa mañana, entre el fango seco del fondo del lago, se había hallado la pierna. Estaba en un terrible estado de descomposición, y la habían llevado a toda prisa al laboratorio para análisis de ADN.

El ingeniero se frotó los ojos. ¿En qué momento se jodió Estados Unidos? Hoy, por supuesto, ya era demasiado tarde para salvar algo de esta nación enferma. Pero ¿y ayer? ¿La semana pasada? ¿Hace un año? ¿Una década atrás? ¿O acaso el momento preciso de nuestro traspié fatal se ocultaba en algún punto más lejano del pasado? ¿Acaso cuando la nación estaba aún en pañales, aprendiendo recién a gatear? ¿Quiénes eran estas personas que lo interrogaban y con qué derecho lo hacían? Sentía la mirada del presidente sobre él. Sus inquisidores no sonreían. ¿Querían una señal de arrepentimiento? ¿Esperaban que implorara piedad? ¡Tendrán todo un espectáculo si así lo quieren! Seguía mostrando los dientes.

—¡Senador, por favor! —le gritaban, pero él no pudo contenerse: sintió como si le fuera a explotar un vaso sanguíneo. Sus dientes sobresalían como colmillos de su boca abierta; soñó que eran afilados y fieros. Que le brotaba una pelambre de hombre lobo y que rondaba rugiendo por el Capitolio, con los ojos amarillos, una bestia feral, un ser salvaje.

—¡En un momento se producirá un apagón —gritó—, y morderé al primero que se atreva a ponerme una mano encima!

Un enjambre de guardias surgió de todas partes. El presidente, con ayuda de la primera dama, se incorporó hasta el borde del balcón para observar la conmoción. «Ese hombre casi me mata», le susurró a su esposa. El ingeniero era un animal después de todo: saltaba de una mesa a otra en cuatro patas, con las manos dobladas como garras. Atacó al Comité, le arrancó las piernas y brazos al presidente de la Cámara de Representantes. El traje del ingeniero pareció reventarse por las costuras, se le hinchó el pecho. Bajo el domo dorado del Capitolio, rugió como un león.

Dr. Céphas Diem

¿Con qué soñaban estos hombres, señor presidente, cuando la muerte los eclipsó? ¿Cuando marchaban durante todo un día de invierno con una muleta de madera podrida? ¿Cuando bromeaban, cojos, con sus doctores durante un estupor de opio? ¿Cuando tragaban en bocanadas suicidas las aguas azules del lago artificial de Arizona? ¿Soñaban con el amor y las mujeres, con la familia y la amistad? Yo sostengo que si eran soldados, verdaderos guerreros, no malgastaron sus momentos de agonía en preocupaciones sensibleras como esas. Si eran

156

guerreros, y, de hecho, si eran hombres, soñaron solo sueños de venganza. Esta es la lección que usted debe sacar de todo esto, la lección que debe entretejer en su corazón. Ella lo conducirá directamente a la batalla. Ahora pregúntese: ¿confío en este médico? Tiene que hacerlo, y lo hará. Todo procederá así: la primera incisión debe ser precisa, de lo contrario todo estará perdido. No puedo vacilar ni siquiera un instante o correremos el riesgo de hemorragia. Tomaré el escalpelo, presionaré su hoja firmemente contra su piel y la rebanaré como si cortara una manzana o un bistec. A la manera de un guerrero, debo ser despiadado. La infección y la enfermedad son enemigos siempre acechantes. Y sí, habrá sangre, pero ¿no soy acaso un cirujano? La sangre presidencial es igual a cualquier otra, mi querido señor, el mismo tono de rojo, la misma consistencia pegajosa entre los dedos. Puede ser derramada, tan cierto como que la tierra puede absorberla. Solo una broma. Tomaré el escalpelo y lo cortaré. En verdad no es tan dramático. No se preocupe por la sangre ni por el hueso. Quedará aserrado por completo, desarticulado. Su fémur está destruido, no hay otra opción. ¿Ve cuán fácilmente se repliega la piel? La cirugía es una especie de asesinato. Usted debe mantener la calma. Yo terminaré con la operación y regresaré a casa, y lo dejaré para que pierda su guerra. Que Dios lo acompañe. Inshallah. Terminaré y desposaré a tres mujeres. Usted no sentirá dolor, al menos no hasta después, pero ¿acaso no es usted un hombre? Ha sufrido con esta herida durante meses, y yo le aliviaré ese dolor. Usted estará sedado, dormido y soñando en tecnicolor, moviendo los ojos como dardos debajo de los párpados, en un estado beatífico, mientras yo lo corto. Y por supuesto, nadie sabrá nada, señor presidente. Estos son secretos de Estado.

República y Grau

El ciego vivía en una habitación independiente que quedaba sobre una bodega, en una calle no muy lejos de la casa de Maico. Se ubicaba subiendo una pequeña cuesta, como todo en aquel barrio. No había nada en las paredes de la habitación del ciego, ni lugar donde sentarse, así que Maico se quedó de pie. Tenía diez años. Había una cama de una plaza, una mesita de noche con una radio envuelta con cinta adhesiva y una bacinica. El ciego tenía el cabello entrecano y era mucho mayor que el padre de Maico. El niño bajó la mirada y formó con los pies un leve montículo de polvo en el suelo de cemento, mientras su padre y el ciego hablaban. El niño no los escuchaba, pero nadie esperaba tampoco que lo hiciera. No se sorprendió cuando una diminuta araña negra emergió del insignificante montículo que había formado. Se alejó rápidamente por el piso y desapareció bajo la cama. Maico levantó la mirada. Una telaraña brillaba en una esquina del techo. Era la única decoración del cuarto.

Su padre extendió un brazo y le dio un apretón de manos al ciego.

—Estamos de acuerdo, entonces —dijo el padre de Maico.

El ciego asintió con la cabeza, y todo quedó acordado.

Una semana más tarde, Maico y el ciego se encontraban en la ciudad, en el ruidoso cruce de las avenidas República y Grau. Se habían levantado temprano en una mañana invernal de cielo gris y encapotado, y se habían dirigido al centro, hasta este lugar de tráfico bullicioso y berreante, a la sombra de un gran hotel. El ciego llevaba un bastón de empuñadura roja y conocía bien el camino, pero una vez que llegaron plegó el bastón y lo dejó sobre la franja de césped que dividía las pistas. Sus pasos se hicieron vacilantes, y Maico se dio cuenta de que había empezado a actuar. La sonrisa del ciego se esfumó, y relajó la mandíbula.

Todo lo que había por saber, Maico lo aprendió en esa primera hora. Las luces del semáforo estaban cronometradas: tres minutos de trabajo, seguidos por tres minutos de espera. Cuando el tráfico se detenía, el ciego colocaba una mano sobre el hombro del niño, sostenía su lata en la otra, y juntos recorrían la fila de automóviles. Maico lo guiaba hacia los que tenían las ventanillas abiertas, y a medida que se acercaban a cada uno, el ciego mascullaba unas palabras en tono desvalido. El único trabajo de Maico era conducirlo hacia quienes tenían más probabilidades de darles algo, y asegurarse de que no perdiera su tiempo con aquellos que no iban a hacerlo. Según el ciego, las mujeres que iban solas al volante eran generosas por precaución, con ello esperaban evitar ser asaltadas. Tenían monedas sueltas en sus ceniceros para estos casos. También podían contar con los conductores de taxi, porque eran gente trabajadora; y los hombres que iban acompañados por mujeres siempre buscaban impresionar y tal vez les darían algunas monedas para mostrar su lado sensible. Hombres que iban solos al volante rara vez daban algo, y no había que perder ni un instante junto a los automóviles de ventanas oscuras.

—Si saben que uno no puede verlos, no sienten vergüenza —dijo el ciego.

—Pero ellos saben que usted no puede verlos —dijo Maico.

—Claro, y es por eso que tú me acompañas.

La madre de Maico no quería que él trabajara en la ciudad, y así lo había dicho la noche anterior, pero su padre vociferó y dio un puñetazo en la mesa. Estos gestos, sin embargo, eran innecesarios; lo cierto era que a Maico no le molestaba el trabajo. Hasta le gustaba su ritmo, en especial en aquellos momentos en los que no había nada que hacer, salvo observar el tráfico infinito, empaparse de su monótono estruendo.

—Grau es la avenida que la gente toma para dirigirse a los distritos del norte —le explicó el ciego.

Tenía la ciudad claramente delimitada en su cabeza. Se podía hacer dinero en el norte: era una zona de personas que buscaban tener una vida mejor. No como los ricos del sur, que se habían olvidado de dónde venían.

—Este es un cruce fructífero —dijo el ciego—. Esta gente me reconoce y me adora porque me conocen de toda la vida. Son generosos.

Maico trataba de oírlo lo mejor que podía en medio del alboroto. Yo, yo, yo, eso era todo lo que escuchaba. Los automóviles, los motores y el ciego: juntos formaban una sola bulla. Nubes de humo acre flotaban por sobre el cruce, tan tóxicas que luego de apenas una hora Maico sintió que algo le oprimía el pecho, y luego un cosquilleo en la garganta.

Tosió y escupió. Pidió disculpas, tal como su madre le había enseñado.

El ciego se rio.

—Vas a hacer cosas mucho peores aquí, niño. Vas a toser, orinar y cagar, y a nadie le importará.

Las nubes se despejaron hacia el mediodía, pero esa mañana fue fría y húmeda. El ciego guardaba todo el dinero, y cada cierto tiempo anunciaba cuánto habían ganado. No era mucho. Cada vez que depositaban una moneda en la lata, el ciego inclinaba la cabeza, y, aunque no se lo habían pedido, Maico hacía lo mismo. Cuando cambiaban las luces, el ciego vaciaba el contenido de la lata en sus bolsillos y le advertía a Maico que estuviera atento a los ladrones; pero el niño solo veía hombres vendiendo periódicos y pizarras, y mujeres con canastas de pan, flores o fruta. La densidad de gente de la zona hacía que esta le pareciera segura. Todos lo habían tratado bien hasta entonces. Una mujer que tendría la edad de su madre le dio un pedazo de pan con camote porque era su primer día. Cuidaba a varios niños en la franja de césped del medio de la avenida. Los pequeños jugaban con un animal de peluche, se turnaban para hacerlo pedazos. El relleno de motas blancas se extendía por el césped, y volaba por la calle cada vez que pasaba un camión.

Cuando el ciego descubrió que Maico había ido al colegio, compró un periódico e hizo que el niño se lo leyera. Asentía con la cabeza o chasqueaba la lengua mientras el niño leía. Los artículos les resultaron tan cautivantes que incluso dejaron pasar algunas luces del semáforo para que Maico pudiera terminar de leerlos. El día anterior habían asesinado a un juez a plena luz del día, en un restaurante no muy lejos de donde se encontraban ahora. Un editorial defendía la vida de un perro guardián al que las autoridades querían sacrificar por haber matado a un ladrón. Pronto habría una nueva presidenta, y se planeaban protestas para recibirla. Se filtraba música de las ventanillas de los automóviles que pasaban, y en cada luz roja Maico escuchaba una docena de voces cantando melodías diferentes. Cuando podía, examinaba el rostro del ciego. Tenía piel cobriza y mejillas abultadas, y lo llevaba sin afeitar. Su nariz era chata y torcida. No usaba anteojos oscuros como hacían otros ciegos, y Maico suponía que el brillo tétrico de sus inservibles ojos pardos era parte de su valor como mendigo. Era un terreno competitivo, después de todo, y aquella mañana había otros trabajadores cuyas aptitudes para el puesto se encontraban más allá de toda duda.

El padre de Maico los esperaba en la puerta de la habitación del ciego cuando volvieron esa tarde. Le guiñó un ojo a Maico, y luego saludó ásperamente al ciego, tomándolo desprevenido.

—La plata —dijo, sin cordialidad alguna en su voz—. Muéstramela.

El ciego sacó su llave y buscó a tientas la cerradura de la puerta.

—Aquí no. Adentro es mejor. Ustedes los que ven son siempre tan impacientes.

Maico se quedó de pie a un lado mientras ellos dividían las ganancias. El conteo avanzaba lentamente. El ciego palpaba cada moneda con cuidado, y luego anunciaba su valor en voz alta. Si nadie lo contradecía, proseguía. Sus manos se movían con una elegante seguridad mientras organizaba las monedas en pilas sobre la cama. Unas cuantas veces se equivocó al identificar una moneda, pero Maico estaba seguro de que lo hacía a propósito. Cuando esto ocurrió por tercera vez, el padre de Maico lanzó un suspiro.

—Yo voy a contar —dijo, pero para el ciego eso estaba fuera de toda discusión.

—Eso no sería justo, ¿verdad?

Cuando terminó el conteo, Maico y su padre volvieron caminando a casa en silencio. Les había tomado más tiempo de lo que esperaban, y el padre de Maico tenía prisa. Cuando su madre preguntó cómo había ido todo, su padre hizo un gesto desdeñoso y dijo que no había dinero. O mejor dicho, ninguna cifra digna de mención. Empezó a alistarse para su turno de noche mientras el niño y su madre cenaban.

El segundo día fue igual, pero el tercero, cuando bajaban caminando la cuesta, el padre de Maico llevó al niño al mercado y compró gaseosas para ambos. Un anciano de manos gruesas y callosas los atendió. Maico bebió su gaseosa con una cañita. Su padre le preguntó cómo era el trabajo, si le gustaba. Para entonces, Maico ya tenía edad suficiente como para saber que, cuando se trataba de conversar con su padre, lo mejor era no hablar mucho. Esto lo había aprendido de su mamá.

¿Le gustaba el centro? Sí.

¿Y estaba disfrutando el trabajo? Sí.

¿Cómo era?

Maico eligió esmeradamente sus palabras, explicando lo que había aprendido en esos pocos días. Sobre la caridad, sobre el tráfico, sobre la generosidad de los automóviles que se dirigían al norte en comparación con aquellos que iban al sur.

Su padre lo escuchaba con tranquilidad. Terminó su gaseosa y pidió una cerveza, pero luego cambió de idea. Echó un vistazo a su reloj y arrojó unas cuantas monedas sobre el mostrador. El anciano las juntó sobre la palma de su mano con el ceño fruncido.

—Nos está robando —dijo el padre de Maico—. ¿Me oyes, muchacho? Tienes que estar al tanto de la plata. Tienes que llevar la cuenta en la cabeza.

Maico estaba callado.

—¿Me estás oyendo? El ciego se queda con la mitad. Nosotros con la otra.

El ciego le había comprado a Maico una bolsa de canchita esa mañana. Después de que Maico le leyó el periódico, le contó historias sobre cómo había sido la ciudad cuando el aire aún era fresco, cuando no había tráfico. El lugar que el ciego describía parecía ficticio. «Incluso el cruce donde trabajamos fue un lugar tranquilo alguna vez», le había dicho el ciego, sonriendo, pues sabía que era algo difícil de creer.

El niño miró a su padre.

—No puedes dejar que un ciego te agarre de huevón, hijo —dijo su padre—. Es una vergüenza.

Al día siguiente, Maico hizo lo mejor que pudo para llevar una cuenta precisa, pero para la hora del almuerzo los gases de los escapes lo marearon. Cuando preguntó cuánto dinero había, el ciego dijo que no podía saberlo con certeza.

—Lo contaré más tarde —dijo.

—Cuéntelo ahora —dijo Maico. Las palabras salieron de su boca con un cierto brío que al niño le gustaba.

Pero el ciego se limitó a sonreír.

—Muy chistoso —dijo—. Ahora léeme el siguiente artículo.

Sonó una bocina, luego otra, y pronto se convirtieron en un coro. Cuando la calle se calmó lo suficiente, Maico volvió a abrir el periódico. Todos los habitantes de un pueblo de la sierra se habían envenenado durante un festival. Carne podrida. El ministro de Salud estaba organizando un puente aéreo con medicinas y doctores. En ese momento cambió la luz, y debieron volver al trabajo.

Cada tarde, el padre de Maico los esperaba en la puerta de la habitación del ciego. El dinero nunca era suficiente, y su padre no podía, o no quería, ocultar su disgusto. Maico podía percibirlo, sabía con tanta certeza que algo iba a suceder que cuando, en el octavo día, su padre botó la radio de la mesita de noche y gritó: «¡Ciego ladrón hijo de puta!», fue como si él mismo hubiera deseado que ocurriera. Su padre enojado era una escena digna de verse: el enorme rostro enrojecido, los ojos desmesuradamente abiertos, los puños como mazos. Maico se preguntaba si el ciego podía en realidad apreciar el espectáculo. ¿Bastaría para ello con la voz de su padre, con la violencia de su tono?

El ciego al menos comprendió la gravedad del momento. No pareció sorprendido ni asustado cuando le vaciaron los bolsillos.

La radio escupió algunos sonidos y murió.

Solo cuando esta se apagó se dio cuenta Maico de que había estado encendida.

Volvieron al trabajo unos días después, con un nuevo acuerdo. Ahora el niño controlaría la plata. El dinero pesaba en su bolsillo, lo que hacía que pareciera más de lo que en verdad era. Pero apenas había unas cuantas monedas, diminutas, viejas, delgadas, sin valor, monedas gastadas. Cuando el trabajo terminó por aquel día, el ciego le pidió al niño que lo orientara en dirección al hotel. El día era soleado, y bajo la luz agónica de la tarde el resplandeciente exterior de vidrio del hotel parecía hecho de oro. «Ahora vayamos hacia él», dijo el ciego. Conocía el camino y ya había recogido su bastón, pero aquí, frente a su clientela regular, se sobreentendía que el niño debía seguir guiándolo. Cruzaron Grau juntos, el ciego con una mano sobre el hombro de Maico.

—En uno de los extremos del hotel hay una calle. Léeme el nombre —dijo el ciego.

Era una calle estrecha.

—Palomares —dijo Maico.

—Caminemos por esta, muchacho. Alejándonos de Grau.

Cuando atravesaron el segundo cruce de calles, el ciego le preguntó qué había en cada esquina. Maico le describió el lugar en el sentido de las agujas del reloj: una panadería, un hombre vendiendo maíz tostado en una carretilla, una cabina de internet, una carnicería.

El ciego sonrió.

—Y detrás de la carretilla, ¿qué hay?

—Un bar.

—¿Y cómo se llama?

—El Moisés.

—Entremos.

El bar estaba tranquilo, y el ciego le pidió a Maico que eligiera la mejor mesa. El niño escogió una junto a una ventana. El Moisés se encontraba por debajo del nivel de la vereda, y las ventanas permitían ver las piernas de las personas que pasaban frente a él. El aroma del maíz tostado en mazorca llenaba el bar, y no pasó mucho tiempo antes de que el ciego cediera a la tentación y pidiera dos. Para entonces, ya había terminado su primera cerveza. Le dio una mazorca de maíz a Maico y comió la otra acompañándola con un segundo vaso de cerveza helada. Hablaba con nostalgia de las peleas que habían estallado, en su presencia, en este mismo lugar: de sillas voladoras, de botellas rotas usadas como armas, del hermoso fragor del conflicto. Él podía oírlo en la respiración de quienes lo rodeaban —pánico, miedo, adrenalina—. Había una docena de palabras para describir esa sensación extraordinaria.

—¿Y qué se hace cuando eso ocurre? —preguntó Maico.

—Bueno, uno pelea, por supuesto.

—Pero ¿qué hace usted?

—Ah, a eso te refieres. ¿Cómo pelea un ciego? Te voy a contar —hablaba casi en un susurro—. Temerariamente. Con cualquier objeto que se tenga a mano. Bamboleándose y buscando desesperadamente una salida —el ciego suspiró—. Supongo que las cosas no son muy diferentes para los que ven. Más desesperadas, quizás, o más temerarias.

El mozo había encendido la radio. Sonaba una melodía de volumen muy bajo que Maico no terminaba de identificar. Eran las únicas personas en el bar.

—Dime —dijo el ciego después de un rato—, ¿cuál es tu aspecto? Debí haberte preguntado antes. Descríbete.

Nadie le había preguntado nunca tal cosa a Maico. De hecho, no se le habría ocurrido siquiera que podía formularse una pregunta como esa. Que se describiera. Lo pensó durante un momento, pero no se le ocurrió nada.

—Soy un niño —logró decir—. Tengo diez años.

—Más que eso —dijo el ciego. Tomó un sorbo de su cerveza—. Necesito saber más que eso.

Maico se movió incómodo en su silla.

—¿Cómo es tu rostro? Sé que eres pequeño para tu edad. ¿Cómo estás vestido?

—Normal —fue todo lo que el niño pudo decir—. Estoy vestido de manera normal. Me veo normal.

—Tu ropa, por ejemplo, tu camisa, ¿de qué material es?

—No lo sé.

—¿Puedo tocarla? —dijo el ciego. Sin esperar una respuesta, ya había extendido el brazo y se encontraba examinando la tela de la camisa de Maico entre el pulgar y el índice—. ¿Se ve muy gastado el color?

—No —dijo Maico.

—¿Tiene cuello tu camisa?

—Sí.

—¿Hay agujeros en las rodillas de tus pantalones?

—Están parchados.

—¿Y tienen basta los pantalones?

—Sí.

El ciego soltó un gruñido.

—¿Llevas la camisa metida dentro del pantalón? Maico bajó la mirada y echó un vistazo. Así era.

—Y asumo que usas una correa. ¿Es de cuero?

—Sí.

El ciego suspiró. Pidió otra cerveza y cuando colocaron el vaso sobre la mesa le pidió al mozo que aguardara un momento.

—Señor, disculpe —dijo, levantando la mano derecha. Le ordenó a Maico que se pusiera de pie y volvió a dirigirse al mozo—. ¿Cómo describiría usted la apariencia general de este niño?

El mozo era un hombre serio y seco. Miró a Maico de la cabeza a los pies.

—Está pulcramente vestido. Se ve limpio.

—Su pelo, ¿está bien peinado?

—Sí.

El ciego le dio las gracias y le ordenó a Maico que se sentara. Bebía su cerveza, y por un momento Maico pensó que no volvería a hablar. En la radio, empezó a sonar una nueva canción, una voz acompañada por el alegre punteo de una guitarra, y el ciego sonrió y tamborileó los dedos contra la mesa. Cantó al compás, tarareando cuando no sabía la letra, y luego se quedó completamente callado.

—Tu viejo cree que es un tipo bravo —dijo finalmente, una vez que terminó la canción y el mozo le trajo otra cerveza—. He aquí el problema. Él se va a trabajar todas las noches y no te ve por las mañanas. Mientras tanto, tu mamita se encarga de vestirte. Debe ser una buena mujer. Muy formal. Pero eres un hijito de mamá. Discúlpame, muchacho, pero tengo que decir las cosas como son. Por eso es que no ganamos dinero. No puedes mendigar si te ves así.

Maico se quedó callado. El ciego se rio.

—¿La captas?

—Sí —dijo Maico.

—Bien. Muy bien.

El ciego dio un silbido para llamar al mozo, quien se acercó a la mesa y anunció lo que debían.

—Gracias, mi estimado —dijo el ciego, sonriendo en todas direcciones—. Una boleta, por favor. El niño va a pagar.

Esa noche, el padre de Maico montó en cólera.

«¿Dónde está la plata? ¿Dónde está la plata, huevonazo pedazo de mierda?». Y qué más podía decir él, salvo: «Me la gasté». La oración se escapó sola de su boca, y su miedo se instaló apenas esas tres palabras y la verdad a medias que expresaban se hicieron audibles. El miedo se extendió desde su pecho hacia el exterior: sintió los brazos ligeros e inútiles, se le aflojó el estómago y luego sus piernas se rehusaron a seguir sosteniéndolo. Cuando su madre trató de intervenir, también la golpearon, y hubo un momento en esa corta y violenta escena —un instante— en el que Maico tuvo la certeza de que no iba a salir vivo. Los gritos de su madre le indicaban que esta ocasión no era como las anteriores, aunque si se hubiera atrevido a abrir los ojos, él lo habría descubierto por sí mismo al ver la mirada salvaje en el rostro de su padre. Luego oyó ruidos y vio luces, y cuando entreabrió los ojos para echar una mirada, le pareció que el cuarto mismo se movía a su alrededor. Lo empujaron y él resistió el golpe; le dieron un empellón, y él se sorprendió a sí mismo al resistirlo una vez más; y esto prosiguió hasta que ya no fue capaz de hacerlo.

Todo estaba en silencio. Maico no sabía cuánto tiempo había pasado, solo que su padre se había marchado. Abrió los ojos. La puerta de vidrio de la vitrina estaba hecha añicos y la pata de una silla, partida en dos. Habían sufrido una tormenta, pero esta ahora había pasado; inexplicablemente, no había sangre. Su madre estaba apoyada contra la pared en el otro extremo de la habitación; no sollozaba, solo jadeaba. Maico se arrastró hacia ella y se quedó dormido.

Maico no soñó aquella noche. Las pocas horas que logró dormir fueron vacuas y oscuras. Se despertó al alba en su cama. Su madre debía de haberlo acostado.

El ciego llegó por la mañana como si nada hubiera ocurrido. Al verlo, Maico se dio cuenta de que él suponía que el hombre estaría muerto, se imaginaba que la furia que su padre había desatado sobre él se duplicaría o triplicaría con el ciego. Pero todo lo contrario, vio al ciego con la misma expresión de satisfacción que tenía la tarde anterior, cuando dejó al niño en el paradero de autobuses y le dijo que él volvería solo a casa. Se lo había dicho suavemente. Pero no estaba ebrio, Maico lo sabía, sino feliz, tan feliz como Maico estaba ahora humillado, tan feliz como Maico estaba ahora enojado.

—Anda —le dijo su madre—. Anda. Necesitamos la plata.

Maico tragó saliva y estiró su cuerpo adolorido y con heridas. Miró con furia al ciego y luego, con un suave suspiro de su madre, se puso en marcha.

Para entonces, Maico ya conocía el camino. Lo conocía bien. Conocía los nombres de las calles que atravesaban al bajar hacia el centro, los giros que hacían en la ruta, los cruces en los que las calles estaban llenas de baches y el autobús temblaba. Todos los lugares de interés en el recorrido, los rostros decididos de los hombres y mujeres que subían y bajaban, y la bocanada de aire colectiva que el autobús tomaba al cruzar el puente justo antes de llegar al centro histórico. En temporada de lluvias, la corriente delgada y sucia a sus pies cobraba vida —en cierto modo—, pero por ahora no era más que un hilillo anémico que no llegaría al mar. Niños de su edad corrían por el lecho del río; Maico podía verlos desde el autobús, cuidando sus fogatas de humo aceitoso. Si el ciego se lo hubiera pedido, él le habría descrito todo, esta ciudad de mugre y neblina, pero Maico sospechaba que el ciego conocía este lugar mejor de lo que él jamás podría.

No leyó el periódico ese día, no prestó atención a las historias del ciego mientras la avenida se llenaba y vaciaba a su propio y triste ritmo. Esperaba que el hombre le pidiera disculpas, aunque sabía que no lo haría. No se preocupó en contar el dinero antes de que desapareciera dentro de su bolsillo, y fue solo cuando el cielo empezó a despejarse, cuando la luz del sol penetró a través de un profundo agujero en las nubes, que él se dio cuenta de que nunca habían reunido tanta plata. Maico se tocó el rostro. Su mandíbula adolorida, su mejilla amoratada, su ojo derecho, no hinchado pero sí maltratado, por lo que tenía que hacer un gran esfuerzo para mantenerlo abierto. El ciego no tenía idea.

«Descríbete. ¿Cuál es tu aspecto? El de un mendigo».

Lo rodeaban, podía verlos ahora, ese ejército ambulante de suplicantes, esperando un golpe de suerte, un acto generoso que les salve el día, la semana o el mes. Contando, hora tras hora, la cuidadosa matemática de la supervivencia: esto para el pasaje, esto es lo que me ahorro si vuelvo caminando a casa, esto para los niños, para el caldo, para el refresco, para el techo sobre mi cabeza, esto para mantener a raya al frío. El padre de Maico pasaba el día en otra parte de la ciudad, ocupado en los mismos cálculos, y si en algo había tenido éxito, era en proteger al niño de todo esto.

—Nos está yendo bien hoy, ¿verdad? —dijo el ciego. No esperó por una respuesta, solo sonrió estúpidamente y empezó a tararear una canción.

En ese momento cambiaron las luces, el niño recobró la compostura y guio otra vez al ciego a través de las filas del tráfico detenido. El aire tenía el olor dulzón de los gases de los escapes. Un hombre que iba solo al volante echó unas monedas en la lata. Maico se detuvo bruscamente. Se volteó hacia el ciego, hasta ponerse cara a cara con él.

—¿Qué haces? —preguntó el ciego.

No era una pregunta que Maico hubiera podido contestar, incluso si lo hubiera intentado. No tenía sentido responder. Maico se llevó la mano al bolsillo, sacó el dinero que habían ganado esa mañana, el dinero que les habían obsequiado, y echó un puñado de monedas en la lata del ciego. Estas tintinearon maravillosamente, pesadamente, de manera tan repentina que el ciego casi dejó caer la lata.

—¿Qué te pasa, muchacho? —le dijo.

Pero Maico no lo oyó. No podía oír nada, excepto el ruido de los motores acelerando. En medio del brillo del día, aguardaba expectante el cambio de luces; otro puñado de monedas, las diminutas de diez céntimos y las más grandes y plateadas, las que realmente valían algo. Maico las echó todas en la lata. Distinguió la confusión dibujada en el rostro del ciego. Ya no le quedaba más dinero; no llevaba nada consigo. Empezó a retroceder y a alejarse del ciego.

—¿Adónde vas? ¿Dónde estás? —dijo el ciego, no en tono de súplica, pero tampoco sin un tinte de preocupación.

Maico se armó de valor y con una rápida palmada volcó la lata del ciego, haciéndola caer junto con las monedas de la mano del mendigo a la calle. Algunas rodaron bajo los automóviles detenidos, otras se alojaron en las grietas de la acera, y unas pocas atraparon un destello de sol y brillaron y brillaron. Pero solo para el niño.

Un momento más tarde las luces cambiaron y el tráfico prosiguió su avance hacia el norte. Pero aun si no hubiera sido así, aun si todos los automóviles de la ciudad hubieran esperado sin apuro a que el ciego se arrodillara y recogiera cada una de las monedas, de todos modos Maico habría visto algo que hizo que todo valiera la pena. Era lo que el niño recordaría, la escena que repetiría en su cabeza mientras se alejaba, mientras cruzaba el puente y empezaba a subir la larga cuesta camino a casa: la imagen del ciego repentinamente desvalido. Por una vez, no estaba fingiendo.

El Señor va montado sobre una nube veloz

De por sí el pueblo era interesante, con edificios desmoronándose y calles estrechas repletas de personas incapaces de ir deprisa. Yo aprendí a caminar a paso lento, y no se me hizo difícil adaptarme. Era un día absurdamente soleado. Por la tarde, tomé el funicular hasta la cima de la colina, una masa de roca que se eleva muy por encima del mar. Corría un viento recio que me obligó a cerrar los ojos y cubrió mi rostro con una fina capa de polvo. Cuando amainaba, podía ver desde allí el puerto, sus garfios de metal brillante, a sus trabajadores moviéndose entre hectáreas de contenedores apilados. Más allá estaba el océano, una hermosa lámina plateada enrollándose y desenrollándose sin cesar.

Mi tarea principal del día era, por supuesto, pretender que no me sentía solo. Cuando me di por vencido, hacia el final de la tarde, bajé hasta el pueblo y me dirigí a un bar. El lugar parecía y olía como el interior de un barco: la atmósfera era húmeda y estaba cargada de hollín, las paredes se sostenían con vigas de madera curvadas como costillas. Imaginé que en cualquier momento estas cederían y el océano entraría, primero lentamente y luego con un estrépito ensordecedor, para ahogarnos a todos. En la barra había cinco o seis hombres sentados, todos solos.

El local estaba cubierto por fotografías: de políticos y aspirantes a estrellas, de jugadores de fútbol y cantantes. La pared detrás de la barra estaba reservada solo para retratos de caballos de carrera premiados y sus jinetes. Estuve leyendo durante un rato, pero la luz era tenue y apenas podía distinguir las palabras. No había música y la conversación era escasa. Los clientes hacían gestos al barman y sus bebidas aparecían delante de ellos: la transacción se desarrollaba casi sin palabras. Transcurrió una hora antes de que alguien me dirigiera la palabra. Era un hombre viejo, vestido con un gastado abrigo de corte informal.

—Qué lindo lees —me dijo.

En aquellos días me encontraba en un estado tal que no me hubiera sorprendido en lo más mínimo descubrir que había estado leyendo en voz alta. Me puse pálido.

—¿Cómo lo sabe?

—Es que estás tan quieto.

Eso me divirtió: para entonces llevaba ocho semanas viajando, e incluso el pueblo en el que me encontraba había empezado ya a convertirse en apenas un recuerdo. Al día siguiente partiría rumbo al sur, inexorablemente hacia el sur, y en otros diez días estaría de vuelta en casa por primera vez en dos años. Pero supongo que los demás me veían como un hombre herido, determinado a no moverme. Hacía meses que no hablaba con mi esposa. El esfuerzo de no pensar en ella era tan grande que por las noches los huesos me dolían.

—Salud —le dije.

Se llamaba Marcial, me dijo. Y añadió:

—Estoy jubilado. Es estupendo —hizo una pausa, como esperando a que yo dijera algo, pero no lo hice. Bajé la mirada de vuelta a mi libro.

—¿Me permites? —preguntó.

Tenía el rostro sin afeitar y lucía cansado. Su cabello era totalmente cano, de una blancura impresionante. Le entregué el libro. Fue todo muy táctil: sintió su textura, pasó sus páginas con aspereza y sonrió satisfecho por el sonido que hacían. Luego comentó algo sobre el peso de la novela. En la cubierta había una mujer, una belleza de cabello negro y ceño adusto, mirando a una calle de París. O algo así. Pasó el índice por el rostro de la mujer.

—Es bonita —dijo.

Yo me sonrojé, y juntamos nuestros vasos.

—Quiero que me entiendas —dijo Marcial—. Cuando mi esposa murió, prometí a mis hijos que me dedicaría al trago por un año y luego buscaría otra mujer.

La débil luz del lugar hacía difícil saber si este era un hombre al inicio o al final de un año de juerga.

—¿Y cómo va el asunto?

Se rascó la barba blanca.

—Muy bien —dijo—. Me faltan tres meses para cumplir el plazo.

En algún momento encendieron un televisor, y fingí leer mientras Marcial seguía con silencioso entusiasmo un juego de fútbol. Había un equipo rojo y uno azul. Cuando me preguntaron a cuál apoyaba, respondí que al rojo, lo que fue recibido con aprobación. Algunas personas más llegaron y otras se fueron, pero la historia que quiero narrar aquí es sobre cómo este hombre me siguió a mi hotel. Cuando al fin me fui del bar ya era tarde, pero parecía más tarde aún. De hecho, parecía como si estuviera a punto de amanecer. El trayecto hasta el hotel era corto. Cuando me disponía a marcharme, Marcial sacó unos billetes del bolsillo de su abrigo y los puso sobre la barra.

—¿Y la propina? —dijo el barman. Era un hombre hosco, un cincuentón flaco y de poco pelo que había seguido todo el partido sin decir una palabra y con las manos cruzadas cuidadosamente sobre su regazo.

Marcial se volteó hacia mí.

—Este hombre es el dueño. No le dejo propina porque sería un insulto. Las propinas son para los empleados.

—¡Qué tal lógica! —dijo el dueño—. Sabes que hay otros bares en el pueblo.

—Pero este es especial —dijo Marcial, y me guiñó un ojo.

Pagué y salí del lugar. Marcial debió de haberme seguido de cerca, pero una niebla espesa había bajado sobre el lugar y no noté su presencia sino hasta llegar a la puerta del hotel. Venía unos diez pasos detrás de mí, arrastrando los pies por la colina. Cuando se dio cuenta de que lo había visto, se encogió de hombros y, muy lentamente, se sentó en el borde de la acera y estiró las piernas hacia la calle desierta.

—No te estoy siguiendo —dijo—. Para que lo sepas, vine a ver el parque.

Al otro lado de la calle, cubierto por la neblina, había en realidad un pequeño y bien cuidado parque, con magníficas bancas de piedra y arbustos de rosas recortados con esmero. Por alguna razón, lo había pasado por alto esa mañana. Parecía que lo hubieran traído de otro país, como si se tratara de la imitación de una postal venida de muy, muy lejos.

—Allí había un edificio —dijo Marcial—. No era bonito. Más parecía un basurero. Estaba lleno de checos y rusos, que son gente desaseada, como todo el mundo sabe. Pero en el callejón que se encontraba detrás —intenta imaginártelo—, allí, donde se encuentra ahora esa cerca de madera —señaló en dirección a la cerca—. ¡Allí! En ese preciso lugar besé a mi esposa cuando teníamos diecisiete años. Raspamos nuestros nombres sobre los ladrillos con mi navaja automática. Por supuesto que en aquellos días tenías que cargar una navaja contigo, no como ahora —esto último lo dijo en un tono de gran desilusión—. Tú, por ejemplo, no llevas contigo una navaja, ¿o sí?

—No —le dije.

Marcial sacó un paquete de cigarrillos de su bolsillo y encendió uno sin ofrecérmelos. Su cabello blanco parecía brillar.

—Me gusta tu país —dijo, aunque no le había comentado de dónde provenía. Botó el humo y se quedó observando la calle—. Buen contrabando. Clima interesante. Mujeres encantadoras y generosas.

Durante todo este tiempo, yo había estado parado junto a la puerta del hotel. Tenía la llave en la mano y en cualquier momento hubiera podido entrar y dejarlo solo.

—¿De la capital? —me preguntó.

—Ciento por ciento.

Marcial suspiró.

—No existe una ciudad más triste y detestable en todo el mundo.

—Quizás tengas razón —le dije.

—Por supuesto que la tengo. ¿No te vas a sentar?

A pesar de la humedad, era una noche cálida.

—¿Para qué dorar la píldora? —dijo Marcial cuando me senté a su lado en la acera—. Necesito dinero.

—Yo no tengo dinero.

—¿De veras? —Arrojó lo que quedaba de su cigarrillo a la calle—. Nuestro puerto trabaja toda la noche, las veinticuatro horas del día. Nunca cierra. Todo lo que llega a este maldito país entra a través de él. ¿Has leído los periódicos? ¡Estamos en una época de prosperidad! Tantos puestos de trabajo, y sin embargo nadie me quiere contratar. ¿Soy tan viejo?

Sacudí la cabeza. Mi abuelo era la persona más vieja que yo había conocido y había muerto tres años antes. En su taller tenía un calendario de chicas que ocultaba de mi abuela detrás de otro más respetable, uno con imágenes de las diversas atracciones turísticas de nuestro país: esas ruinas con las que tentamos al mundo. Cuando era niño, me hizo escribir con un lápiz en el calendario escondido la fecha de mi cumpleaños. Ya para entonces le fallaba la memoria. «Es en mayo», dijo, «¿cierto?». Sujetó el calendario con las manos temblorosas y contempló a la mujer. Tenía piel oscura y hermosas piernas. Recuerdo que mi abuelo sostenía el calendario muy cerca de su rostro; sus ojos tampoco estaban bien. Luego me lo entregó.

—Vamos. Márcalo, y escribe tu nombre también.

—Mi cumpleaños es en marzo —le dije a Marcial. Él sonrió—. Pero yo también me olvido de las cosas.

Un perro callejero de pelo rojizo y aspecto desaliñado salió de debajo de una de las bancas del parque, caminando con pereza entre la niebla. Vino directamente a donde estábamos, sin gruñir, sin miedo. Marcial sacó de su bolsillo un corcho de vino y lo sostuvo con el brazo extendido. El perro se acercó más y lamió feliz el extremo rojizo del corcho, como si fuera un chupete. Marcial acarició al perro con la otra mano.

—Deberías ver el puerto de noche. Realmente vale la pena —dijo Marcial—. Tiene tantas luces que parece mediodía. Si quieres puedo llevarte. Conozco el camino.

—No, gracias —dije. Sabía, por supuesto, que todas las calles del pueblo conducían al puerto, pero no me pareció oportuno decírselo.

Él frunció el ceño.

—La gente como tú no sabe apreciar las cosas. Por eso están tan atrasados.

Cuando dijo eso comprendí que era el momento de irme. Estaba a punto de ponerme de pie cuando Marcial me detuvo.

—Espera —me dijo, y así lo hice. Ahuyentó al perro, como si de pronto buscara privacidad. Le dio un suave empujón, y cuando este le ofreció resistencia, arrojó el corcho de vino tinto hacia la calle. El perro se fue persiguiéndolo. Marcial puso la mano izquierda sobre mi hombro, sonrió y luego me mostró la derecha: la tenía hecha un puño y en ella sostenía una navaja. La cuchilla no era larga.

—¿Sabes algo? —dijo—. Quería robarte.

Aquella noche soñé con ella y desperté en pánico. La noche siguiente la pasé en un hotel diferente, en un pueblo diferente más alejado de la costa —pero tuve el mismo sueño—. Llegada la cuarta noche empecé a desconfiar de mí mismo y casi no dormía. Tenía sed todo el tiempo. Terminé el libro que había estado leyendo y lo dejé sobre la mesa de la cafetería de un pueblo fronterizo. Había caminado una media cuadra cuando sentí que alguien me tocaba el hombro. Era la bonita mesera de la cafetería. Se había quedado sin aliento y un maravilloso color rosado adornaba sus mejillas.

—Olvidaste tu libro —me dijo.

—Lo dejé a propósito.

Se mordió el labio. No sé por qué pero era obvio que la ponía nerviosa.

—Pero no puedes hacer eso —dijo.

Así que me llevé el libro. Cinco días después estaba en casa. Aún no había dormido, y empleé mis últimas fuerzas en abrir las ventanas clausuradas del departamento. En esos cuartos abandonados me habían criado. Toda mi familia se había mudado de a pocos al norte, luego mi esposa y yo volvimos aquí a pasar los últimos días de nuestro matrimonio. Casi no quedaban muebles —nuestros vecinos habían saqueado el lugar poco a poco—. Cuando mi padre se quejó por primera vez de ello, lo atribuimos a su demencia, pero resultó estar en lo cierto. Ahora la situación era desmesurada. La silla crujiente en la que mi esposa y yo habíamos hecho el amor ya no estaba. El sofá también había desaparecido, junto con el reloj de pared y la mesa de cuero del vestíbulo. Hice un rápido inventario: faltaban la vajilla, el mejor juego de cubiertos de mi madre, un marco de plata para fotografías, la mitad de los libros. La antigua radio de transistores de mi abuelo no estaba por ningún lado y un trapo para secar platos viejo y enmohecido ocupaba el lugar del televisor.

Pero no me importaba. Vacié todo el contenido de mi maleta en el piso de la sala, y observé con cierta satisfacción el montículo de ropa arrugada, papeles y baratijas: billetes de tren, cajas de fósforos, la navaja que le quité a Marcial esa noche. También estaba allí el libro con la fotografía de la mujer parisina de pelo y ojos oscuros en la cubierta. Era verano y la puesta de sol se colaba por las ventanas manchando de rojo las paredes. Se podía oler el océano. Todos sabían que había vuelto. En cada una de mis paradas había enviado postales para mantener a la familia informada de mis progresos rumbo al sur, así que mientras veía desaparecer la luz del día esperé a que alguien me llamara. Debían de estar a punto de hacerlo. Me quedé dormido esperando, sobre el suelo de madera. Cuando me desperté ya era de noche, el departamento estaba oscuro y frío, y el teléfono no había interrumpido mi descanso. Prendí todas las luces del viejo departamento y pasé media hora frenética buscándolo, registrando lo que quedaba de nuestras cosas, abriendo todos los cajones, todos los armarios. El teléfono, el teléfono... Nuestros vecinos se lo habían llevado también.

El presidente idiota

Recién salido de la escuela de teatro, trabajé un par de meses con un grupo de teatro llamado Diciembre. Era una compañía bien establecida, fundada durante los ansiosos años de la guerra, cuando adquirieron renombre por sus atrevidas incursiones en la zona de conflicto, acercando el teatro al pueblo, y en la ciudad, por organizar maratones teatrales, espectáculos que duraban toda la noche, adaptaciones populares de las obras de García Lorca, estentóreas lecturas de guiones de telenovelas brasileñas, siempre con un ángulo político, a veces sutil y, más a menudo, todo lo contrario, haciendo, en suma, cualquier cosa que mantuviera a la gente despierta y riéndose durante las oscuras y solitarias horas del toque de queda. Estas funciones eran legendarias entre los estudiantes de teatro de mi generación, y muchos de mis compañeros de clase afirmaban haber estado presentes en alguna de ellas cuando niños. Decían que sus padres los habían llevado, que habían presenciado actos inenarrables de depravación, una unión sacrílega entre recital e insurrección, sexo y barbarismo, y que después de todos estos años seguían aún perturbados, marcados e incluso inspirados por esos recuerdos. Era pura mentira. De hecho, todos estábamos estudiando para ser mentirosos. Han pasado nueve años desde mi graduación, y me imagino que hoy los alumnos de la escuela hablarán de otras cosas. Son demasiado jóvenes para recordar lo común que era el miedo durante la guerra. Quizás les cuesta imaginar una época en la que el teatro se improvisaba como respuesta a titulares aterradores, cuando para pronunciar una línea de diálogo que expresara un escalofriante sentimiento de terror no era necesario actuar. Pero, claro, esos son los efectos narcóticos de la paz, y por supuesto nadie quiere volver al pasado.

Más de una década después de la guerra, Diciembre aún funcionaba como una agrupación más o menos integrada de actores y actrices que de vez en cuando montaban alguna función, a menudo en una casa particular a la que se podía ingresar solo por invitación. Paradójicamente, ahora que era más o menos seguro salir de la ciudad, rara vez viajaban al interior. Por eso, cuando anunciaron que realizarían una gira me presenté entusiasmado a las pruebas. Era una oportunidad poco común y, para sorpresa mía, obtuve el papel. Solo tres personas salimos de gira: yo, un actor de pelo crespo llamado Henry y un hombre bajito de piel oscura que se presentó como Patalarga y que nunca me dijo su verdadero nombre. Ambos estaban más o menos emparentados: tiempo atrás, Henry estuvo casado con una prima segunda de Patalarga llamada Tania, de la que ambos hablaban con el mismo susurrante respeto que los agricultores usan para referirse al clima. Estos dos hombres eran amigos de largo tiempo, prácticamente tanto como mis años de vida, y yo estaba feliz de que me hubieran aceptado en su compañía. Pensé que sería una buena oportunidad de aprender de actores veteranos.

Henry escribía muchas de las piezas de teatro, y en esa gira íbamos a representar una sutil obra satírica titulada *El presidente idiota*. Aunque la intención política de la pieza era clara, tenía en realidad una trama muy divertida, que presentaba la delicada interacción entre un arrogante y ensimismado jefe de Estado y su criado. Cada día, el criado era sustituido por otro; la idea era que con el tiempo todos los ciudadanos del país tendrían el honor de servir a su líder. Esto incluía ayudarlo a vestirse, peinarlo, leer su correspondencia, etcétera. El presidente era una persona muy exigente y dado a los detalles, requería que todo se hiciera de acuerdo con un protocolo específico, de manera que la mayor parte del día se iba en enseñar al nuevo criado cómo debía hacer las cosas. Y luego, la comedia. Yo interpretaba a Alejo, el hijo idiota del presidente idiota, un papel que se ajustaba perfectamente a mis habilidades y a mi juventud, y en el transcurso de los ensayos llegué a encariñarme con ese adolescente bufonesco de un modo que no hubiera anticipado. Era un patán jactancioso, un ladronzuelo que, a pesar de sus muchas y evidentes limitaciones, representaba una gran fuente de orgullo para su padre, el presidente. La escena culminante de la obra incluía una conversación descarnada entre el criado y mi personaje, luego de que el presidente se ha ido a dormir: Alejo baja la guardia y admite que aunque a menudo ha pensado en matar a su padre, le da miedo hacerlo. Eso despierta la curiosidad del criado. Después de todo, él vive en este país arruinado, sujeto a los desastrosos caprichos del presidente, y además ha pasado el día entero sometido a sus humillaciones. El presidente, cuyo poder parece infinito en la distancia, se le revela al criado como lo que realmente es, como lo que indica el título de la obra. El criado sondea las dudas de Alejo, y este le habla con franqueza, sobre sus preocupaciones en torno a la libertad, el imperio de la ley, sobre el sufrimiento de la gente, hasta que el criado al final termina por aceptar que sí, que quizás convendría matar al presidente. Aunque se trata de un acto arriesgado, quizás no sería una mala idea hacerlo. Por el bien del país, claro. Alejo finge meditar sobre la cuestión y luego mata al sorprendido criado como castigo por su traición. Enseguida, desvalija el cadáver, despojándolo de su billetera, su reloj y sus anillos. La obra termina con el joven gritando hacia el cuarto donde duerme el presidente. «¡Otro más, papá! ¡Vamos a necesitar uno nuevo para mañana!».

Patalarga, Henry y yo salimos de la capital a inicios de marzo, un día después de mi cumpleaños número veintiuno. En la costa era verano, caliente y húmedo, y tomamos un autobús hacia las montañas lluviosas, a la región donde había nacido Patalarga. Era una zona del país que yo no conocía y que, incluso en aquel entonces, tenía la certeza de que no volvería a visitar. Todo lo relativo a mi vida en esa época —toda decisión que tomaba o dejaba de tomar— se basaba en la idea de que pronto me marcharía del país. Esperaba reunirme con mi hermano en California antes de fin de año: la visa ya estaba en proceso, era solo cuestión de tiempo. Era, de hecho, una forma muy agradable de vivir. Me daba una fortaleza interna que me permitía soportar ciertas situaciones humillantes, confiado en que todo aquello era solamente temporal. Actuamos en pueblos pequeños y en aldeas más pequeñas aún, recorriendo de un extremo a otro un valle amplio y sombrío sometido a lluvias torrenciales y heladas que nunca había yo visto antes. Intensas nubes negras se arremolinaban en el cielo y, cuando no llovía, los vientos le atravesaban a uno el cuerpo. En los poblados nos recibían calurosamente, con un trato ceremonioso y diligente que yo encontraba encantador, y cada noche la ovación de pie con que el público respondía nos hacía sentir que nuestro esfuerzo valía la pena. En ocasiones las aldeas no eran más que un puñado de casas desperdigadas sobre campos de maíz en barbecho, donde vivían una docena de personas en total —unos cuantos agricultores de rostros chaposos, sus sufridas esposas y sus hijos desnutridos—, quienes se acercaban a Henry después de la obra, sin atreverse a mirarlo a la cara, y le decían con respeto:

—Muchas gracias, señor presidente.

El frío casi acaba conmigo. En dos semanas perdí tres kilos y una noche, luego de una función bastante activa, estuve a punto de desmayarme. Cuando me repuse, nos invitaron a una fiesta en una casa de adobe de una sola habitación en las afueras del pueblo. Henry y Patalarga estaban nerviosos y bebían más de lo normal, porque este era el pueblo donde vivía Tania; al parecer había asistido a la función y llegaría en cualquier momento. Yo me sentía demasiado mal como para que eso me interesara: cada bocanada de aire que aspiraba era como tragar cuchillos afilados, y sentía como si la cabeza estuviera a punto de separarse de mi cuerpo y flotar hacia el nublado y amenazador cielo andino. Me llevaron deprisa al interior, casi muerto de terror, pero todos me trataron con suma amabilidad dedicándose a darme de comer y emborracharme. El licor ayudó, y era agradable dejarse cuidar. Cuando empecé a ponerme de color azul, el dueño de la casa, un hombre bajo y rechoncho llamado Cayetano, me preguntó si quería un abrigo o una frazada. Asentí entusiasmado. Él se puso de pie, dio unos pasos hacia el refrigerador y se detuvo frente a la puerta entreabierta, como si estuviera contemplando la posibilidad de comer un bocadillo. Pensé para mis adentros: «Se está burlando de mí». La fiebre me consumía sin piedad. Escuchaba las risas de Henry y Patalarga. Cayetano abrió el cajón de las verduras y sacó de él un par de medias de lana. Me las arrojó, y cuando la puerta se abrió un poco más vi que usaba el refrigerador como armario. Las repisas inferiores seguían en su lugar, pero todo lo demás faltaba. Había guantes en la bandeja de mantequilla, y chompas y chaquetas colgando de una barra de madera clavada en las paredes interiores. Solo entonces me di cuenta de que los pocos productos y alimentos perecederos estaban sobre un mostrador. Con este frío, claro, no había peligro de que se echaran a perder.

Los hombres y mujeres reunidos en la casa contaban historias tristes sobre la guerra y se reían de su propio sufrimiento de una manera que yo encontraba incomprensible. A veces hablaban en quechua, y en esos casos la risa era mucho más intensa, y también mucho más triste, o al menos así me lo parecía. Cuando llegó Tania todos se pusieron de pie. Tenía el cabello negro y largo, y lo llevaba amarrado en una sola trenza; un chal anaranjado y amarillo cubría sus hombros. Mayor que yo, pero un poco menor que mis compañeros, Tania era de contextura pequeña, aunque por algún motivo daba la impresión de tener mucho temple. Recorrió la habitación dando la mano a todos, excepto a Henry, quien recibió un beso al aire, junto a la oreja derecha.

—¿Sigues actuando o estás realmente tan enfermo? —me preguntó al llegar a mí.

No supe qué responderle, pero me sentí aliviado cuando alguien gritó: «¡Está borracho!». La habitación entera estalló en risas y luego todos se sentaron.

La gente empezó a beber en serio y pronto surgió una guitarra de un rincón oculto de la habitación. Pasó de mano en mano y dio varias vueltas hasta que por fin Tania se quedó con ella. Todos la ovacionaron. Ensayó unos acordes, se aclaró la garganta, dio la bienvenida a los visitantes y nos agradeció a todos por escucharla. Cantó en quechua, acompañada por una compleja melodía interpretada por sus ágiles dedos, totalmente ajenos al frío. Volteé hacia Henry y le pregunté en voz baja sobre qué trataba la canción.

—Sobre el amor —me susurró sin dejar de mirarla. A medida que avanzaba la noche, la belleza de Tania se me hizo cada vez más evidente. Henry y Patalarga me observaban mirándola, y alternaban miradas de furia y sonrisas en una secuencia imposible de interpretar. Mucho más tarde, cuando estaba a punto de sucumbir al frío y al licor, Tania se ofreció a guiarme de vuelta al hostal donde nos alojábamos. Hubo algunas reacciones de fingida preocupación, pero ella las ignoró. Afuera, en la gélida noche, sus ojos brillaban como estrellas negras. El pueblo era pequeño, no había forma de perderse en él. Avanzamos tambaleándonos por sus calles, ambos envueltos en la manta de Cayetano.

—Cantas muy bonito —le dije—. ¿De qué trataba la canción?

—Una canción vieja nomás.

—Henry me dijo que era de amor.

Tenía una risa hermosa: cristalina y sin pretensiones, como el claro de luna.

—Pero si él no habla quechua —dijo Tania cuando paró de reírse.

Nos detuvimos frente a la puerta del hostal. Me acerqué a besarla, pero ella me esquivó y me dio una palmada en la cabeza como si fuera un niño. Durante un momento nos quedamos parados tratando de manejar cierta incomodidad, hasta que ella sonrió.

—Toma bastante agua y descansa todo lo que puedas —me dijo. Y luego volvió a la fiesta.

En el hostal, el dueño me entregó una bolsa de jebe llena de agua caliente, y mientras me preparaba para acostarme, ya solo, la sostuve entre mis manos como si se tratara de un palpitante corazón humano; quizás el mío. Intenté hacer un repaso de los sucesos del día. Lo que había ocurrido, y lo que, para mi pesar, no había llegado a ocurrir. El frío me impedía pensar, de modo que decidí echarme con la bolsa sujeta contra el vientre y me enrosqué alrededor de ella como un gusano. Antes de quedarme dormido, me pregunté qué estarían haciendo mis amigos en ese preciso momento. Habían sentido celos de mí y de mi gira con Diciembre, y me fue difícil recordar eso. Patalarga y Henry habían hecho este recorrido antes; a cada rato se encontraban con viejos amigos, y parecían inmunes a las condiciones que poco a poco estaban acabando conmigo. Habían vivido durante décadas en la ciudad, pero no la consideraban su hogar.

Así fue durante semanas. Por las mañanas, si el clima lo permitía, viajábamos al siguiente pueblo en un autobús destartalado, o sobre la plataforma de un camión cargado de papas. En esos viajes aprendí a mascar la hoja de coca, y a disfrutar del entumecimiento que se extendía por mi rostro, bajaba por el cuello y llegaba hasta mi pecho. Los caminos eran apenas lo suficientemente anchos como para que pasara una carreta a caballos, y cada vez que echaba un vistazo al arrugado rostro de las montañas, trataba de pensar en otra cosa que no fuera la muerte. Patalarga y Henry se recuperaban de la noche anterior con los ojos cerrados, inmersos en sueños profundos y pacíficos. Ellos lo pasaban bien; yo, en cambio, luchaba por mantenerme vivo.

Hacia el final de la gira llegamos a un pueblo llamado San Germán, el remoto bastión de una compañía minera estadounidense; unas doscientas casas que parecían haber sido transportadas por vía aérea y depositadas en la cima ventosa de una desolada montaña, rodeada en tres de sus lados por picos aún más altos y siniestros. Me parece que había plata en lo profundo de esas tierras, pero podría haber sido cobre, bauxita o alguna otra cosa, y en realidad eso no importa: todos los pueblos mineros son iguales. Son lugares duros y aislados, a menudo construidos en parajes que podrían ser considerados hermosos si no tuvieran condiciones tan extremas, y definidos por una serie de privaciones humanas características de esta industria. En San Germán, nubes espesas flotaban justo sobre nuestras cabezas, y se sentía un olor metálico en el aire. Estábamos a más de cuatro mil metros sobre el nivel del mar, y la altitud me convirtió en un inútil. Pasé el primer día en el helado hostal, aferrándome a los bordes de la cama como si estuviera en el vértigo de una montaña rusa. San Germán era un pueblo pequeño con muy poco que mostrar, pero Patalarga y Henry se sentaron en mi cama describiendo una serie de maravillas inventadas. Tienes que levantarte, me dijo Patalarga, tienes que ver este lugar. Hay réplicas de las pirámides, me dijo Henry, y resplandecen como el oro a la luz del sol. Abrí los ojos y vi cómo su aliento se condensaba en una nube mientras se reía. Un arco de triunfo en miniatura, añadió Patalarga. Cafés, bulevares bordeados de árboles, y la vida nocturna —¡ni te la imaginas!—. Discotecas como las de La Habana de Batista, como en Beirut antes de la guerra, me decían. Yo los ignoraba. El sonido retumbante de sus voces llenaba la habitación —y, de hecho, también el interior de mi cabeza—. Les rogué que me dejaran solo, y aceptaron. Se marcharon y pude al fin cerrar los ojos. Estuve inmóvil durante varias horas, escuchando desesperado el sonido de mi propia respiración.

Cuando volvieron mis compañeros, estaban hoscos y enojados. Se olía el barro pegado a sus botas. Tú dile. No, tú. Desde mi lecho de enfermo, los oía caminar de un lado a otro, preocupados. Carajo, que alguien me diga qué pasa, dije. Tuve la intención de gritar, pero me sentía débil, y mi voz sonó rasposa, como la súplica de un paciente cardíaco. Mantuve los ojos cerrados. Alguien se sentó en mi cama. Malas noticias. Era Henry. Nuestra primera función estaba programada para el día siguiente, pero había un problema técnico. No había electricidad, no había luz. Tampoco era una situación temporal, como nos dijeron cuando nos registramos en el hostal. La única fuente de energía disponible abastecía a las casas de los ingenieros gringos, al otro lado de la mina. Tienes que ver cómo viven, me dijeron, y me describieron cómo, detrás de una elevada cerca, habían creado un facsímil de la vida en su país. Cómodas casas suburbanas, calles bien pavimentadas, una cancha de béisbol.

Me senté temblando, cubierto por media docena de mantas. Sonaba como un lugar agradable.

—¿No tienes un hermano en Estados Unidos? —me preguntó Patalarga.

—Claro que sí.

—¿Juega béisbol?

—¿Qué sé yo?

Casi ni podía hablar. Mi hermano se había marchado de casa al cumplir dieciocho, casi doce años antes, y hacía demasiado frío como para malgastar energía hurgando en mis recuerdos de niñez. Seguro que les había comentado que mi hermano me estaba tramitando una visa, pero normalmente no hablaba de ese detalle reconfortante. De vez en cuando me lo repetía a mí mismo, y el secreto dejaba en mis labios una sensación a la vez cálida y dulce.

Henry estaba enojado. Hablaba a toda velocidad y la amargura de su voz era evidente. Les habían prometido un lugar donde actuar para los obreros. «Los obreros, los obreros»: estos hombres honrados y dignos eran nuestra entera razón de ser. Íbamos a hacer dos funciones, una para cada turno. La función de la tarde no se vería afectada, pero los mineros del turno de día no tendrían la oportunidad de vernos. Si hacíamos una función de noche, sería en la oscuridad o solo para los ingenieros. Los ingenieros de mierda. Henry se iba alterando cada vez más mientras describía a hombres que se pasaban el día tomando daiquiris y turnándose para azotar a los nobles mineros.

Sonaba casi feudal.

—¿Realmente son tan malos? —le pregunté.

—No le hagas caso —dijo Patalarga—. Su viejo era ingeniero.

—Vete al carajo —dijo Henry con cara de pocos amigos.

—Aquí donde lo ves, nuestro Henry fue una estrella del equipo de béisbol de la compañía.

—¿En serio?

—Hasta que empezó a robar dinamita para dársela a la guerrilla.

—Mentira.

Ninguno de los dos me respondió.

Un momento después, Henry empezó a quejarse de nuevo, pero esta vez me daba golpecitos en la frente con el dedo mientras hablaba. Yo lo sentía como un mazo golpeando la piel de un bombo, una extraña muestra de afecto. Mantuve cerrados los ojos. Hemos venido hasta acá por gusto. Se han burlado de nosotros, y ahora Nelson va a morir sin razón alguna. Hablaban solo entre ellos. Estamos sacrificando la vida de este joven —¡la mejor de este país!— y todo, ¿para qué?, para nada. Ah, qué tragedia; ¡se está inmolando por el arte! ¿Y ahora, qué le diremos a su madre?

—Son muy graciosos —les dije—. En serio.

—Te estamos haciendo un favor —contestó Henry—. ¿Cómo puedes vivir en este país sin conocer este pueblo?

Aquella noche, me arrastraron por las oscuras calles de San Germán, prácticamente a cuestas. Me dolían el cuerpo y la cabeza, y el suelo se tambaleaba bajo mis pies. Caminaba apoyado en los hombros de Patalarga, mientras Henry señalaba las pálidas luces amarillentas en la cuesta más alejada del cerro: eran las casas de los ingenieros. Tras ellas, un pico imponente y adusto se perdía entre las nubes. Eché un vistazo al miserable asentamiento, y me costó mucho sentir odio hacia esos gringos. La naturaleza podía aplastarlos, aplastarnos a todos, en un abrir y cerrar de ojos.

—¿Los ves? —me preguntó Henry—. ¿Puedes creerlo?

—No, no puedo creerlo —le respondí.

Habría preferido ser pobre en cualquier lugar del mundo, antes que rico en San Germán.

Avanzamos entre las calles lodosas. Al inicio de la obra, el personaje de Henry sale a escena con unos largos guantes blancos, pero debido al frío glacial él había tomado por costumbre usarlos incluso entre funciones. Eran delgados, de satén, y probablemente nada abrigadores, pero lucían muy apetecibles. Me di cuenta de que Patalarga los miraba con envidia.

—Dámelos —dijo al fin, señalando los guantes. Henry levantó las manos y movió sus dedos, blancos y brillantes.

—¿Estos?

—Sí.

—Yo soy el presidente —dijo Henry—. Yo uso los guantes.

Patalarga se quedó pensando un momento. Volteó hacia mí.

—Cuando lo encontré, estaba en uno de los callejones que hay detrás de la catedral, aspirando pegamento y hablando sobre lo malo que era su papito.

No dije nada, ni tampoco me solté de Patalarga. Sin él me habría caído.

Henry parecía no prestar atención.

—¿Quién se acuerda de esas cosas?

—Yo —dijo Patalarga—. Me acuerdo perfectamente. Todas las cosas que queríamos cambiar... Pero el cholo siempre hace de criado. Y el cholo es el que muere al final. ¿Qué te parece?

Henry se encogió de hombros.

—Es que te sale tan espontáneo —dijo.

Llegamos al único restaurante de San Germán —ubicado frente a un amplio bulevar bordeado de árboles, por supuesto—, y a la luz de un lamparín de querosene comimos comida calentada en una hornilla a querosene, de manera que todo olía y sabía a ese mágico combustible. Sentíamos amargura e impotencia. Henry y Patalarga no hablaban, y yo requería de toda mi energía para evitar caer de la silla al frío suelo de cemento. Con todo, luego de comer algo y tomar té, me sentía un poco mejor. Estábamos a punto de terminar cuando entraron al restaurante unos viejos mineros con sus cascos en la mano. Aun en la oscuridad, Patalarga los reconoció de sus días como activista, y todos ellos parecían conocer al viejo de Henry. Empezaron a conversar. Se sentaron a nuestra mesa y hablaron en voz baja sobre las condiciones bajo tierra, que al parecer habían mejorado un poco desde la última visita de Henry y Patalarga. Mejor ventilación, mayor seguridad. Turnos de diez horas, en vez de catorce.

—Pero no hay electricidad.

Los mineros se encogieron de hombros. Tenían rostros duros y arrugados.

—Ya llegará, y de todos modos, la mina está bien iluminada —dijo uno de ellos. Se llamaba Ventosilla. Su nombre aparecía escrito en su casco, que colocó sobre la mesa. Activó un interruptor y la lámpara se encendió, proyectando un intenso haz de luz sobre la pared del restaurante. Ventosilla la encendió y apagó varias veces, y todos nos quedamos contemplándola. Le dio un golpecito a la lámpara con la uña.

—Halógena —dijo.

—¿Y todos ustedes tienen esos cascos? —preguntó Patalarga.

El minero asintió con la cabeza.

Mis compañeros sonrieron de oreja a oreja.

La noche siguiente presentamos *El presidente idiota* en una amplia tienda hecha de mantas, a la luz combinada de los cascos de cincuenta mineros asistentes. También estaban presentes sus hijos y esposas, e incluso unos cuantos ingenieros americanos que se dignaron a unirse a la diversión. Yo estaba mejor, pero no me sentía completamente yo mismo, lo que sea que eso signifique. De hecho, no me sentía yo mismo desde que salimos de la ciudad y de la costa, desde el momento en que el autobús empezó a trepar entre las nubes, pero la imagen de este teatro improvisado, lleno de expectativas, con las luces halógenas moviéndose de un lado a otro, revoloteando sin parar, era hermosa, y me llenó de esperanza. Las bambalinas estaban detrás de la tienda, a la intemperie, y allí estábamos los tres, congelados y nerviosos, entusiasmados como pocas veces, echando un vistazo al interior de cuando en cuando para ver al público a medida que llegaba.

Cuando se llenó la tienda, nos deslizamos al interior, al relativo calor del escenario. La vista era impresionante: el público sentado en unas tribunas chirriantes, cuerpos en sombras ahora coronados de luz, un brillante campo de estrellas reluciendo en el cielo. Volteé hacia Henry y Patalarga, y vi que también ellos estaban ensimismados con el espectáculo. Era el cielo que apenas habíamos podido ver, el cielo oculto tras las gruesas y negras nubes de lluvia de las últimas seis semanas. El representante del sindicato local se encargó de presentarnos, y aquella noche, como todas, el público nos ovacionó al oír el nombre Diciembre, las luces moviéndose de aquí para allá mientras los mineros asentían con satisfacción.

Cedí el escenario a mis colegas y me senté a un costado. Empezó la obra. Con los hombros encorvados y el rostro atormentado de preocupación, Henry le insuflaba una trastornada solemnidad al presidente idiota, como Nixon en sus últimos días o Allende al contemplar los tanques que rodeaban La Moneda. Recorría el escenario espetando instrucciones absurdas a su desconcertado criado, Patalarga —y nadie ha representado el desconcierto de manera tan experta como lo hizo mi amigo aquella noche—. Conocía la obra de memoria, así que pasé la mayor parte del tiempo concentrado en las lámparas de los cascos de los mineros, que juntas formaban un límpido manto de luz en el escenario que solo se alteraba ligeramente cuando el diálogo cambiaba de un personaje al otro. Cuando me puse de pie, justo antes de que me tocara entrar a escena, todas las luces se movieron hacia la derecha del escenario, a tal punto que Patalarga, que estaba parado al otro extremo, desapareció brevemente en una súbita oscuridad.

Aun con la luz tenue me di cuenta de que sonreía. Hacia el final de la obra, cuando el presidente idiota empieza a alistarse para ir a la cama, tuvimos un momento difícil. Nos dimos cuenta de inmediato. Henry pronunció la línea —«¡Esa es la teoría, mi generoso señor!»—, que por lo general era recibida con risas, pero en esta ocasión no funcionó. Estábamos perdiendo la atención del público; las luces se movían de arriba abajo o de un lado a otro, erráticas. De pronto nos encontramos actuando al anochecer, cuando solo un momento antes era de día. Nunca, ni antes ni después, he podido leer con tanta facilidad el sentir de una multitud, obtener una respuesta tan transparente e inmediata. La luz flaqueante nos llenó de energía, y volvimos a la carga. Unos minutos después, la tienda retumbaba nuevamente con las risas, el escenario lucía tan brillante como una pista de aterrizaje, y pude notar, no sin una pizca de orgullo, que mis líneas finales, las que le grito a mi padre dormido, el presidente, las pronuncié en un escenario completamente iluminado, con toda la atención y colaboración de los mineros de San Germán y sus lámparas de luz halógena. No había telón que correr, ni iluminación que apagar, así que cuando terminó la obra me quedé donde estaba, bañado en ese resplandor, disfrutando el momento.

¿Y por qué no?

Unas semanas más tarde volví a casa, y durante años, cada vez que alguna producción en la que participaba fracasaba, recordaría aquella noche. Me invitaron a hacer otra gira con Diciembre, pero fue más por cortesía que por otra cosa. Mi vida de clase media me hacía incapaz de soportar los rigores de la vida del artista ambulante. Decliné la invitación. De todos modos me marcharé pronto, pensé, pero eso nunca ocurrió. De vez en cuando actué en alguna de sus obras, pero solo en la capital, y así mantuvimos nuestra amistad. Cuando me cruzaba con Henry o Patalarga en algún lugar de la ciudad, en alguna función, en un bar o en la calle, siempre nos abrazábamos, hacíamos bromas, compartíamos risas, recordábamos con cariño aquella noche en San Germán. Sabía que ellos recordaban la función tan bien como yo, aunque habían olvidado otros detalles —mi nombre, por ejemplo— y ahora me llamaban Alejo, totalmente ajenos a su error. A mí eso no me importaba. Ambos me caían bien. Había aprendido de ellos y podía seguir haciéndolo. Por supuesto, la sola mención del nombre San Germán era una invitación a filosofar, pero justamente de eso se trataba. Me quedaba escuchándolos como lo había hecho durante aquel viaje, y veía cómo Patalarga o Henry henchían el pecho de orgullo. Uno sale adelante, compadre, uno se las arregla. Uno toma lo que el público le da y se lo devuelve, solo que mejor, bruñido con amor y entrega. Ellos te dan la luz, y uno les da la verdad. Etcétera. Me gustaba oír hablar a Henry o a Patalarga porque nadie de mi generación se expresaba así. Ni sobre teatro ni sobre política. Ni siquiera sobre el amor. Tanta sinceridad nos ponía incómodos.

Pasaron los años, y un día me hallé sin trabajo y sin la esperanza de conseguir uno. Me había hecho demasiados enemigos, había tomado las cosas muy a la ligera. Mi visa jamás llegó y ya no podía engañarme pensando que sería joven para siempre. Mi hermano llamaba de vez en cuando, pero solo a la casa de mis padres, y a veces pasábamos meses sin hablar. Durante un mes participé en audiciones para los *talk shows* en los que había jurado no volver a trabajar jamás: los papeles eran de amantes despechados, de mujeriegos rompehogares, pero no obtuve ningún rol. Estaba a un paso de la bancarrota. Pensé en dejar la habitación que alquilaba y mudarme de vuelta a casa, pero la idea me resultaba demasiado humillante. Mi padre, por su parte, tenía un optimismo a toda prueba: tu hermano enviará la visa. Viajarás a los Estados Unidos. A California. Serás actor de cine. Escríbele, recuérdaselo, me decía, pero no pude hacerlo. Creo que ya ni siquiera él creía en eso. A pesar de todo, me mantenía al tanto de las condiciones climáticas de la ciudad donde vivía mi hermano, como si yo necesitara esa información para saber qué ropa empacar. Hay incendios forestales por todo California, me dijo un día. Cientos de incendios.

Yo me quedé mirándolo. Esa noche me imaginé aquel lugar en el que nunca había estado, con sus cielos desdibujados por un humo marrón rojizo, y su sol —que no es nuestro sol— ocultándose contra el cenizo telón de fondo de una catástrofe regional. Pensé que quizás mi padre quería alejarme de su lado. Mientras que yo me preocupaba por no fallarle, tal vez todo lo que él esperaba de mí era que me marchara y me convirtiera en el problema de alguien más.

La semana siguiente me hallaba leyendo el guion para un breve papel en una telenovela local. Era un contrato por seis capítulos —nada mal—, después de los cuales mi personaje sería asesinado fuera de cámara. Se trataba de un informante de la policía, que, como es lógico, vivía atormentado por el complejo dilema ético de traicionar o no a sus amigos, por la expectativa de que sus pecados pronto le costarían la vida. El personaje, para mi gran satisfacción, se llamaba Alejo, y repentinamente sentí más confianza en mí mismo de la que había tenido en varios meses. Aunque este personaje y el Alejo que había representado con Diciembre eran dos personas totalmente distintas, al leer el guion sentí que me reencontraba con un viejo amigo. Cómo ha cambiado este país, pensé: el hijo del presidente es ahora un vulgar soplón, un hombre condenado a vivir cuidándose las espaldas durante seis capítulos de una hora y a morir de manera invisible, su desaparición apenas una nota al pie de un drama más grande que poco o nada tiene que ver con él.

Estaba tan animado con esta posibilidad que les conté sobre él a mis padres, a mis amigos. Nos volvemos a encontrar, Alejo, pensaba. Incluso se me ocurrió ubicar a Henry y Patalarga, aunque hacía un año o más que no los veía, para reírnos sobre la coincidencia, para recordar una vez más los días de San Germán y los mineros. Para entonces, Diciembre se hallaba en un paréntesis más o menos permanente, y el país lucía francamente irreconocible. Podía caminar por las ahora animadas calles de mi ciudad y olvidarme de que en algún momento me quise marchar de ella. Los precios globales de los metales habían alcanzado niveles récord y los periódicos anunciaban un crecimiento del siete por ciento. Toda esa prosperidad me resultaba desalentadora; era lo único para lo que no me había preparado. Todo era nuevo o estaba en proceso de construcción, los viejos vivían más, los niños engordaban. Nunca volví a los pueblos que visité con Diciembre, aunque muchos de mis colegas sí lo habían hecho, en sus vacaciones, en temporada seca, con sus esposas e hijos rollizos, para ver un poco del país tal y como era. A la primera señal de descontento popular, el gobierno transmitía anuncios televisivos que mostraban imágenes de controles de carretera en provincias, campesinos furiosos arrojando piedras a la policía, la pantalla manchada de un ominoso y conocido tono de rojo. Una severa voz advertía a los pobres del campo que debían ser patriotas, que no les arruinaran la fiesta a los demás.

Henry y yo nos encontramos una tarde de invierno en un café del distrito de Auxilio. Fue el día anterior a mi prueba. Él no tenía teléfono ni correo electrónico, yo le había hecho llegar un mensaje a través de un amigo en común que vivía en su barrio. Parecía contento de verme, me dio un fuerte abrazo y me palmeó efusivamente la espalda. Nos sentamos dentro del local, en una mesa protegida de la humedad. Era genial verlo —no había cambiado en absoluto—, pero ¿dónde estaba Patalarga?

Henry se restregó los ojos y alisó sus rizos rebeldes con la palma de la mano.

—Nuestro amigo ya no está más con nosotros —dijo con voz de desaliento.

Me quedé pasmado. Sentí que me hundía en la silla. Era imposible.

—¿Cuándo? —logré preguntar.

Él bajó la mirada hacia su taza de café.

—Hace nueve meses, diez quizás.

—Por Dios.

—Así es —dijo Henry, pero de pronto empezó a reírse—. El imbécil se mudó a Barcelona. ¿Puedes creerlo?

—Cojudo —dije entre dientes.

Pero Henry ni se inmutó; la situación le parecía muy divertida.

—Ahora solo estamos tú y yo, Alejito. Padre e hijo —me tendió la mano—. ¡Ríete! —me ordenó—. Siempre has sido un chico tan serio.

Era una línea de *El presidente idiota*. Le di la mano y sonreí ligeramente. El impacto de lo que me había dicho empezaba a desvanecerse. Patalarga estaba vivo, después de todo, y yo debía estar feliz por ello. Bebimos unos sorbos de café.

Pero había otras noticias. Henry ahora tenía una hija, y ella había cambiado su vida. La veía dos o tres veces por semana, y todo lo que escribía se lo dedicaba a su pequeña.

—¿Estás escribiendo mucho? —le pregunté. Henry se encogió de hombros.

—Algo.

Le conté sobre Alejo el soplón. Incluso saqué el guion y le expliqué el primer capítulo, en el que el personaje es capturado robando alambre de una obra de construcción y ofrece dar información sobre una pandilla del barrio para evitar ir a la cárcel. Los diálogos eran buenos, era un material duro e intenso. Apenas lograba contener mi entusiasmo. Henry me escuchaba con atención y asentía con la cabeza.

—Espléndido —me dijo—. Escrito justo para ti.

—Lo sé —le dije—. En verdad siento que es así.

Después de un rato, Henry me dijo que quería preguntarme algo, pero tenía miedo de ofenderme. Me hizo prometerle que eso no ocurriría.

—Claro —le dije.

Tamborileaba los dedos en la mesa de madera.

—No tomes a mal lo que te voy a decir, pero ¿no te ibas a ir del país?

—¿Qué quieres decir? —le pregunté.

—Bueno, era lo único de lo que hablabas durante nuestra gira —hizo una pausa—. Todos los días, sin parar. Pensábamos que te había afectado la altura. Casi no te soportábamos, Patalarga y yo.

—¿En serio?

Henry asintió.

Lo que yo recordaba de nuestros dos meses en la sierra era que casi ni había hablado sobre el tema. Era una idea que me acompañaba, por supuesto, pero de manera muy privada, como una especie de consuelo personal, como un amuleto o moneda de la suerte. El saber que me iría del país fue lo que me ayudó a sobrellevar toda la experiencia.

—Aprendimos a ignorarte —dijo Henry—, porque nos caías bien. En serio. Aún nos caes bien —extendió el brazo y me pellizcó afectuosamente la mejilla—. Mi hijo —añadió—. Y entonces, ¿por qué no te fuiste?

Afuera, una bandada de palomas había aterrizado en el camellón de cemento de la avenida, y giraban como una tormenta de polvo alrededor de un bote de basura caído. Me quedé observándolas un rato, admirando su voracidad.

—Es que todo se puso bueno por acá —Henry hizo un gesto de asentimiento.

—Por supuesto —dijo—. Eso pensaba.

Nos despedimos en la puerta del café, en la concurrida avenida. Anoté mi dirección de correo electrónico para Patalarga. Henry se quedó observando intrigado los extraños caracteres durante un momento antes de guardar el papel en su bolsillo. Me deseó buena suerte y yo le prometí que le avisaría cómo salió todo.

Me fue muy bien en la prueba y esperé con optimismo a que me llamaran de vuelta. Medía el paso del tiempo por el avance de los incendios en el distante país del norte. Mi viejo me daba reportes de la situación a diario, y yo fingía escucharlo. Quinientos, mil, dos mil incendios. Luego de un mes todos se habían apagado, y yo aún seguía esperando.

El juzgado

El joven esperaba el comienzo del juicio matando el tiempo con los juegos de su celular, concentradísimo en la diminuta pantalla; llevaba puesto un terno, corbata y zapatillas de un blanco casi virginal, y se mostraba totalmente ajeno a los cuadros colgados en las paredes, cuyo arte solo podía ser descrito como insulso, como si a los artistas, al encargarles el trabajo, se les hubiera indicado que no pintaran nada más que nubes, fachadas de edificios bien cuidados o escenas callejeras minuciosamente expurgadas de seres humanos; el joven estaba sentado al lado de su madre, y ambos lucían nerviosos; él daba ligeros tirones a su corbata y terno mientras jugaba, y esta incomodidad con su ropa no era sino evidencia de una ansiedad mayor y más lúgubre, que se extendía como anuncio de una tormenta sobre este lugar; y aunque las nubes de los cuadros eran altas, blancas y algodonosas, el miedo lo invadía todo y se concentraba de manera natural y en grado sumo sobre los hombros de la madre, la cual fingía un tenso estoicismo, no muy convencida de la utilidad de su actuación, de manera que podía verse en las comisuras de su boca, en sus manos inquietas, que estaba a punto de perder el control, y cuando esto ocurrió, con un rápido movimiento le arrebató el celular a su hijo y lo dejó caer dentro de su cartera, y él ni siquiera se atrevió a protestar.

Las Auroras

Oscuridad por todas partes

Hernán llega a la ciudad portuaria a principios de marzo. Se siente fuera de lugar, tal como esperaba, a 2.700 kilómetros de su hogar. Todo lo que ha traído consigo cabe en una bolsa de lona. La universidad le ha concedido una licencia por un año. Adri ha hecho lo mismo, aunque en su caso la licencia es de plazo indefinido. Está claro que ninguno realmente espera que regrese.

No hay una terminal de autobuses propiamente dicha, tan solo un estacionamiento con suelo de gravilla en un extremo del centro. Hernán recorre el largo camino a la ciudad a través de sus calles estrechas y empinadas. No está lejos, ni tiene prisa. Se dirige al puerto a buscar trabajo, cuando una puerta se abre. Una mujer sale de una casa pintada de colores vivos, con un vestido sencillo y tan blanco que resplandece. Lleva el cabello negro bien sujeto hacia atrás. Tiene una sonrisa encantadora, una figura encantadora, y se para contra una pared tan verde como el mar, mirándolo con las manos entrelazadas a su espalda, consciente de que él la está admirando.

—Disculpa —dice, y le cuenta la siguiente historia: hay una gran olla en una repisa alta que no logra alcanzar, y la necesita con urgencia para un plato que está preparando. Hernán procura no sonreír. Es como un sueño que tuvo alguna vez. Echa una mirada rápida a ambos extremos de la calle. Ella hace lo mismo. Es la hora muerta justo después del almuerzo, y no hay nadie más alrededor.

Hernán deja caer su bolsa de lona junto al sofá y ella cierra la puerta tras ellos. Sin mediar palabra, lo lleva a la cocina, donde, en efecto, hay utensilios sobre un mostrador angosto: una tabla para picar, un cuchillo, cuatro papas peladas esperando a ser cortadas en rodajas. Una olla con agua hierve lánguidamente sobre la hornilla, y hay varios cajones abiertos. Algunas moscas vuelan en círculos sobre un cuadril de carne.

—¿Qué estás cocinando?

—Un guiso —dice la mujer—. Va a quedar muy sabroso.

Le trae a Hernán una escalera de tijera, y cuando él se ha subido y toca a ciegas la parte superior del armario —¿a quién se le ocurre esconder una olla tan alto?—, siente las manos de ella sobre sus muslos. Mira hacia abajo.

—Lo siento —dice la mujer—. No quería que te cayeras. —Pero no retira las manos, y más bien se muerde el labio. Sus párpados se abren y cierran con rapidez.

—¿Dónde está tu marido?

—En alta mar. Por seis meses más. Justo acaba de escribirme.

Se llama Clarisa, le dice. Años más tarde, una década después y más, esas tres sílabas le recordarán la conmoción de este momento, cuando está parado sobre ella, admirando desde lo alto las curvas de su rostro, el resplandor de su piel. Cuando se da cuenta, por la calidad de la luz que entra por la ventana sobre el fregadero, de que aún queda mucho por vivir antes de que ese día termine.

—Es un nombre hermoso —dice Hernán.

Ella asiente, y luego, muy lentamente, sonríe.

—¿Verdad que sí?

Unas horas después, él lleva su bolsa de lona al dormitorio, donde los dos se sientan, desnudos, y desempaca las pocas cosas que ha traído de su vida anterior. Clarisa vacía un cajón para colocar sus pantalones y medias, extiende sus camisas sobre la cama y alisa las arrugas con las palmas de las manos.

—Normalmente, no haría esto —le dice ella después de guardar su ropa—. Pero me gustas.

—Me di cuenta.

—En circunstancias normales, te enviaría de vuelta a la calle.

—Y en circunstancias normales, yo no me quedaría.

—¿Pero? —pregunta Clarisa.

Hernán decide decir la verdad:

—No tengo adónde ir.

Esa noche, después de que han cenado, con los platos enjuagados y guardados, ella le pregunta de dónde viene y por qué está vagando solo por el mundo si ya no es joven. Hernán no le responde de inmediato, pero se pregunta cómo sabe ella que él ya no se considera joven, cuando apenas unas semanas atrás sí lo pensaba. Hay muchas cosas que él no quiere contar, ni ahora ni tal vez nunca.

Clarisa se levanta y corre las gruesas cortinas hasta dejar la habitación casi completamente a oscuras. Luego se sienta de nuevo en la cama, pero sobre las sábanas y sin que ninguna parte de su cuerpo esté en contacto con él. Hernán se da cuenta de que solo quedará satisfecha con algo que suene a verdadero.

Él coloca sus manos sobre el pecho. Cierra y abre los ojos, pero no hay diferencia: la oscuridad lo rodea por todas partes. Respira profundo.

Apetitos

Cuando despierta a la mañana siguiente, Clarisa le da un juego de llaves de la puerta de entrada y un mapa. Dibuja dos X en el mapa, una que indica la casa y otra la *boutique* en la que trabaja, una tienda minúscula de la que es copropietaria con su amiga Lena, donde venden vestidos, maquillaje y joyas con sobreprecio. «Diviértete», le dice, y besa a Hernán en la frente.

Él pasa el día caminando por las calles bañadas por el sol. Aunque la ciudad portuaria ha conocido días mejores, está decayendo con cierta dignidad. Admira las casas coloridas y ruinosas, decoradas con tiras de metal corrugado de colores vivos y bordes oxidados. Un tendedero cuelga flojamente entre dos bloques de departamentos y se sacude con la brisa; cuelga tan bajo que una pierna de pantalón le roza la parte superior de la cabeza cuando pasa por debajo. Se cruza con una pandilla de adolescentes, un grupo gótico de aspecto triste, con el cabello negro peinado sobre los ojos y las orejas invisibles tras audífonos enormes. Uno de los muchachos le pide cigarrillos cuando pasa —no *un cigarrillo*, sino muchos, en plural—, sin rastro alguno de inocencia en los ojos. Hernán siente que está muy viejo. Se da vuelta para ver a una mujer que sube a un autobús con un perro de pelo blanco envuelto en una manta. Mientras busca cambio en su bolsillo, le entrega el perro al conductor, quien acepta el animal sin hacer ningún comentario.

Desde ciertas esquinas, Hernán puede apreciar la amplitud del mar, tan inmenso que lo deja sin aliento.

Adri y Hernán se conocieron cuando el hijo de esta, Aurelio, de solo tres años en ese momento, se alejó de su madre en el concurrido comedor de la universidad y se estrelló directamente contra Hernán, quien perdió el equilibrio y dejó caer su bandeja. A pesar de todo lo que había ocurrido desde entonces, el recuerdo de esa historia aún le hacía sonreír. Se produjo un fuerte estrépito, y la cafetería quedó momentáneamente en silencio. Luego: un niño llorando, una madre en pánico corriendo para encontrar a su hijo. Aurelio no se había hecho daño, solo estaba un poco asustado por la colisión. Adri se disculpó, pero también notó (no pudo evitar notarlo) la manera tierna en que Hernán se arrodillaba para consolar al pequeño, sin prestar atención al yogur y al jugo de naranja que habían salpicado sus pantalones y su camisa. Su hijo miró a aquel extraño de ojos grandes que inspiraban confianza, y en un instante, antes incluso de que Adri tuviera oportunidad de consolarlo, Aurelio ya se había tranquilizado. Se reanudó el bullicio de la cafetería. Ella se ofreció a reemplazar el desayuno tardío de Hernán, pero él lo rechazó caballerosamente. Terminaron comiendo juntos de todos modos.

Ahora, muy lejos de allí, en la ciudad portuaria, Hernán compra su almuerzo en un puesto cerca del malecón, al lado de una zona de construcción. Es mediodía y el sol golpea implacablemente; el trabajo se ha vuelto más lento. Hernán entrecierra los ojos ante la representación artística del edificio ya terminado, el cual se ve majestuoso y elegante, sin relación aparente con el confuso revoltijo de barras de acero y andamios de concreto y madera que tiene ante sí. Se requeriría una imaginación poética para intuir una estructura habitable a partir del desastre actual. En una esquina del lugar hay una pila de tuberías de alcantarillado gigantes, cerca de una docena, y del extremo de cada una de ellas sobresale un par de botas. Los obreros están descansando.

Esa noche, cuando Clarisa regresa, hacen el amor, luego ella se baña, y vuelven a hacer el amor, hasta que su cuerpo reluce por el sudor. Luego se queda dormida.

—He estado sola demasiado tiempo —le dice, como si sus deseos requirieran de una explicación o una disculpa—. Normalmente no soy así.

—No me molesta —le dice él.

Clarisa tiene sus rutinas, sus costumbres, y pronto lo ha incorporado dentro de su ordenado mundo de apetitos. Hernán se dice a sí mismo que a falta de una mejor forma de organizar su vida, esto le funcionará por ahora. Después de la primera noche, ella no le vuelve a preguntar nada, ni de dónde viene, ni de qué huye, ni qué sucederá mañana o pasado. En algún momento, el esposo de Clarisa volverá y Hernán tendrá que marcharse, pero ese no es un tema del que se hable por ahora. Él siente que se ha tropezado con el escape perfecto, o que ha sido víctima de alguna broma extravagante. Cuando está más relajado, se le escapan algunas cosas: que enseñaba en una universidad, por ejemplo. «Los estudiantes me decían "doctor"», agrega riéndose. Que tenía una esposa, y un hijo.

Casi todo lo demás se lo guarda para sí. Nunca dice sus nombres en voz alta.

Bingo

El cuarto día, Hernán finalmente llega hasta el puerto. Para su gran decepción, le dicen que no están contratando. El hombre que le informa esto no es grosero. Es cierto que Hernán no tiene experiencia, que nunca ha trabajado descargando barcos, pero ha leído a Conrad, Melville y Mutis, ha memorizado largos pasajes de la *Ilíada* y la *Odisea*, y sabe que sin el mar y su llamado magnético, lo que hoy conocemos como civilización occidental simplemente no existiría. No puede evitar sentirse decepcionado, como si al negarle este trabajo el hombre del puerto le hubiera robado su herencia legítima.

En la capital, sus clases estarían a punto de comenzar. Se imagina los pasillos abarrotados y las oficinas mohosas, los rostros cansados de sus colegas. Lo más fácil de evocar son los alumnos desaliñados arrastrándose penosamente a su salón de clases, limpiándose las legañas de los ojos. Son jóvenes privilegiados e insensibles, genéticamente incapaces de ser impresionados por Hernán ni por nadie mayor de treinta. Con todo, muy de vez en cuando, lograba algún progreso. Recuerda una clase, varios años atrás, sobre la relación entre la poesía de la década de 1930 y el destartalado proyecto de construcción nacional: ese día se sintió inspirado y algunos de sus alumnos respondieron con aplausos.

Con este débil rastro de nostalgia que le hace hinchar el pecho, Hernán pasa la tarde buscando una librería. Pregunta a algunos transeúntes, y cada uno le sonríe de una manera provinciana, completamente encantados por su pregunta o simplemente incapaces de comprenderla, y lo envían en distintas direcciones: a un puesto de periódicos, a una papelería y, por último, a una tienda en el extremo oscuro de un callejón, donde un anciano de rostro rubicundo tira sin pausa de la palanca chirriante de un mimeógrafo. Un sombrero de fieltro viejo y gastado cuelga de un clavo sobre el interruptor de la luz, y el anciano recibe a Hernán con un asentimiento, sin mostrar sorpresa e indiferente, como si hubiera estado esperando su visita. Está imprimiendo volantes para un campeonato de bingo. En una mesa a su izquierda, se aprecia su trabajo del día: invitaciones para una boda, tarjetas de visita para un profesor de ajedrez, un cartel que anuncia el alquiler de habitaciones. No hay una librería en la ciudad, le dice el anciano, a menos que cuente la tienda de regalos de la capilla, la cual, entre rosarios y estampas de santos desconocidos, también vende copias de la Biblia, que estrictamente hablando es un libro. «¿No es así?».

El aire de la tienda es húmedo, impregnado del penetrante olor a tinta con el que el viejo hizo las paces hace ya mucho tiempo. Por un momento, Hernán se siente abrumado por él, se tapa la boca y la nariz con la manga y tose en el ángulo de su codo.

—Claro —le dice Hernán cuando se recupera—. La Biblia es un buen libro.

—¿Buscas algo en particular?

Él niega con la cabeza. ¿Cómo podría explicarle?

—¿Y de dónde eres? —pregunta el mimeografista.

—De la capital —dice Hernán, y se pone rojo de repente, como si hubiera admitido algo vergonzoso.

—La capital, la capital... —dice el anciano una y otra vez, dejando que las palabras floten por la habitación—. Nunca he estado allí.

Esto lo dice con una pizca de orgullo.

Y entonces, de improviso, sigue trabajando. Los volantes surgen uno a la vez, a un ritmo uniforme, uno más, y uno más, y uno más, y así sucesivamente. Se llama Julián, le dice, y no tiene tiempo de descansar. Hernán le agradece. Toma el folleto que este se lo ofrece, aún caliente del mimeógrafo, y le sonríe a su tinta azul y pegajosa, a su promesa de prosperidad, implícita en los signos de exclamación: ¡BINGO!

De vuelta en la calle, los ojos de Hernán tardan un momento en acostumbrarse a la luz. El cielo ha comenzado a cambiar, se ha llenado de nubes de lluvia moradas. Él dobla el trozo de papel, lo guarda en su bolsillo trasero, y emprende el camino de regreso a donde Clarisa bajo el cielo que se va oscureciendo.

Cuando llega, encuentra en la puerta a una mujer que nunca ha visto antes.

—Tú debes de ser Hernán —le dice.

Él asiente, simplemente porque no se le ocurre qué más hacer.

—Va a llover pronto —dice ella.

En su bolsillo, acaricia las llaves que Clarisa le dio. Esta vez no le responde.

—Me llamo Lena —le dice—. La amiga de Clarisa, de la *boutique*. No me vas a dejar en la calle bajo la lluvia, ¿verdad?

Hernán abre la puerta y ella entra tranquilamente, dejando caer su abrigo sobre el respaldo de un sillón antes de sentarse en el sofá. Cada uno de sus movimientos es cuidadoso, deliberado, pero el sofá no respeta su arte escénico: es viejo y se ha vuelto terriblemente blando, y ella se hunde en él como en arena movediza. «Oh», dice ella, mientras sus pies flotan por un instante sobre el piso, pedaleando con poca elegancia en el aire. Se endereza sobre el cojín inestable, sonríe y pide un té caliente.

Todo esto ocurre antes de que Hernán haya cerrado la puerta. Pone a hervir agua, y cuando el té está listo se reúne con ella. Ella lleva el cabello sujeto con fuerza hacia atrás y su cola de caballo explota en un nudo de rizos rebeldes. Su piel es del color de la leche. Ella calienta sus manos con la taza de té, y la acerca tanto a su rostro que sus anteojos se empañan. Se los quita, los deja sobre la mesa esquinera, y esboza una sonrisa avergonzada, en silencio.

—¿Vives cerca? —pregunta Hernán.

—No realmente.

—¿La tienda cerró temprano hoy?

—No —dice Lena luego de un momento, como si la pregunta requiriera una cierta cantidad de reflexión. Y luego agrega—: ¿Eres de la capital?

Hernán asiente. Intuye que ella tiene algo que preguntarle, pero se avergüenza de hacerlo. Cuando se queda callada, él le dice:

—¿Conoces?

—Claro —dice ella—. Bueno, en realidad, no.

—¿Cuál de las dos?

Ella se cubre la boca con las manos y tose.

—Eso no tiene importancia, ¿verdad?

No, no la tiene, admite él, y se quedan en silencio por un momento. Comienza a llover. De momento, solo se escucha un golpeteo en el techo.

—Dime una cosa —le dice ella al fin—, ¿te gustan mis dientes?

—¿Disculpa?

—Mis dientes. ¿Te gustan?

Lena abre la boca de par en par, como si bostezara, y descubre sus encías. Hernán se asoma dentro de su boca y observa una dentadura muy normal. Ella da una mordida, y luego mueve la mandíbula de un lado a otro.

—Me parece que están bien.

Ella toma otro sorbo de té.

—¿Y mis ojos?

—¿Tus ojos?

—¿Qué te parecen?

Él la mira, entrecerrando los ojos incluso, y examina sus grandes ojos verdes.

—No les veo ningún problema.

—Está el tema de los anteojos. No puedo ver bien sin ellos.

—Sí, está ese tema.

—Pero aun así, en términos generales, ¿me encuentras saludable?

—Supongo que sí —dice Hernán.

Lena frunce el ceño.

—Supones.

Él se encoge de hombros avergonzado, repentinamente deseando no haber dicho nada en absoluto.

—Clarisa me dijo que eras doctor.

Él se dispone a aclarar las cosas, pero descubre que es incapaz de hacerlo. Los dientes de Lena son casi perfectos. Sus ojos son de un tono de verde que le recuerda a un mar turbio. ¿Para qué enredarse con detalles?

—Es cierto —dice Hernán—. Soy doctor.

Lena se suelta la cola de caballo y los rizos caen sobre sus hombros. Pasa sus dedos por ellos, sonriendo. Actuando. Luego ella se aleja de él, y se levanta el cabello desde atrás con la mano izquierda. Con el dedo índice derecho, traza una línea serpenteante a través de la curva de su cabeza, hasta posarlo sobre una totalmente inesperada área sin pelo, rosada y redonda, del diámetro de una pequeña moneda de plata.

—Tócala —dice ella.

Y él así lo hace: la piel es suave y completamente lampiña.

—¿Cuándo ocurrió esto? —pregunta con una voz seria, más grave, como se imagina que los doctores hablan cuando están preocupados.

—La descubrí hace dos meses, en la bañera. —Ella deja caer su cabello, y el área sin pelo queda nuevamente oculta bajo sus rizos—. Mi esposo se marchó, y estaba preocupada. Lo extrañaba. Pensaba que nunca más volvería.

—¿Y volvió?

—Aún no.

Hernán asiente.

—¿Y ahora cómo te sientes?

Ella responde encogiéndose de hombros y luego se quita la chompa. Se pone nuevamente los anteojos.

—La he mantenido oculta, y no me soporto mirarla yo misma. Para una mujer es importante tener cabello hermoso. Clarisa dice que no se ve, pero yo no le creo. ¿Qué aspecto tiene?

Él le toca la parte posterior de la cabeza, buscando. Su cabello es tan denso que parece imposible que pueda estar oculta allí.

—Date la vuelta —dice Hernán, y ella así lo hace.

La lluvia empieza a caer con fuerza. ¡Qué sonido! Hernán se imagina la ovación estruendosa de una sala de conciertos, y poco le falta para levantarse y hacer una reverencia. Recorre la habitación con los ojos. Excepto por los dos, está vacía, inflamada de ruido. Hernán piensa que quizás eso explique por qué cuando ella le da la espalda y se acomoda en el sofá —e inclina la cabeza hacia delante mientras él le pasa la mano por el cuello para examinar el área sin pelo—, él siente como si estuviera en un escenario, como si en casa de Clarisa hubiera miles de personas, todas observando, haciéndose preguntas, esperando a ver qué hará a continuación. En realidad, él mismo se pregunta qué pasará, y observa sus propias manos —sus movimientos ávidos— como si fueran los de otra persona. Lena tiene un cuello muy hermoso, y él se sienta cerca de ella. Escucha su respiración profunda y constante, y ve cómo sus hombros se elevan con suavidad. Utiliza ambas manos para encontrar el área sin pelo, masajeándole la cabeza mientras busca, y ella gime muy suavemente. Cuando la encuentra, aparta los rizos castaños y vuelve a examinar aquel claro rosado. Tan pequeño y tan triste. Se inclina hacia la parte posterior de su cabeza y lo besa. Ella no lo detiene, así que lo hace de nuevo, y luego le besa el cuello, y luego un poco más abajo.

La lluvia le anuncia su aprobación.

Confesiones

Cuando ella se marcha, Hernán limpia la casa, tratando de entender lo que siente. Algo de confusión, algo de vergüenza. Físicamente, bastante contento, lleno de un tipo de orgullo claramente adolescente. Entre los cojines, encuentra el trozo de papel que le dio el anciano. ¡Bingo!, lee, y se pregunta qué es lo que ha ganado exactamente. No le suelen ocurrir cosas así. Lena se ha ido, la casa arreglada ha vuelto a tener su aspecto original, y Hernán está simplemente desconcertado. Si tan solo hubiera alguien con quien poder presumir, o a quien compadecer, piensa, pero no lo hay, por supuesto, ni aquí ni tampoco en su hogar en la capital. Nadie le creería. A nadie le importaría. Es mejor así, por supuesto. Un caballero nunca es indiscreto, etc., etc. Se pregunta qué quieren esas mujeres de él, y qué tiene este lugar que lo ha hecho tan irresistible.

¿Es la salada brisa marina?

¿O más bien el hecho de que la mitad de los hombres están en alta mar?

¿O simplemente es mejor no cuestionar estas cosas?

Se acuesta en el sofá con la intención de descansar solo un momento, pero cuando se despierta está oscuro y Clarisa ya está en casa, preparando la cena en silencio. Ella lo oye moverse en el sofá y se acerca hacia él, visible solo en silueta, enmarcada por la luz de la cocina.

—¿Cómo estuvo tu día? —le pregunta alegremente.

Círculos

Cuando conoció a Adri, ella era una estudiante de posgrado en biología, recientemente divorciada, tratando de equilibrar la maternidad soltera con los retos laborales. Por lo general, manejaba bien la situación —el padre de Aurelio no era sino una presencia ocasional—, pero mucho después le confesó lo duro que se había esforzado en un comienzo para hacer que todo pareciera sencillo. ¿No es eso lo que se exige de las mujeres? No era que Hernán no se hubiera dado cuenta, simplemente era incapaz de procesarlo todo: la veía alimentar al niño, bañarlo, jugar con él, cantarle, leerle, acostarlo. Pero lo que Hernán no entendía (no podía entender) era exactamente cuánta energía se requería para hacer esas cosas, hacerlas bien, y luego respirar hondo y salir de la habitación oscura, donde dormía el niño, hasta la sala de estar, donde Hernán la esperaba. No comprendía (no podía comprender) cuán difícil era para ella volver a estar fresca, renovada, divertida y atractiva. Se estaba enamorando, de la manera profundamente egoísta en que los hombres a menudo lo hacen. La quería para él.

Sin embargo, hasta los detalles más banales sobre la vida de tu nueva pareja pueden parecer fascinantes, hallazgos sobrenaturales. Por ejemplo, a Hernán le gustó descubrir cuánto le divertían a Adri sus historias acerca del aburrido suburbio donde él se había criado. Le describía a su madre, una asistenta médica de carácter fuerte, fríamente competente, siempre a tiempo en un país donde la puntualidad se consideraba un signo de debilidad, y Adri meneaba la cabeza en señal de reconocimiento y admiración. Ella, por su parte, le contaba cómo era ser la chica bonita de clase media baja becada en una elegante escuela privada de clase alta, y evocaba con gran detalle a la tediosa pandilla de chicos privilegiados con chompas de color pastel que hacían fila para impresionarla con su riqueza. Hernán se carcajeaba con sus descripciones de estos aspirantes a Romeos, e intepretaba su rechazo de esos pretendientes como una forma sutil de guerra de clases.

Ayudó el hecho de que ninguno de los dos supiera mucho sobre el campo de estudio del otro: se embarcaron en un proyecto de educación mutua, que no solo les servía de base para su compromiso, sino que además les recordaba a cada uno cuánto disfrutaban de su trabajo. Hernán se estaba convirtiendo en un experto en los poetas modernistas menos conocidos de la nación; y Adri, casi por ósmosis, también. Ella estaba estudiando la biología de los cultivos resistentes a las sequías; y durante un tiempo, Hernán se convirtió en un conocedor teórico de los mecanismos de supervivencia de varias plantas comestibles.

Fue allí como comenzaron, y no fue hace tanto.

El niño, en tanto, era un parlanchín de tres años, torpe, de carácter fuerte, audaz. La primera vez que Hernán visitó el departamento donde vivían, Aurelio lo tomó de la mano y le mostró el pasillo: las paredes blancas estaban adornadas con largas rayas de colores pintadas con crayón. «Serpientes», dijo. «Yo las dibujé». Unos pasos más adelante, se detuvo frente a un revoltijo de círculos garabateados uno encima del otro. «Espaguetis», dijo. Era extrovertido, temerario. Nada en su estudio de la poética había preparado a Hernán para la improbable belleza de la sintaxis incipiente del pequeño. Sus oraciones eran sistemáticamente más inventivas que tres cuartas partes de los folletines literarios de la biblioteca de Hernán. Recitaba el abecedario con la seriedad de quien va a dar un discurso ante el Congreso. Escondía sus juguetes favoritos, como si alguien fuera a llevárselos, y no importaba cuán recóndito fuera el escondite, nunca los olvidaba, ni una sola vez. A Hernán no se le había ocurrido que un niño tan pequeño pudiera tener tanta personalidad. A veces se despertaba con el niño sentado sobre su pecho, con una sonrisa salvaje en los labios, y Hernán se preguntaba qué había hecho para merecer tanta suerte.

No pasó mucho tiempo antes de que Hernán se mudara con ellos.

Pero los años pasaron e, inevitablemente, dejaron de ser ese trío de extraños maravillados de su suerte; eran una familia, con toda la intimidad y ansiedad que trae consigo la palabra. Él no había acabado su tesis, y hasta que lo hiciera, su carrera docente estaba estancada. Adri, más motivada, más responsable, había logrado graduarse, y consiguió trabajo enseñando en una escuela secundaria privada. La paga era decente, pero, como era de esperar, Hernán y Adri discutían por dinero. Discutían por Aurelio, por su ex. Los inviernos eran especialmente difíciles. La ciudad se sentía agobiante.

Cuando tenía seis años, Aurelio se escapó —o eso pensaron durante cuatro horas desesperadas, hasta que la policía lo encontró, con las rodillas pegadas al pecho, escondido detrás de una maleta en el rincón más apartado del depósito de herramientas—. Un grupo de voluntarios ya estaba peinando el vecindario, y cuando se les pidió que suspendieran la búsqueda todos quedaron aliviados y algo irritados, mientras que Adri y Hernán simplemente se sintieron avergonzados por haber causado tal conmoción. Estaban furiosos con el niño, pero también agradecidos de tenerlo de vuelta (aunque nunca se hubiera ido). En privado, les impresionaba que se hubiera quedado tan quieto, tan tranquilo, durante tanto tiempo. Y eso, por supuesto, también era motivo de preocupación.

Y cuanto más cambiaba su relación, mejores eran contando su historia de amor a primera vista. Se convirtió en un momento de aquellos que parecen haber sido coreografiados por un equipo de guionistas de comedias. En alguna cena, frente a amigos y desconocidos, alrededor de una mesa larga salpicada de botellas de vino vacías, ceniceros llenos y platos sucios esperando a ser lavados, les hacían la pregunta, e inevitablemente la historia de cómo comenzó todo era recibida con un cálido suspiro colectivo. A menudo,

Aurelio también estaba presente durante la narración, ya un poco mayor, sentado en el regazo de su padrastro, listo para comentar sobre la encantadora escena que sus padres relataban. «No me acuerdo de eso», decía. O: «Lo están inventando». O: «Me tropecé con él a propósito». La clase de observaciones que solo hacían más conmovedora la anécdota.

Hernán y Adri sabían cuándo su público se reiría, cuándo mostrarían incredulidad; sabían en qué momento uno debía interrumpir al otro y hacerse cargo de la narración para lograr el máximo efecto. La bandeja del almuerzo ya no caía al suelo: *giraba* en el aire, y su contenido *llovía como metralla sobre el niño encogido*. El jugo de naranja ya no salpicaba los pantalones de Hernán, los *bañaba*, los *empapaba*. Era una *inundación*. Su camisa se convertía en un *Jackson Pollock de yogur*.

Nada de esto era falso de por sí, solo lo magnificaban. Se había convertido en una historia que contaban para darse seguridad.

Y luego llegó un momento en que ya no la contaban en absoluto, cuando la desconexión entre la nostalgia de la historia y la realidad cotidiana de su relación se había vuelto imposible de ignorar.

Una paloma en llamas

Hernán encuentra trabajo como ayudante de mesero en el Versalles, un restaurante no muy lejos de la *boutique* de Clarisa. Es una reliquia de los días más prósperos del puerto: una habitación grande y luminosa de techos altos y candelabros ornamentados, con las paredes adornadas con pinturas bucólicas de atardeceres de montaña, o representaciones nostálgicas de batallas del siglo XIX, cuando la muerte aún era un sacrificio elegante, incluso aristocrático, que ofrecer a la joven nación. Hay una larga barra de madera que necesita pulirse, pero su porte majestuoso hace recordar el comedor de un viejo crucero transoceánico. Cuando el restaurante se llena, reventando de ruido, conversaciones y risas, y Hernán corre de una mesa abarrotada a la siguiente, casi puede sentir que la habitación se inclina, como en un mar ligeramente agitado.

El salario es indigno. El gerente es un hombrecito llamado Holden, que llena casi a reventar su traje negro y lidera el equipo de meseros, cocineros y ayudantes de mesero con una impredecibilidad esquizofrénica. Amable y generoso por la mañana, a la hora del almuerzo se le puede ver repartiendo insultos con la sonrisa depravada de un pregonero de carnaval. En la cuarta tarde de Hernán en el restaurante, luego de haber atendido al último cliente, Holden reúne al personal y enumera todos los errores del día, recordando a todos el prestigioso pasado del Versalles, sus tradiciones. Los empleados se paran con incomodidad, fingiendo escuchar y esperando el momento de poder marcharse, mientras Holden enumera algunas figuras históricas de dudosa importancia que han cenado en el restaurante durante sus ciento veinte años de servicio ininterrumpido. Hernán se sorprende al descubrir que uno de esos hombres —pues, evidentemente, todas las figuras históricas son hombres— es Carlos Max, el poeta cuya breve obra Hernán estudió para su tesis inconclusa. Sonríe a pesar de sí mismo —qué extraño que su vida anterior haga su aparición en un lugar como aquel—, pero Holden interpreta la sonrisa como una falta de respeto y estalla. El resto del personal se relaja un poco; Hernán puede sentirlo; están aliviados de que Holden haya elegido su objetivo del día, que todos ellos se hayan salvado. A Hernán no le importa. La próxima vez será alguien más, y por el momento disfruta del espectáculo: el rostro del gerente está cubierto por un complejo entramado de arrugas, edad acumulada sobre edad, y cuando grita todo él enrojece, hasta la piel de debajo de su ralo cabello blanco. Hernán se pregunta si Holden trabaja en el restaurante desde sus días de gloria, cuando los ricos de la ciudad portuaria aún se consideraban descendientes de españoles, franceses e ingleses, y las mujeres se enfundaban rutinariamente en enaguas.

Mientras fantasea, el momento llega a su fin.

Un día, se produce un incendio al otro lado de la calle. Hernán, el resto del personal y el público taciturno de la hora del almuerzo se reúnen en la acera para ver cómo las llamas consumen el último piso del edificio de tres plantas. Se quema como una bengala, brillando contra el cielo del mediodía. Uno de los inquilinos tenía un palomar en el techo, y cuando las llamas se elevan, el ambiente se llena de la histeria estridente de una docena de aves atrapadas graznando con desesperación. El tráfico se detiene y la gente sale a las calles para ver mejor, mientras la atribulada compañía de bomberos voluntarios de la ciudad entretiene a las llamaradas con una débil columna de agua. Queda muy poco del piso superior, oculto por un espeso humo gris, cuando finalmente algunas palomas logran escapar. Parte de la jaula debe haberse caído, o la malla se ha derretido con el calor. De repente, un puñado de aves se eleva desde la azotea en llamas, y la multitud reunida suspira aliviada. Entonces la ven, todos a la vez: una paloma, la última en salir, en llamas; sus alas ardientes se agitan impotentes por un instante antes de caer. «Aahhh», dice la multitud con una sola voz desesperada. Las palomas restantes dan una vuelta frenética alrededor del ave caída antes de desaparecer en dirección al mar.

El restaurante cierra por la tarde, y cuando Hernán va camino a casa, aún a unas cuadras del incendio, se sorprende al sentir que una fina neblina cenicienta desciende sobre él. Saca la lengua; la prueba. La capa de ceniza gris-blancuzca cubre las ventanillas de los autos estacionados a lo largo de la calle, se deposita en las grietas de la acera. Con el dedo índice, escribe su nombre en la ventanilla recubierta de un auto. Le gusta cómo se ve, así que lo escribe de nuevo, y luego algunos otros nombres. El de Aurelio. El de Adri. El del hombre que sospecha que puede estar acostándose con Adri ahora que él se ha ido. (No que la culpe por ello). También escribe el nombre de Clarisa. El de Lena, no, por supuesto. La calle está vacía salvo por estos fantasmas, invocados de manera abrupta e innecesaria, y por un gato de ojos amarillentos que se desliza a su lado a lo largo de la pared.

Esa noche le menciona a Clarisa el incendio. Ella está a punto de quedarse dormida.

—Hay incendios todas las semanas —dice ella—. Ya te acostumbrarás.

Él se queda pensando en esto, en cuánto disfrutó de esa nieve silenciosa y polvorienta, los restos del edificio quemado que tan inesperadamente espolvorearon su ropa, su pelo y su lengua mientras se dirigía a casa. No había pensado en los muertos, los heridos o los desplazados, solo en el placer del espectáculo y en esa niebla ceniza. De repente, tardíamente, siente preocupación, luego culpa.

—¿Todas las semanas? Alguien debería hacer algo.

—Todo el tiempo —murmura ella, y un momento después se duerme.

Doctor

Un día, mientras camina a casa desde el Versalles, tiene la certeza de que lo están siguiendo. Es difícil decir cómo lo sabe, pero *lo sabe*. Si estuviera en una película, piensa, la música de fondo sería tensa y siniestra. En cada esquina, mira por encima del hombro para escudriñar la calle y la abarrotada acera a sus espaldas, pero solo ve a desconocidos. Se siente tonto.

Un poco más arriba, subiendo por el cerro, lejos del centro de la ciudad, todo se vuelve más lento, y es entonces cuando la ve. Después de todo, tenía razón.

—Me llamo Cristina —dice ella, y le confiesa que lleva varias cuadras caminando a cinco o diez pasos por detrás de él. Se ríe nerviosamente.

—¿Te diriges a donde Clarisa? —le pregunta—. Ah, por supuesto que sí.

—Está trabajando.

Cristina niega con la cabeza.

—No, me dijo que viniera.

Él le echa un vistazo: ella sonríe incómoda. Lleva un vestido amarillo poco favorecedor, ribeteado de blanco. Tiene el cabello largo, lacio y negro y lleva en el hombro un bolso de cuero que parece muy pesado para ella. Sus ojos oscuros se clavan en los de él, y Hernán prefiere no discutir. Se ofrece a cargarle el bolso, pero ella se niega.

Se van juntos.

Luego de unas cuadras, se da cuenta de que Cristina camina cojeando, una imperfección leve, apenas perceptible en su forma de andar, pero que ahora, a su lado, puede *oír* en el ritmo de sus pies contra la acera. Lo está escuchando con mucha atención cuando ella le dice

—Conozco a Clarisa desde que éramos niñas.

Un autobús se detiene en la esquina, exhalando una nube de estudiantes de uniforme gris y blanco. Hernán y Cristina los observan dispersarse.

—Desde que teníamos esa edad —agrega ella.

Hernán no dice nada.

En efecto, Clarisa no está en casa, pero de todos modos Cristina se autoinvita a pasar, y una vez dentro se sienta a la mesa de la cocina y abre su bolso, revelando una pila de papeles sujetos con una banda elástica. La coloca sobre la mesa, luego cuelga el bolso en el respaldo de su silla de madera, donde se sienta erguida, ansiosa, expectante.

—¿Qué es esto? —pregunta Hernán.

—Mi expediente. —Quita la banda elástica con un dedo largo y delicado—. Clarisa me dijo que eras doctor.

Repentinamente, a Hernán le parece cruel fingir que no lo es. Respira hondo.

—Por supuesto.

Cristina sonríe y extiende los documentos sobre la mesa: rayos X, tablas, diagramas y recetas médicas viejas y arrugadas.

—Elige uno, cualquiera —le dice, como si se tratara de un truco de cartas—. Conoces este juego.

Cambio

Para su segunda semana en el Versalles, tienen una nueva rutina: los días en que a Hernán le toca entrar a trabajar temprano, camina con Clarisa hasta el centro. No van tomados de la mano, y él está agradecido por eso, contento tan solo de caminar junto a ella mientras respira el olor limpio y vigorizante de la ciudad húmeda. Él se ha acostumbrado a ella; y ella a él, Hernán espera. A veces piensa que tal vez es feliz, aunque por supuesto no lo es, no realmente.

El clima ha cambiado, las lluvias son más frecuentes, y todas las mañanas las aceras están resbaladizas. Donde los adoquines del suelo están rotos, se forman charcos de agua fangosa. Los perros callejeros se sacuden la humedad y comienzan a hurgar en la basura con más apremio del habitual. En las zonas bajas de la ciudad, donde la lluvia ha desbordado las alcantarillas, los autos avanzan lentamente, las llantas gastadas rompen la superficie oleosa del agua, dejando pequeñas estelas a su paso. El sol resplandece, superficies inesperadas reflejan la luz y, desde ciertos ángulos, la ciudad parece estar hecha de plata. Hernán piensa en que todo es muy hermoso, mucho más de lo que esperaba, o de lo que tenía derecho a esperar, cuando abordó el autobús nocturno que salía de la capital.

Por lo general, Clarisa lo deja en la puerta del restaurante y camina sola las pocas cuadras que lo separan de la *boutique,* pero una mañana están tan absortos en la conversación que cuando él se da cuenta ya han pasado el Versalles y se dirigen hacia la *boutique.* Siente un nudo de pánico en el pecho. Sus dos encuentros con las amigas de Clarisa lo han dejado inquieto. Cree ver a ambas mujeres en todas partes. No tiene experiencia práctica con la infidelidad, y está seguro de que su incomodidad será visible para todos. Nunca ha sido bueno guardando secretos.

Pero cuando llegan a la tienda, Lena aún no esta allí —¡alivio! ¡Puede escapar!—, y mientras Clarisa revuelve su bolso buscando sus llaves, Hernán hace todo lo posible por no inquietarse. Ella no tiene prisa, se muestra conversadora y contenta, y tiene medio brazo enterrado en un bolso tan grande que a Hernán le habría podido parecer cómico en otras circunstancias. Sería más rápido arrojar todo el contenido en la acera, piensa. Finalmente, le anuncia que seguramente ha dejado las llaves en casa.

—Así que esperaremos —agrega, con una voz que no acepta negativas. Hernán quiere marcharse a toda costa antes de que Lena llegue. Echa un vistazo a su reloj, y se dispone a decir que tiene que irse cuando, repentinamente, ella ya está allí.

—¡El famoso Hernán! —dice Lena. Tiene puesto un vestido azul y sencillas sandalias de cuero. Lleva el cabello tal y como lo tenía al entrar a la casa aquel día, sujeto fuertemente hacia atrás, con la misma flor de rizos surgiendo de la cola de caballo, y él, a pesar de sí mismo, empieza a buscarlo, aquel pequeño lugar sin pelo que se esconde debajo.

—¡No seas tímido! —le dice Clarisa a Hernán.

Ambas mujeres se ríen entre dientes.

—Es maravilloso conocerte —dice Lena.

Él siente que se sonroja. Clarisa hace las presentaciones formales, y ambos se dan un cortés beso en la mejilla. Hernán está repentinamente recatado y procura no hacer contacto real con su piel. «Estoy entrando en pánico», piensa, y la vergüenza lo inunda. Seguramente Lena notó que no la besé; seguramente lo ha tomado como un insulto.

De vuelta en la realidad, hay una conversación en curso:

—Clarisa me dice que tienes un nuevo empleo.

—Así es.

Hernán observa la calle, entrecerrando los ojos por el sol, que ha convertido el asfalto en una pista resbaladiza de pura luz.

—¿Y?

Clarisa responde por él.

—Lo odia, por supuesto.

—¿Lo odio?

—Claro que sí, cariño —dice Clarisa—. No estás hecho para esa clase de lugar. Hay gente terrible. Gente común. —Se vuelve hacia Lena—. Es doctor, recuerda.

—Oh, sí, es cierto —dice Lena. Se muerde el labio—. Dime, Hernán: ¿cuál es tu especialidad?

Ambas se ríen antes de que él pueda responder. Hernán se pregunta por qué están tan felices.

El tema de hoy es el arrepentimiento

Es cierto que ambos quedaron conmocionados cuando Aurelio se escapó. Le hubiera pasado a cualquiera. Pero rápidamente decidieron que se había tratado de un incidente aislado, de un momento causante de ansiedad pero en última instancia específico, que no auguraba nada. Todo volvió a la normalidad.

El niño por lo general ayudaba. Seguía escondiendo sus juguetes debajo de los cojines del sofá, detrás de las puertas, dentro de los armarios bajos del departamento. Seguía bailando en calcetines por el pasillo cada mañana y demorándose una eternidad en elegir un peluche que lo acompañara al jardín de infantes cada día. (Todas las mañanas, Conejo, Vaca y Zorro eran llevados al sofá, dispuestos como sospechosos para un interrogatorio o participantes de una suerte de programa de concurso, convocados para exponer sus casos ante el pequeño juez-niño).

Cada mañana de lunes a viernes, Hernán acompañaba a Aurelio al jardín de infantes, ubicado a unas diez cuadras del apartamento, cruzando el parque, atravesando la avenida a la que llamaban «el Río», debido a su constante flujo de automóviles y autobuses, y porque, de hecho, se llamaba igual que el río más largo del país, un nombre indígena multisilábico que al pequeño le era difícil pronunciar. Cuando llovía, las alcantarillas aumentaban su caudal y se formaban canales de agua arremolinada en el borde de la acera; esos eran los días favoritos de Aurelio, cuando el río imaginario se convertía en uno real. En esas ocasiones, Hernán tenía que levantarlo y llevarlo cargado hasta el otro lado de la calle, a pesar de la insistencia del niño sobre su derecho a atravesar caminando los charcos oscuros y arruinar sus zapatillas.

Cierta mañana, unos meses después de la breve desaparición de Aurelio, estaban cruzando el Río cuando el niño dijo:

—Aquí es donde quería venir. Ese día. Aquí.

—¿Cuándo?

—El día que me escapé.

Todavía se referían al hecho como «escaparse», aunque, estrictamente hablando, nunca había salido del apartamento. El pánico de aquel momento volvió a apoderarse de él, y de repente el tráfico del Río le pareció insoportablemente denso. Hernán cerró los ojos por un momento. El sol le daba en el rostro. Sintió el remolino de luz detrás de sus ojos y respiró hondo.

—¿Por qué querías venir aquí?

—Porque hay mucho ruido —dijo el pequeño—. Cuando estoy aquí, solamente escucho. No pienso. Solo escucho.

Hernán sujetó con fuerza la mano de Aurelio. Hasta hacía poco, un año atrás tal vez, siempre alzaba al niño para cruzar el Río. Le daba mucho miedo que Aurelio se le escapara de las manos, y en esa ciudad los conductores eran animales. Fue Adri quien puso fin a eso: no, dijo, el niño ya era lo suficientemente mayor como para cruzar la calle solo. Tenía que aprender a ser más independiente.

—¿Por qué te gusta tanto el ruido? —preguntó Hernán.

—Así no tengo que escucharte pelear con mami.

Pelear sonaba tan tosco. Hernán no habría usado esa palabra. Si hubiera tenido que describir la conversación que estaba teniendo con Adri aquel día, habría dicho que *discrepaban en voz alta*. Sintió que se le agolpaba la sangre en las mejillas; el tráfico se detuvo al cambiar la luz, y entraron al Río. Hernán sabía que debía decir algo —algunas palabras tranquilizadoras para que Aurelio no se preocupara—, pero él mismo estaba preocupado. Decidió contárselo a Adri. Le contaría lo que el niño había dicho, lo cual, en cierto modo, era una buena noticia. Si podemos resolver esto, no volverá a huir. ¡Tan fácil! Se lo contaría, y ambos prometerían que las cosas iban a mejorar, para Aurelio, para ellos mismos.

Pero no tuvo la oportunidad de hacerlo. Esa noche, su clase de la noche se retrasó, y para cuando llegó a casa, Adri y Aurelio estaban durmiendo. Daba igual. Él también estaba cansado.

El dinero de otro hombre

Al final de cada semana, Hernán le entrega su salario a Clarisa, aunque ella no se lo ha pedido. Ella lo acepta sin comentarios.

El esposo de Clarisa, Josué, le envía cartas dos veces al mes. Están escritas en una letra temblorosa que solo ella puede descifrar. A veces se las lee en voz alta a Hernán, como para recordarle que no es la clase de mujer que uno podría suponer por sus relaciones. De vez en cuando, el marinero tiene un buen giro de frase, una descripción poética de su trabajo, o una oración que evoca algo de la soledad que uno debe afrontar cuando lo único en lo que puede fijar la mirada es una masa interminable de agua. Una parte de Hernán incluso siente celos. El marido errante envía dinero cada vez que llega a un puerto. No es gran cosa, pero las modestas cantidades permiten ciertas comodidades a Hernán y Clarisa. Por su parte, Clarisa nunca se queja de su trabajo. Las horas pasan rápidamente en la *boutique,* le dice a Hernán. Ella y Lena son amigas desde niñas. La mayoría de las clientas también son amigas, mujeres con quienes Clarisa dice no tener secretos.

Hernán no dice nada, aunque tiene la certeza de que eso no es verdad.

Hernán procura tomar turnos de mañana para evitar la complicación de cruzarse con Lena. Sale de casa con el sol naciente, cuando Clarisa aún está durmiendo, pero una mañana siente pesadez en las piernas, así que decide tomar el autobús hasta el centro de la ciudad. Mientras el autobús trepa y se va adentrando cada vez más por los cerros, trazando una complicada ruta que lo aleja del centro de la ciudad, Hernán se da cuenta de que con esa alternativa no va a ahorrar tiempo. El autobús llega finalmente a la cima, y la bahía se extiende ante ellos, amplia y resplandeciente. El centro de la ciudad también está visible: un puñado de edificios que se elevan por encima del resto, más hermosos a esta distancia que de cerca. El autobús acelera, y se detiene ocasionalmente para recoger a algunos estudiantes, a una empleada doméstica en su prístino uniforme blanco, o a un estibador camino al puerto con un periódico barato bajo el brazo. «Pie derecho, pie derecho», masculla entre dientes el conductor cuando él está a punto de bajar, pero su consejo pasa inadvertido. Hernán baja del autobús en movimiento con el pie izquierdo y, sin más, se tuerce el tobillo y siente que un dolor le sube por la pierna como un alarido.

Cojea el resto del camino hasta el restaurante.

Esa tarde, cuando el Versalles queda vacío, Hernán toma un taxi a la casa que ha llegado a considerar como su hogar. En el asiento trasero, se levanta la pernera del pantalón y examina su tobillo; lo que ve es un remolino de púrpura y azul, sombras de un mar tempestuoso, una mezcla de colores que hasta podría considerar hermosa si no fuera por el dolor. Respira hondo y dirige al conductor hasta la casa de Clarisa. Allí, se impulsa cuidadosamente fuera del automóvil, y una vez dentro, toma cuatro aspirinas y dos vasos de whisky antes de cojear hasta la cama. Allí lo encuentra Clarisa unas horas más tarde, durmiendo sin camisa y con la boca abierta.

Él le cuenta todo.

—Pobrecito —murmura ella. Tiene puesto un vestido blanco —el mismo que usaba cuando se conocieron—, y entra y sale de la habitación con la gracia de una bailarina.

—Te estoy escuchando —le grita mientras va de un lado a otro por la casita. Es la primera vez que él se queja de su trabajo con ella. Clarisa le trae otro trago, y se sienta en su lado de la cama, colocándole una mano suave sobre los ojos. Le pone una bolsa de hielo sobre el tobillo. Luego le dice que renuncie al Versalles.

—¿Y el dinero?

Ella se encoge de hombros, como si no se le hubiera ocurrido pensar en eso.

—Tenemos dinero.

Su uso despreocupado del pronombre plural lo desconcierta.

—*Su* dinero, quieres decir.

—¿Cuál es la diferencia?

—Bueno...

—Renuncia —le dice nuevamente—. Arma un escándalo. Quiero verte cuando lo hagas. ¿Cómo se llama tu gerente?

—Holden.

—Pégale.

—¿Lo conoces?

—Conozco a todos en esta puta ciudad —dice ella—.
Y los odio a todos.

Es imposible discutir con ella.

Clarisa sonríe. La luz es baja, y ella respira hondo.

—Haz de cuenta que estás muy enfermo —le dice—.
Que has ido a parar a un hospital remoto, apenas la sombra de un hombre. —Es lo que él lleva haciendo durante
horas.

Clarisa le envuelve la cabeza con una venda, cubrién-
dose los ojos, y le arranca los pantalones. A él le palpita el
tobillo, pero ella retira el hielo.

—Escucha —le dice—. Ya no hay dolor. Solo silencio.
Es el final de la guerra.

—¿Cuál guerra?

—Cualquier guerra. Fue terrible. Sangrienta. Viste
cosas horribles. Hombres decapitados. Aldeas enteras in-
cendiadas. Tienes el corazón roto, pero has sobrevivido,
aunque no tienes razones para considerarlo una buena
noticia. Tú y tus hombres están escondidos cerca de la
frontera norte.

—¿Soy un teniente?

—Claro. O un coronel, o lo que sea de mayor rango. Te
encuentras al mando. Los refugiados abarrotan las carreteras que dan a la capital. Llevan consigo todo lo que pueden
cargar, y caminan hacia el sur. Todos están huyendo. Tal vez
se haya firmado la paz, tal vez no. No ha habido noticias
durante semanas, solo el estruendo continuo del fuego de
artillería y los aviones cruzando sobre sus cabezas.

—¡Aviones!

—Te han ordenado que te quedes y luches hasta el último hombre, pero en lo más profundo de tu corazón, aún
no quieres morir. Ves las caras de tus soldados, sus rostros
cansados y desaliñados, y piensas: «Esto es demasiado».

Son solo niños. Reclutas de aldeas pobres del norte, un grupo de adolescentes ignorantes y analfabetos que no han tenido la oportunidad de vivir. Probablemente sean todos vírgenes. Nunca han visto un mapa en su vida, y no tienen idea de por qué están peleando. Un ataque enemigo es inminente. Tus líneas de suministro son débiles. Te quedas despierto toda la noche, rezando, y luego tomas tu decisión. No quieres cargar con sus muertes en tu conciencia. ¿Para qué? Esta guerra es estúpida. Serás vilipendiado, te llamarán desertor y cosas peores. Tú lo sabes, pero no te importa. A la mañana siguiente, ordenas a tus hombres que levanten el campamento. «Vamos hacia el sur», les dices. «¿Nos estamos replegando?», preguntan los soldados. «No podemos hacer eso». Niegas con la cabeza. Les aclaras: «No nos estamos *replegando*, estamos yendo hacia el sur». «Pero no podemos», dicen.

—¿No quieren ir?

—Por supuesto que no. Son jóvenes y tontos, y no saben nada sobre la muerte.

—Y yo sí.

—Claro que sí. Tu esposa y tu hijo murieron en un bombardeo.

—Murieron —dice Hernán, su voz apenas más que un susurro.

—En lo que a ti respecta, ya estás muerto. Te da lo mismo. Estabas pensando en esos muchachos jóvenes, pero si quieren quedarse y morir, ¿quién eres tú para detenerlos? «Nos quedaremos», les anuncias. Ellos lanzan un grito de entusiasmo. Un entusiasmo imprudente y suicida. Luego se produce el ataque, y es peor de lo que esperabas. Oleada tras oleada de bombardeos, miles de soldados enemigos, hordas de ellos, derramándose por sobre el horizonte como un denso grupo de hormigas, y estos niños que te rodean, estos niños insuficientemente armados, avanzan frente a las balas, como se les entrenó, y mueren, uno tras otro, y tú lo único en lo que puedes pensar es en tu hijo.

—¿Cuántos años tenía?

—Muy joven. Diez u once años. Te escribía cartas sobre lo que estaba aprendiendo en la escuela. Sobre una chica rubia que le gustaba. Sobre una rueda de la fortuna que habían instalado en las afueras de la ciudad, y cómo su madre no le permitió subirse. Es peligroso, dijo ella. Y luego las cartas dejaron de llegar. Nadie tuvo que decirte lo que pasó. Y en la batalla, piensas en esas cartas, y en tu hijo, y ordenas a tus hombres que depongan las armas. «¡Ríndanse, maldita sea!», gritas. Ya no tiene sentido. Esta vez, los que han sobrevivido tienen miedo, y te hacen caso, por supuesto. El campo de batalla está cubierto con los cuerpos de sus camaradas. Pudiste haber salvado todas esas vidas, esos muertos que perecieron con los ojos abiertos, soñando con la gloria. Te toman prisionero. Y aunque no tienes heridas, eres incapaz de moverte. Incapaz de hablar. Postrado en cama, miras a la pared todo el día. El enemigo cree que estás fingiendo, pero no es así. Tienes heridas que *nadie puede ver*.

—Piensan que soy un cobarde.

—Pero yo no.

—¿Y quién eres tú?

—Soy una enfermera enemiga con un hijo pequeño, y odio la guerra. He perdido a mi esposo. Tú me recuerdas a él. Tienes la misma edad. Aun si hablaras, no entendería tu idioma. Pero me pareces hermoso.

—¿En serio? —Hernán siente sus uñas dibujando líneas en la parte interior de sus piernas—. ¿Y entonces?

—Entonces —dice Clarisa—, decido curarte.

La batalla

Clarisa se las arregla para estar en el Versalles al día siguiente, para verlo renunciar. Le hizo prometerle un espectáculo, y Hernán aceptó, aunque no está muy seguro de qué significa eso. Mientras se viste en la sala de descanso, otro asistente de mesero le dice que Holden quiere verlo.

Holden tiene una pequeña oficina en la parte de atrás, con una ventana manchada de grasa que da a la cocina. Cuando Hernán entra, está examinando un libro contable. No le dice nada, solo levanta la vista y lo mira con sus pequeños ojos, mientras golpetea el escritorio con los dedos. Probablemente duerma aquí, piensa Hernán.

—¿Estás bien? —pregunta Holden.

—¿Qué quieres decir?

Holden suspira.

—Ayer estuviste lento. Algunos clientes se quejaron.

La pared de la oficina está repleta de marcos baratos con fotografías de equipos de fútbol locales, carros alegóricos y cosas por el estilo. Hay una imagen de un barco hundiéndose, inclinándose irremediablemente hacia el cielo, y otra de una familia en un muelle, con el mismo barco en la distancia, su proa casi perpendicular al horizonte. Es un día ventoso. Todos lucen alegres, señalando hacia el desastre y sonriendo, excepto el padre, que lleva anteojos oscuros y tiene un aire severo que se parece al de Holden.

—¿Tu familia? —pregunta Hernán, apuntando con la cabeza hacia la fotografía.

Holden se relaja, y le muestra una sonrisa tan inesperada, tan extraña, que por un instante Hernán se alarma.

—Ya estaban aquí cuando me hice cargo del restaurante. Hace treinta y dos años. —Hace una pausa—. Mis hijos ya crecieron. Pero no son ellos. Nunca cambié las fotos de la pared.

Hernán está esperando oír más, pero el gerente se encoge de hombros. Se da cuenta de que eso es todo lo que dirá, así que levanta la pierna izquierda y apoya el talón sobre el escritorio. Luego remanga la tela de sus pantalones grises planchados para revelar la piel manchada que rodea su tobillo.

—No podía caminar. Apenas pararme.

Holden asiente.

—Ya veo. ¿Y hoy?

—Mejor.

—¿Puedes trabajar?

Por un momento, Hernán se pregunta si justamente hoy lo enviarán de vuelta a casa.

—Sí —dice.

—Muy bien. Entonces haz tu mejor esfuerzo.

—¿Disculpa?

—Tu mejor esfuerzo —le dice el gerente—. Eso es todo. Tal vez sea un día tranquilo. ¿Algo más?

—¿El poeta Carlos Max realmente comió aquí?

Holden frunce el ceño.

—¿Quién?

—Lo mencionaste en tu discurso del otro día.

El gerente agita una mano desinteresada en el aire.

—¿Qué sé yo?

Es un día ocupado, como cualquier otro, y realmente le duele el tobillo. Hernán piensa en el soldado en el que se convirtió la noche anterior. La batalla a la que sobrevivió y la promesa que hizo. El recuerdo lo ayuda a resistir toda la mañana, hasta que la multitud de la hora del almuerzo se precipita al interior, entre ellos Clarisa acompañada por dos amigas. Una de ellas es Lena; a la otra no la ha visto antes. Se sientan en una mesa en el centro del comedor, las tres observando cuidadosamente a Hernán mientras maniobra por el restaurante cargando su batea con platos sucios. Tiene las manos frías y húmedas, y su delantal está prácticamente limpio. Puede sentir su expectación. Ve a Holden al otro extremo del comedor, y el gerente le sonríe.

Hernán se pregunta: ¿qué estoy haciendo?

En el momento más álgido de la hora del almuerzo, Holden tiende a deslizarse de un lado a otro siguiendo una línea recta que va desde la entrada del restaurante hasta el final de la estación de camareros en un extremo del bar, y rara vez camina entre los comensales, excepto para acercarse a una mesa a saludar y estrechar la mano de alguno de los hombres de cabello plateado y traje elegante que dirigen la ciudad y su puerto. La mayor parte del tiempo se dedica a vigilar, inspeccionando el salón como un general, y de cuando en cuando da una orden en el tono áspero y distante que a menudo se reserva para una mascota que se porta mal. Su búsqueda de la perfección tiene algo de quijotesca. Una hora del almuerzo sin errores: debe de ser con lo que sueña Holden.

Más tarde, lo admitirá: el hecho de que Holden no hubiera hecho nada para merecer lo que está a punto de ocurrirle es aún más satisfactorio. «Quizás», piensa Hernán, «esto es lo que siempre he necesitado. Una cierta malicia. Un lado mezquino. ¿Acaso mi padre no me lo decía siempre? ¿Acaso él no lo tenía, y mi abuelo antes qué él? ¿Por qué no yo?».

Hernán echa un vistazo en dirección a Clarisa y a sus amigas, quienes comen sus platos con delicadeza, sin mucho entusiasmo, porque, después de todo, no han venido a comer sino a pasar un buen rato. Hernán deja que todo ocurra. Cuenta hasta diez. Poco a poco, la habitación comienza a balancearse, como el relajante flujo y reflujo del mar, y Hernán debe recordarse a sí mismo respirar. Está seguro de que esto está ocurriendo, pero ¿le está ocurriendo a él? Se acerca a Holden, quien se da vuelta justo a tiempo, sin saber lo que le espera. Hernán no sonríe —ya está más allá de ese punto—, y más bien, con un rápido movimiento, levanta su batea de plástico gris y la golpea contra la cabeza de Holden. El viejo se desploma en el suelo.

Es una escena horrible, innecesaria y a la vez magnífica. Hernán apenas si puede creer la alegría que siente.

El salón se queda en silencio, como cuando Aurelio se chocó contra él tantos años atrás. Hernán golpea con su batea de plástico al gerente, no de manera salvaje sino eficiente, al ritmo de su respiración. Capta una idea mientras esta revolotea por su cerebro febril: ¿por qué no hago esto *más a menudo?* La golpiza continúa durante un eufórico e injustificado minuto, y para su sorpresa no hay resistencia alguna. Nadie interviene. Holden apenas logra cubrirse el rostro. Gimotea.

Finalmente, Hernán siente una mano sobre su hombro. Clarisa.

—Es suficiente —le susurra—. Estuviste maravilloso.

Hernán se quita el delantal, lo deja caer en el suelo junto a Holden, y se va. No mira hacia atrás.

El museo

Pasa su primera mañana sin trabajo preocupado, atisbando la calle vacía a través de las cortinas. Bebe su café, medio esperando que en cualquier momento la policía irrumpa en el lugar y lo arreste, pero Clarisa le ha asegurado que eso no ocurrirá. La ciudad es demasiado desorganizada, y golpean a personas en público todo el tiempo, le dice ella. Él nunca ha presenciado violencia de ese tipo, ni le reconforta saber que ha construido un hogar, aunque sea temporal, en un lugar así. Sin embargo, hay varias cosas a su favor: nadie en el restaurante se molestó en obtener su nombre completo o su dirección. Nunca firmó documento alguno, y siempre le pagaron en efectivo. Y no es que Holden esté muerto. Según Clarisa, se incorporó solo unos minutos después de la huida de Hernán («¿"Huida"? ¿Es la palabra correcta? ¿Acaso no *salí caminando?*»), mareado y magullado, pero vivo.

Aun así, Hernán está inquieto. Es finales de abril, seis semanas desde que dejó la capital, casi cuatro meses desde que se mudó del apartamento que compartía con Adri. A veces, es media tarde antes de que realmente se ponga a pensar en cómo fue que llegó hasta aquí, mientras que otras mañanas se despierta con el nombre de Aurelio en los labios y la vergüenza atornillándole el pecho. Como no tiene nada que hacer, decide escribir una carta.

«Querido Aurelio», escribe: «Bienvenido al museo de mi nueva vida», y pasa a describir el pequeño y acogedor hogar que comparte con Clarisa («tan linda como tu madre», podría haber escrito...), la involuntaria generosidad de su esposo marinero, que debe volver a casa en cinco meses, y los encantos de una ciudad donde los edificios se incendian con una regularidad sorprendente. Además de aquel primer incendio, ha habido otros tres —más pequeños, menos espectaculares—, y un día de luto por el primer aniversario de una explosión de gas que se cobró media docena de vidas. Pero todo ello pasa inadvertido. La ciudad existe en una suerte de estupor. La bahía es innegablemente hermosa, y las nubes, cuando aparecen, son ornamentos blancos y altos, como la cinta que adorna el sombrero de domingo de una mujer. Y sin embargo: los niños se visten de negro y no dejan que nadie los vea sonreír. De noche, vagan por los callejones y escriben sus nombres en las viejas murallas de la ciudad con gruesos plumones negros. Los ancianos los ahuyentan llamándolos por su nombre, como lo hacen con los perros callejeros, que para la ciudad son tan importantes como cualquier residente humano, y más importantes incluso que muchos de ellos. El puerto es el único lugar que permanece abierto hasta tarde; de hecho, nunca cierra, y su estrépito y siseo constantes son la verdadera sangre de la ciudad. Pero a tan solo diez cuadras de distancia, todo es tranquilo, y cada noche cae la niebla, increíblemente densa, por lo que un paseo nocturno es como retroceder en el tiempo, a una galería viviente de fotografías difusas y granulosas. En cada esquina, un farol amarillo dispersa su luz débil, sin llegar a iluminar nada, y la humedad simplemente se queda flotando en el ambiente, sin llegar a elevarse o caer. En los bares de la avenida principal, los ancianos encorvados se reúnen para contar historias de su juventud desperdiciada en el mar. Al mediodía del día siguiente, el sol brilla de manera despiada e implacable, y todo está seco, por lo que, en verdad, hay dos versiones de este lugar: una ardiente y reseca, otra podrida y húmeda. O tal vez haya más de dos, y estas son tan solo las que ha descubierto hasta ahora. Tal vez se marche de allí antes de tropezar con una tercera versión. (Aunque, ¿adónde iría?).

El lugar le resulta difícil de describir, pero Hernán hace lo que puede. En cambio, la historia del restaurante y su altercado con Holden, eso es fácil. Una confesión. «He golpeado a un hombre», escribe Hernán, «un hombre tan viejo como mi padre», y cuando ve estas palabras en la página, se avergüenza. Le describe el rostro brillante y colorado de Holden congelado en estado de shock. «Ahora estoy desempleado», escribe, y esto le parece lo más extraño de todo. Trabaja desde que tenía la edad de su hijastro, primero en la tienda de muebles de su padre, como su asistente maltratado y motivo de constantes decepciones; luego, cuando le confesó a su padre que quería que le pagaran, en la tienda de abarrotes del vecindario, donde barría los pisos de concreto con una escoba de mango de madera más alta que él. «Es como bailar», le decía el tendero con un gesto dramático. Más adelante, cuando comenzó sus estudios en la universidad, trabajó como controlador de boletos en la estación central de trenes, un monstruoso edificio de estilo *art déco* cerrado desde hacía mucho tiempo y cuya demolición estaba programada para cualquier día de estos. Multitudes de murciélagos dormían en sus vigas. Al anochecer, cuando el último tren proveniente del norte se detenía en la estación, se despertaban y caían en picado sobre las cabezas de los pasajeros. Era un trabajo maravilloso. Pasaba la mayor parte del día leyendo. ¿Y ahora? Hace semanas que no coge un libro. Su cerebro se está atrofiando.

«No es necesario que hagas nada. Josué envía suficiente dinero para los dos».

Cuando termina su carta, dobla las finas hojas y las mete en un sobre. ¿Ahora que?, se pregunta a sí mismo. ¿Qué hace un desempleado en una ciudad como esta? Los ha visto: los ancianos y enfermos, y los otros, demasiado jóvenes para no hacer nada, esos hombres que arrastran los pies por las calles y se sientan durante largas horas en las bancas del parque, bajo la sombra, y pasan todo el día leyendo la misma página de un periódico mal escrito. Alimentan a las palomas. Juegan damas con piedras de colores en lugar de piezas que perdieron mucho tiempo atrás. Gritan obscenidades a las mujeres que pasan, y se comunican entre sí en un lenguaje inventado de gestos y palabras sin sentido. ¿Esa iba a ser su vida a partir de ahora?

En la capital, Hernán había vivido con Adri y Aurelio en un apartamento con vista a un parque. Era un lugar bastante agradable, aunque no muy grande. El mejor atributo del apartamento era su balcón. En un día fresco, era el lugar ideal para respirar el aroma de los eucaliptos y observar las nubes desplazándose perezosamente por el cielo. Quedaba en un segundo piso, por lo que su vista del parque quedaba algo oscurecida por un grupo de frondosos árboles en la acera cercana. Cuando Aurelio tenía tres o cuatro años, Hernán se sentaba en ese balcón, con el niño en sus rodillas, y juntos hablaban sobre el parque como si se tratara de una tierra lejana, completamente extraña y distinta al terreno que atravesaban varias veces a la semana. Aurelio tenía una imaginación mágica. El parque tenía cascadas, túneles secretos excavados en la tierra, bandadas de aves exóticas. Ese había sido uno de los juegos preferidos de Aurelio —esta reinvención—, y Hernán sentía que la habilidad del niño para jugar sin distracciones era uno de los atributos que había heredado de él. Por supuesto, en sentido estricto, Aurelio no había heredado nada de él, no genéticamente al menos, solo lo había aprendido, pero ¿hacía eso alguna diferencia? Para cuando Hernán se mudó del apartamento, llevaban años sin jugarlo.

Y esa tarde, mientras termina su carta, Hernán piensa lo siguiente: un día, cuando Aurelio sea mayor, ya no un niño, se reencontrará con el parque de su juventud. Él será un adulto, tal vez un estudiante universitario, y estará conduciendo para ir a buscar a una novia, por ejemplo, o a una joven a la que recién está empezando a conocer, pero cuya sonrisa le resulta cautivadora. Sus ojos serán castaños o verdes. Ella le dará una dirección, una hora, una mirada coqueta, y él llegará en un automóvil prestado, que él mismo ha lavado para la ocasión. No se dará cuenta de que la dirección queda tan cerca del lugar donde alguna vez vivió, porque, en realidad, no ha pensado en él desde hace mucho. Él llega, revisa su reloj, se da cuenta de que es temprano. Conducirá hasta una calle lateral y apagará el automóvil. Tiene unos minutos. Entonces entra al parque, donde se dará cuenta poco a poco: este camino curvo de adoquines, esa fuente, esas bancas hundidas, esos árboles de eucalipto con su aroma a lluvia inminente. ¿Cuánto tiempo ha pasado? Luego recordará las aves exóticas, el sistema de túneles que alguna vez imaginó con ese hombre que era su padrastro, los ríos eléctricos y los barcos con fondo de cristal, los duendes que según él vivían allí después del anochecer, la música que hacían cuando no había nadie más cerca. Recordará a Hernán: su rostro taciturno, su cabello oscuro, sus ojos tristes. Aurelio recorrerá el parque, atónito y en silencio, un joven perdiéndose. Un banco de niebla caerá sobre la ciudad, luego vendrá la noche, y el hijo de Hernán (que ya no es su hijo) seguirá allí. Llegará la mañana, y el mediodía también, y cuando la niebla se haya disipado, cuando salga el sol, una anciana paseando a su perro encontrará al niño, dormido en una banca y soñando.

Una interrupción

Está terminando la carta cuando llaman a la puerta. Es la otra mujer, la que se sentó con Lena y Clarisa en el Versalles.

Ella se queda de pie, expectante, en medio de la sala de estar de Clarisa.

—¿Y ahora qué? —pregunta ella finalmente, pero no espera una respuesta y comienza a desnudarse.

Repentinamente él se siente obligado a decirle su nombre. Ella no parece escucharlo. Se da vuelta para que le ayude a bajar el cierre superior de su vestido amarillo. Él así lo hace, con manos apenas temblorosas y el corazón palpitándole por lo absurdo de la situación: una mujer desconocida en ropa interior, trasladando su peso de una pierna corta y delgada a la otra. Parece muy amable. Se suelta el cabello negro sobre los hombros. Nada podría ser menos erótico.

—¿Entonces? —dice ella, y él se da cuenta de que ya no tiene derecho a negarse. Ya no es una elección disponible para él.

—Entonces —dice él.

Todo termina unos minutos después.

Mientras ella se viste, Hernán recoge los cojines del suelo y los acomoda en el sofá. Hay una pesadez en sus gestos, una cierta desesperanza.

Ella se da vuelta una vez más para que él pueda ayudarla con el último cierre de su vestido. Se sujeta nuevamente el cabello y le da la espalda. Una suave lluvia golpetea sobre el techo. La piel de su cuello se tiñe de azul a la luz de la tarde.

—Soy amiga de Clarisa. Quería que lo supieras. Ayer estuviste maravilloso en el Versalles.

—Gracias —dice Hernán, abatido.

Ella está a punto de irse. Él quiere que se vaya.

Entonces, ella le dice:

—¿Te pago a ti o lo arreglo con Clarisa después?

Vida versus anarquía

Durante mucho tiempo, Hernán pensó que su matrimonio podría salvarse. Más aún: sabía que era posible. Era una certeza objetiva, algo demostrable por científicos en un laboratorio. Al mismo tiempo, siendo honesto, sabía que esa no era la pregunta adecuada, la que debía estar formulando.

¿Quería que se salvara?

Lo atormentaba. Él se despertaba preguntándoselo, y lo llevaba consigo el día entero. Mientras preparaba el desayuno; cuando llevaba a Aurelio a la escuela al otro lado del Río; en la universidad, incluso mientras dictaba una clase frente a un salón lleno de alumnos y las palabras salían automáticamente de su boca, él tenía la mente en otra parte. Si su matrimonio era su vida, entonces cada momento de esta debía ser sometido al interrogatorio. *¿Vale la pena salvar esto?*

¿Y qué tal esto?

¿O esto?

Entonces se dio cuenta de que *no estar seguro* era una respuesta suficiente. Y de que Adri tampoco estaba segura. Sentía cómo la incertidumbre de ambos, combinada, flotaba sobre ellos mientras fingían dormir. En las oscuras horas de la madrugada, mientras yacían en la cama, en silencio, él notaba que ella también lo estaba pensando.

Entonces supo que todo había terminado.

Pero, aun así, Hernán no se marchaba. Personas mucho mejores que él en todos los sentidos han patinado hasta sus tumbas atrapadas en malas relaciones; tal es el poder coercitivo de la inercia. «Tal vez podamos lograrlo», pensaba. «Tal vez las rutinas nos permitirán seguir adelante». Tenían un hogar, después de todo. Tenían a Aurelio.

Pero, en su corazón, Hernán sabía que estaba por ocurrir. Ella era más fuerte que él. Menos enamorada de la costumbre. Él sabía que nunca tendría las fuerzas para alejarse, pero comenzó a sospechar que ella sí lo haría. Podía sentirlo en su actitud, en la forma en que ella apretaba la mandíbula antes de responderle algo, en el tono monótono de sus palabras. No le sorprendía del todo. Cuando finalmente ocurrió, los ojos de ella se fijaron en él con una franqueza que nunca había visto, con el rostro inexpresivo, casi como el de una abogada. Sabía que había llegado el momento —*pánico*— y le soltó una especie de súplica, algo acerca de cuánto la amaba, de cuánto amaba a Aurelio, de cómo eran una familia a pesar de todo, pero ella lo interrumpió, moviendo la cabeza.

—Eres un buen padre, Hernán. Has sido un buen padre para mi hijo.

Él sintió una súbita oleada de gratitud, incluso de esperanza.

—Pero eso no basta. También tienes que ser un buen marido.

Un mechón de pelo negro le había caído sobre los ojos, y se lo acomodó detrás de la oreja.

—¿A qué te refieres? —logró decir.

—Esperas que yo esté agradecida. Como si me hubieras salvado. Nos hubieras salvado. Como si no tuviera derecho a quejarme porque nos estás haciendo una especie de favor criando a mi hijo. —Ella apretó los dientes—. Pero no es así.

—Lo sé —dijo él.

—¿En serio? —Ella movió la cabeza, respondiendo su propia pregunta. Suspiró como alguien que estuviera bajando un objeto pesado—. Yo te dejé entrar en nuestras vidas. El favor te lo hice yo *a ti*.

Ahora, en la ciudad portuaria, esto le parece más cierto que nunca. Nunca le hicieron un mejor regalo, y ahora ya no está.

Su degradación comienza en serio. Es un hombre mantenido, desempleado, al menos oficialmente, pero de pronto trabaja más duro que nunca.

—Oh, no —dijo aquel día en que la amiga de Clarisa mencionó el dinero. Le respondió sin dudarlo, y ese hecho aún le sorprendía. Tal vez sabía lo que estaba ocurriendo desde el principio. Debió darse cuenta, en todo caso. De improviso, le queda clara la magnitud de su vanidad.

—Arréglalo con Clarisa.

La mujer desconocida sonrió.

—Por supuesto.

Luego: diez días, seis visitantes. Nunca encara a Clarisa. Diez días más, y ha dejado de contar a las mujeres. Mira a Clarisa en busca de alguna señal, pero ella no ha cambiado. No tiene necesidad de hacerlo. Hernán hace el amor con las mujeres en el sofá de la sala de estar. Algunas tardes está más inspirado que otras. Algunas mujeres lo desean con genuina pasión; otras son más reservadas, sus cuerpos le informan que no esperan mucho en términos de acrobacias. Gruñen y gimen cortésmente, nada más. El sofá se encuentra en un estado francamente lamentable, y él ha volteado los cojines tantas veces que ya no recuerda qué lados están supuestamente limpios. En ocasiones ha tenido que mover la mesa de café contra la pared para hacer espacio en el piso a una visitante particularmente vigorosa.

Ha llegado junio, y su fuerza va menguando. Hernán está agotado. Algunas tardes, considera marcharse de la casa, perderse en las calles antes de que llegue alguna visitante.

Pero no lo hace, por supuesto. Nunca se irá. De hecho, sigue allí. Véanlo: durmiendo en el cuarto de depósito que Josué transformó para él cuando regresó, incorporándose en su cama de dos plazas para mirar por la pequeña ventana que da al callejón detrás de la casa. Por la mañana, no sale hasta que la casa queda vacía, hasta que Clarisa está en la *boutique* y Josué en el puerto. Los oye hablar en el desayuno. Los oye reír. Y las mujeres siguen visitándolo, y Hernán hace su trabajo. Es diligente y cumplidor, aunque ya no espera nada a cambio. Por las noches, Clarisa le trae un

plato de comida y un vaso de jugo, que deja en una bandeja junto a la puerta. Le dicen que es libre de marcharse
cuando quiera. Son buenos con él, y él sabe que lo dicen
en serio.

—Te fue bien hoy —Clarisa susurra a través de la
puerta—. Estamos orgullosos de ti. ¿No es cierto, Josué?

Notas

Nueve de los trece cuentos incluidos en este libro fueron publicados originalmente en inglés, en las siguientes revistas:

«El rey siempre está por encima del pueblo» y «El puente» en *Granta;* «República y Grau» y «El presidente idiota» en *The New Yorker;* «Los Miles» en *McSweeney's;* «El presidente Lincoln ha muerto» en *Zoetrope;* «El juzgado» en *Esquire;* «El vibrador» en *Failbetter;* y «Los sueños inútiles» en *The Konundrum Engine Literary Review.*

La frase que le da título a este libro (y la imagen que describe) provienen de un dibujo del artista Ardeshir Mohassess, incluido en su libro *Life in Iran* (La vida en Irán). Mohassess falleció en 2008, a los setenta años, en Nueva York.

La obra de teatro que se resume en «El presidente idiota» está basada en *El mariscal idiota,* del dramaturgo peruano Walter Ventosilla, publicada en 1985, y puesta en escena por el grupo que él dirigía, Setiembre. Mil gracias a Walter por permitirme esta adaptación.

Parte del material informativo del cuento «Los sueños inútiles» ha sido adaptado de *Amputations at the Hip Joint. A Study* (Amputaciones a la altura de la cadera: un estudio), publicado por el Departamento de Guerra, Washington D. C., 1867, y *Civil War Medicine. Challenges and Triumphs* (Medicina de la Guerra Civil: desafíos y triunfos), de Alfred J. Bollet, publicado por Galen Press, 2002.

Gracias a Vinnie Wilhelm y Joe Loya por sus atentas lecturas y sabios consejos literarios, y a Jorge Cornejo Calle, por su paciencia.

Y, como siempre, muchas gracias a mi madre, Graciela, por su apoyo incondicional, y a mi padre, Renato, por su ayuda en la traducción.

Este libro se terminó
de imprimir en
Sabadell, Barcelona,
en el mes de
abril de 2018

megustaleer

Descubre tu próxima lectura

Apúntate y recibirás recomendaciones de lecturas personalizadas.

www.megustaleer.club

 megustaleerES

 @megustaleer

 @megustaleer